家變六講

——寫作過程回顧

王文興——著

王文興慢讀王文興

——關於複數作者版的《家變六講》

康來新

當「慢讀」的王文興慢讀「慢寫」的王文興，當慢讀的王文興「老師」在中央大學慢讀慢寫《家變》的「小說家」王文興，新文本的「麥田」王文興於是「慢速」又「神速」生成了。

二〇〇七年五月十一日，一個星期五的晚上，一個不利正襟危坐的時段，但雙連坡的中央大學卻正襟危坐以待，因為名曰：「《家變》逐頁六講：以評點學與新批評重現《家變》寫作過程」的研讀班正要進行。對專業社群而言，此一人、時、地、事的組合毋寧難能可貴，理由？其一，關鍵人物的王文興雖知名文壇、享譽國際，但慣於深居簡出，絕少公開講演；其二，星期五晚上往往是週休放鬆的開始，逐頁《家變》太沉重，更何況還一連六次，每次兩小時。六個週末，十二個小時，卻是零學分；其三，中央大學雖有近距國際機場的地緣優勢，但仍相對劣勢於台北觀點的人文薈萃；其四，此一活動出於學術事務的研究帶動教學，換言之，寫小說《家變》的王文興不僅止於駐校「作家」而已，他更是以校外人文「學者」的身分應邀「講學」並成為研究的議題。《家變》手稿學原是中大教育部「記憶與文化」研究案的分項子題，主其事的英文系易鵬教授在着手名家手稿的文本發生學之前，便已由國科會計畫、數位完成了王文興聲音詮釋的《家變》以及《背海的人》上與下。

研讀班既緣起學術，實踐過程便力求正面的學術示範。「逐頁」「慢讀」學理於漢語古籍傳統的「評點學」、西方現代主義的「新批評」；「逐頁」「慢讀」也實作於數位科技的影音工具，手稿影像檔，作者聲音檔，文本的生命歷程，過去的再重現，當下的正在感知中；「逐頁」「慢讀」更力行於出席的每一位，六講十二小時，從洪範新版《家變》的第一頁第一行到第十頁第七行，字數計約六千三百，平均一小時五百二十字，較之作家一九七八年序言所期待、一小時一千字的進度還要慢。使得「逐頁」「慢讀」更為緩速的，當然還有研讀班對特約學者的有意安排，他們絕大多數都是王文興慢讀教學的受惠者，對於評點學與新批評的文本中心主義相當熟稔。如果說韓愈〈秋懷〉詩的「不如覷文字，丹鉛事點勘」，頗是視覺形象了評點之舉，那麼現場的師友與文章是不是也能生動演繹《文心雕龍》的「知音」話語呢？

音實難知，知實難逢。
課虛無以責有，叩寂寞而求音。

依據學理的逐頁慢讀，科技輔佐的逐頁慢讀，特約對話的逐頁慢讀，作家現身又分身、作家現聲又分聲的逐頁慢讀。其實作家自我評點／批評者素不乏其例，從晚清的梁啟超、吳趼人到當代的陳映真……但《家變六講》卻是從正襟危坐的課堂模式，漸而另類轟趴(home party)的此起彼落。杜甫說：「白日放歌須縱酒，青春作伴好還鄉。」中大校史則會記得，在二〇〇七的春夏之交：「白日週五盼夜臨，青春作伴好讀書！」複數行為的逐頁慢讀，多音交響的逐頁慢讀。西洋閱讀史有所謂「作家即『讀』者」之說，早在羅馬帝國之初，公開「朗讀」便被視為作家的才藝必備，且蔚為時尚的社交儀式，即使奧古斯都大帝也要善意與耐心待之。到了十九世紀的歐洲，更達作者朗讀的黃金期，箇中翹楚如狄更斯、丁尼生。《家變六講》的王文興，集文字、聲音、創作、評論諸職於一身，言教與身教中的「聲音」啟發，特別值得一提。《家變》的創字造詞是為求聽覺上的精確性，聲口藝術的逐步發展，後來《背海的人》則可謂全本單口相聲的紙上演出，深坑澳迴盪「爺」的自說自話，台灣文學的新鄉土發聲了。音實難知，知實難逢。

和《家變》、《背海的人》相較，《家變六講》在活動發生後的兩年半即行出版，簡直算是神速了。這兩年間，一向致力「慢讀」的王老師，似乎更是退而不休的「使命」以赴，幾度公開的「慢讀」講座可以說明。二〇〇九年二月在加拿大卡加利大學「王文興國際研討會」的〈讀與寫〉專題講演中，王老師第一次回顧始於大一時期的「慢讀史」，那是一次在台大椰子樹下的瞬間自覺，當展頁於英譯莫泊桑短篇小說的結尾處，突然天外飛來了一個念頭，乃悟出讀之索然、問題在讀者而非作者的道理，於是——「我就把這一段重讀，一句一停，一句一想的再讀，……從此後我都這樣閱讀」。如果從彼時的一九五七算起，那麼王老師二〇〇七在中大的《家變六講》，或可看成「慢讀」生涯的一個指標事件吧！半世紀的慢讀古今中外名家名篇，終於讓我們等到老師慢讀自己的這一刻，中大有幸共寫這一頁歷史，更有幸參與後續的麥田出版事務。拜科技之賜，研讀班全程影音存檔，雖如此，要轉化為白紙黑字的印刷讀物，仍是備極繁重與煩瑣。感謝珊慧的出現，自《家變六講》以後，凡王老師的公開活動，她必排除萬難，盡心受教，這種專執虔誠的態度，也見於受託的校對工作。在寫給王老師的一封信中，我曾提到珊慧的人格特質令我感動，或者「感動」是一種「聯動」，王老師就是那善性的「震央」，帶動了這一切。

銜命為《家變六講》引言，「複數」身分的角色扮演，讓我一度莫衷一是，遲遲找不到心安理得的適用語言。忝為中文學門的一員，不能直呼師長之名是最起碼的禮數，但王老師又不止於人倫中的「老師」而已，「王文興」也是專業社群的議題、文學世界的文本。這麼一來，我只好分身為二，感性的學生與中性的執事者。事實上，王老師與王文興的兩個稱呼，均無法符合我最深層的身分認同，應該再冠以「主內」二字。正因此，新文本的「麥田」王文興，在我的認知裡，更形同既慢速又神速的一種生命見證，可與《聖經》互文，文學史的信徒對話。〈創世紀〉的句子：神說要有光，事就有光，事就這樣成了；〈路得記〉的麥田拾穗；新批評大師、天主教徒的艾略特……。

「神」既介入《家變六講》，則王老師聲稱「喫驚」史觀的《家變》出版記，或可解讀為令人驚喜且回味的奇異恩典。按《家變》一九七三由「寰宇」首印，一九七八改由「洪範」另版，二〇〇〇「洪範」又新版。當發行五年改版時，王老師在序言表示：《家變》的出版史是一部「喫驚」的歷史，變成暢銷書是第一驚，受到批評界的關懷是第二驚，「應該撇開文字不談」的讀者反應是第三驚，而在最初，王老師只想油印幾份、分贈親友就算了。

《家變》提供我們一個青年藝術家的精神私史，《家變六講》記錄精神私史的公共話語。從《家變》到《家變六講》也顯示了讀「物」的物質變貌軌跡，在〇．〇一秒便全都讀的Google時代，油印絕跡，鉛活排版是稀有手工，電子照相的紙本書為大宗，古騰堡的紀元愈來愈遠，新文本的麥田王文興經歷也結晶了人類不同階段的文化傳統，其中所堅持的慢速、經典、人倫、敬虔等的價值正是除祂之外，再也不可能賜下的奇異恩典。

——二〇〇九年十月

目次

家變六講

《家變》逐頁六講

——以評點學與新批評重現《家變》寫作過程

第一講 舞台布景的借用

時間：二〇〇七年五月十一日（五）19：00～21：30

地點：中央大學文學院A302國際會議廳

主持人：康來新

特約學者：張誦聖教授（美國德州大學奧斯汀校區亞洲研究系、比較文學研究所）

梅家玲教授（台灣大學中文系、台文所）

原文朗讀（王文興教授聲音檔）：

一個多風的下午，一位滿面愁容的老人將一扇籬門輕輕掩上後，向籬後的屋宅投了最後一眼，便轉身放步離去。他直未再轉頭，直走到巷底後轉彎不見。

王文興教授：

第一段在小說書寫上，既是開也是合，是書的開頭也是書的結束。主要想將這部小說的結尾當作開頭，以它的終結當開始，以它的閉合當作開放。我把小說書寫的「合」，調到一開場來寫。

我寫這段開場的時候，想將鏡頭跟布景都考慮進去。小說敘述角度類似電影的攝影角度camera angle，以敘述者的角度，去看人物、事件。第一段敘述文字：「一個多風的下午，一位滿面愁容的老人將一扇籬門輕輕掩上後，向籬後的屋宅投了最後一眼，便轉身放步離去。他直未再回頭，直走到巷底後轉彎不見。」在這段之中，是一個中長距離的鏡頭，並且大多是客觀的敘述，沒有接觸內心。但也有稍微的主觀文字，主觀敘述在哪裏呢？就是「向籬後的屋宅投了最後一眼」這句。這意謂著老人不再回來了，因此這句隱含著一點主觀的敘述。

而小說開頭的第一句「一個多風的下午」，是外在描寫，界定他離開的時間，從「下午」

開始，接續B段的時間「晚上」。而「多風」指的是天候，是一種烘托和陪襯。

原文朗讀：

籬圍是間疏的竹竿，透視一座生滿稗子草穗的園子，後面立着一幢前緣一排玻璃活門的木質日式住宅。這幢房屋已甚古舊，顯露出居住的人已許久未整飾牠：木板的顏色已經變成暗黑。房屋的前右側有一口洋灰槽，是作堆放消防沙用的，現在已廢棄不用。房屋的正中間一扇活門前伸出極仄的三級台階，階上凌亂的放着木屐，拖鞋，舊皮鞋。台階上的門獨一的另裝上一面紗門。活門的玻璃已許久未洗，而其中有幾塊是木板替置的。由於長久沒人料理，屋簷下和門楣間牽結許多蜘蛛網絡。

王文興教授：

第一段跟第二段，就像是第一個鏡頭到第二個鏡頭。第二段也是以攝影機的角度作描寫，但這是第二個攝影機角度，與第一段第一個攝影機的角度相反，攝影方向是反過來照向「房屋」，這裏寫的全是房屋的景象。

從第一段到第二段的轉化關係relationship在於第二段開頭的「籬圍是間疏的竹竿」這句，因為「籬」是空的，所以攝影機角度可以透視過去，「透視一座生滿稗子草穗的園子，後面立着一幢前緣一排玻璃活門的木質日式住宅。」將裏外都看得清楚，這是鏡頭的轉換。

在鏡頭的轉換之間，有個**由大而小**的漸次順序，也就是**由遠而近**的描寫。首先，「籬圍是間疏的竹竿，透視一座生滿稗子草穗的園子」，透過鏡頭，第一先看到一個小小的院子（園子）[1]，這個院子花草很亂、沒什麼整理，所以是「透視一座生滿稗子草穗的園子」。本來要寫「透現」（台北，洪範初版，一九七八年），後來我把它改了，把「透現」改成「透視」（台北，洪範新版，二〇〇〇年），就是以你的眼睛的觀點，從籬笆外頭往裏頭看，強調從外往裏看的視角。

我用「透視」這樣的詞，在於使第一個鏡頭可以與第二個鏡頭銜接。前一個鏡頭是在外面的中長鏡頭，後一個鏡頭則是從房子外圍開始寫起了，園子的籬笆不是那種密實的，而是中間中空的那種，所以鏡頭可以透視過去是合理的，也就使第一個鏡頭與第二個鏡頭之間的轉換是合理的。「籬圍是間疏的竹竿，透視一座生滿稗子草穗的園子」，這是從籬笆外頭往裏頭看的第一個部分。

第二個部分就是後邊的，「後面立着一幢前緣一排玻璃活門的木質日式住宅。」就是說，最外圍的第一層是籬笆，外圍再深入的第二層是院子（園子），第三層再深入就是這個房子了。這裏有一個層次的安排，我不會寫成：「這個籬圍是間疏的竹竿，透視一座前緣一排玻璃活門的木質日式住宅，木質住宅前面有一座生滿稗子草穗的園子。」雖然描寫的景物一樣，但順序不同。我不那樣寫的原因是，那樣讓我覺得有點雜亂無章了，你必須camera angle在那裏，你眼睛的角度往裏看，景物描寫層次要分明。所以「籬圍是間疏的竹竿，透視一座生滿稗子草穗的園子，後面立着一幢前緣一排玻璃活門的木質日式住宅。」這句的安排是如此。

第二段描寫文字，類似靜物的描寫，也類似戲劇的布景。我想在第二段置入布景的寫法，就像戲劇那樣。寫拉雜的布景對我來說是種挑戰，我的原則是要把布景寫得是布景，卻又不是布景，我要讓它有文學的功能：一是要逼真truthful，要把房子的逼真感寫出，讓它像真的房子。二要讓它像一幅圖畫，但又要有前面講的「真」，也就是如一張寫實的圖畫。寫實a painting of realism，那要怎麼做呢？在於對描寫對象的仔細觀察。

這個房子、這個家，是以後所有故事裏頭重要的地點，甚至於象徵性地說這就是「家」的代表。這個家的時代性是要寫四、五〇年代台灣的中、日混和的房屋。關於日式住宅，一般有兩個最明顯特點，第一個特點是一橫排的玻璃，第二個特點是材質為木料，是木質房子。

剛剛提到玻璃門是日式住宅的一個特點，進一步詳細地說，這個玻璃門是活動的拉門，

1 本書加括號的字，原是錄音沒有的，為方便讀者了解，王文興老師特別以括號內文字加以說明。

日本房子的玻璃門是左右拉的，它是一整排可以隨時拉上、關上。所以寫到玻璃門時，必須寫玻璃活門，否則這個日式建築的特點還不能完全顯現，「前緣一排玻璃活門」表示可拉動、滑動的玻璃門，說出功能。

所以，從籬笆外眼睛所看到的是前緣，房子的前緣是一排整整齊齊、從左到右沒有例外的一排玻璃活門。

原文朗讀：

這幢房屋已甚古舊，顯露出居住的人已許久未整飭牠：木板的顏色已經變成暗黑。

王文興教授：

既然說這棟房子是主角，整個這一段都在寫這個主角，下面每句話都在描寫這個主角。第一句「一幢前緣一排玻璃活門的木質日式住宅」強調它是日式建築，接下來要講這房子的老舊：「這幢房屋已甚古舊，顯露出居住的人已許久未整飭牠：木板的顏色已經變成暗黑。」日式房子要看它是新還是舊，最明顯的就是看顏色。一般日本房子的顏色是灰的，老舊就變成黑、暗黑的顏色。「木板的顏色已經變成暗黑」，這暗黑不是有人將之再油漆一遍，小說寫的是「變成」，所以是因為時間而風化的結果，木板才變成暗黑色。這第二句主要講房子的老舊。

原文朗讀：房屋的前右側有一口洋灰槽，是作堆放消防沙用的，現在已廢棄不用。

王文興教授：

這句介紹這間房子外表的另一個特點：房子的前邊靠右有一口洋灰槽，就是所謂的消防槽。好一點的日本房子都有消防槽：一個四方形的水泥槽，平時裏頭一定堆滿了沙（消防沙）。因為日式房子很容易著火，所以建築上都有這個考量，蓋個消防槽代替滅火器。現在這個房子已經破落了，原本隨時添增消防沙的洋灰槽，現已廢棄不用。總而言之，這個房子的外觀特色是：日式房子、古舊暗黑、邊上有一口廢棄的洋灰槽。

原文朗讀：

房屋的正中間一扇活門前伸出極仄的三級台階，階上凌亂的放着木屐，拖鞋，舊皮鞋。

王文興教授：

這句從台階寫到鞋子，鏡頭由大寫到小。鞋子是出入用的，腳脫在哪裏鞋子就在哪裏，亂七八糟地放置，三個台階都放，這是寫實的景象。而台階上為什麼要安排了木屐、拖鞋跟舊皮鞋？木屐是穿到外面用的，拖鞋是室內穿的，舊皮鞋是平常不太穿的，這些統統都在場景裏「凌亂地放著」，是一種沒有美感的設計，呈現不和諧、雜亂之感。

「極仄的三級台階」這句進入細部描寫。正常的日式房子應有一塊石頭的踏腳處，而這個家卻是「極仄的三級台階」，可見這裏又是不倫不類的改建貌，不僅踏腳處的材質不合常態，而且台階的尺寸，未顧慮長度、寬度，才會變得「極仄」。此處同樣顯現了沒有美感、而且不和諧之感。

原文朗讀：

台階上的門獨一的另裝上一面紗門。活門的玻璃已許久未洗，而其中有幾塊是木板替置的。由於長久沒人料理，屋簷下和門楣間牽結許多蜘蛛網絡。

王文興教授：

「台階上的門獨一的另裝上一面紗門。」將「台階上的門」另裝上一面紗門，用意也是以綠色的紗門搭上玻璃木門，造成的不和諧之感。

原文朗讀：

活門的玻璃已許久未洗，而其中有幾塊是木板替置的。由於長久沒人料理，屋簷下和門楣間牽結許多蜘蛛網絡。

王文興教授：

上面寫到台階的更細的部分：台階上的紗門。再下一句剛才讀過的，「活門的玻璃已許久未洗，而其中有幾塊是木板替置的。」這個描寫就由大而小，就更小了。這個更小呢，是普遍性，所有的玻璃門上，日式房子的玻璃門都是小格子的，格成小四方形的玻璃，不是我們今天那種西洋式的房子，整面牆是玻璃牆，那是整塊玻璃。日本房子是一整排都是玻璃，但分割成的四方形。順便講一下，這種房子已經不多了，台北有一家咖啡館，是你們康教授很喜歡去的，我也很喜歡去，要不要給大家介紹。好吧，妳說說吧。

康來新教授：泰順街四〇巷三〇號，「布拉格」。

王文興教授：

它那個房子大概就是這個模樣，前面一排玻璃，外頭就是院子。它是西式房子改成日式的，西式房子不是這個樣子，他是有意識的把它改成日式的形式，他們也抓到日本房子的特點了：前面一排玻璃。所以各位要看看到底是怎麼樣的，可以去看一看。

好的，那麼這些玻璃呢，事實上小塊小塊的方玻璃，應該洗得很乾淨才好。要沒有的話，就很差了，就一副難看的樣子。目前這些玻璃呢，是所有的玻璃，都已經許久未洗。而且還有更糟的一點，就是其中有幾塊是木板替置的，這怎麼回事呢？

同學：破了。

王文興教授：

破了，沒有再照玻璃補上去。有些日式房子，拿紙板釘上去也有，或是拿木板釘上去也有。這個現象，在這個房子裏都看得到，所以到此為止，這個房子的視覺的部分大概都已經講完了。不論它是傳統的日式，還是後來的修改，都講在這裏頭。最後講的是，這個玻璃門，很多是一塊一塊，不是玻璃，而是木板。那麼由大入小。最後一點，請妳讀最後一句。

原文朗讀：由於長久沒人料理，屋簷下和門楣間牽結許多蜘蛛網絡。

王文興教授：

這是最後一筆，做一個結尾。這個講的是什麼呢，道理跟剛才玻璃沒有洗差不多，就是沒有整理，而沒有整理的結果，就會變成最後這句話的現象。最後這句話講的，是屋簷下和門楣間，這個位置必須把它固定，把它看得一清二楚才行。這個位置呢，就是這個一橫排的玻璃房子上頭，不是有個屋頂嗎？一定有日式的屋頂、或者是日式的雨簷，是屋頂也好，雨簷也好，一定是伸出來的。伸出來的地方，跟這個玻璃門的門頂、門楣（這些玻璃門總要有個高下吧，上頭是頂，下頭是地下），玻璃門的最上方，和屋簷之間，這個部分的地方，多半是沒有光線的，多半也沒有人注意去看它，更沒有人去理會它、整理它。這兩者之間，經常光線很暗，積的灰塵也很多，不整理的話一定灰塵最多。所以這個地方，牽結許多蜘蛛網，上頭攀滿了蜘蛛網也沒人去把它清理一下。

這句話做為這一段的結尾，也因為這句話是所有「由大而小」裏頭的最小的地方，或者是，「由大而小」裏頭，最不容易看見的地方。其他的，攝影機一找就找到了，你要找這裏，攝影機恐怕要稍微要把鏡頭抬高一點，要高一點才找得到這更隱蔽的地方。

所以這一整段，寫了很久，寫了半天，無非也不過說寫個布景，寫個舞台的 stage set，只是如此。但當時的意思是想把這個普通的 stage set，把它改成可以讀的 stage set。

至於說，有沒有人寫舞台劇把布景寫得可讀呢？極少，還是有。我讀過的是瑞典的一個劇作家，他的名字叫奧古斯．史特林堡（August Strindberg），有個三套的劇本，叫 *The Road to Damascus*，《到大馬士革去之路》（好像有個這樣翻譯的翻譯本）。《到大馬士革去之路》，這幾個劇本都寫得極好，而且連布景都寫得好。他的這個三部劇，每一場的布景都像細心設計的圖畫，精心設計的圖畫，外景也好，室內布景也好，都寫得很好，他是一個例外。

第二個例外，也有，剛才說很少，還有一個例外，是十九世紀的俄國作家契訶夫，他的《海鷗》（*The Seagull*）的布景寫得很好，也是像畫一樣。就是這兩個例外。

康來新教授：曹禺的布景寫得怎麼樣？

王文興教授：妳這麼一講——不是說不好——我是忘記了……。

康來新教授：他也是很精細地寫布景，講究布景的藝術性。

王文興教授：那他有可能受契訶夫的影響，他很受俄國作家的影響。

這個寫布景呢——所有文學——中國文學裏——恐怕中國文學「寫景」這點要考慮。自古以來，所有中國文學寫景，只有詩寫得好，小說寫得最差，幾乎沒有，就是舊小說寫景也幾乎沒有。散文（寫景）也不好，人人都說，柳子厚山水，我覺得他山水多半沒寫好，極少的幾篇，像〈鈷鉧潭記〉是不錯，一、兩篇寫得好，其他景色看起來美的不多，每篇都一樣。

中國人寫景，（也）都放在詩上頭，詩的寫景沒話講。詞的景好不好？詞的景不好，幾乎沒看到好。曲的景也不好，通通顧到別的事，尤其是曲，都在氣概上頭，景色不太管。

這是一個可以寫論文的題目——為什麼中國的景物描寫只落到詩裏頭？不知道為什麼？《詩經》的景也不好，沒什麼景。屈原，屈賦也沒有景。所以傳統是不太能寫，但是唐詩以後就很好。有人說陶淵明寫的不錯，也許是他開始寫景的。

好的，第二段我們講了很久的意思，就在於講圖畫。那麼圖畫更可以說，pictorial（畫意）很重要，就是你要有畫意，畫意很重要。而且真實也很重要，也許還可以加入第三點，又真，又要pictorial，還有一點，需要言外之意。一個圖畫畫下來了，必須有象外之象才行。無論是文學，還是看任何圖畫，山水不只是山水，（例如，這應該是一個烏托邦，有人是這樣看的），那麼這就是畫外之意、畫外之象。有人看了山水，覺得雄壯，又是另一種畫外之象。所以寫到這個風景的時候，恐怕還要加入第三點，必須要有allegory（寓言）才可以。

所以我當時在寫的時候，確實是給這段一個除了寫實的圖畫之外，還要有一個意思在裏面。這個意思，就是衰老、就是苦痛。假如衰老和苦痛兩者是合在一起的，那麼它的allegorical meaning（寓意），我特別把它放在這一段裏的某一句話上，讓那句話可以囊括剛才說的，它的畫外之意。整體上需要它有這樣一個任務，而這個任務又落在當中一句所謂關鍵句，key sentence上頭，我當時把它安排在這一句上。那就是要看，大家的看法是不是能夠和我互連，剛好能夠吻合呢？這一句的key sentence，應該在什麼地方？

同學：最後一句。

王文興教授：

最後一句，對，謝謝妳。是最後一句上。你們能不能在最後一句出現的時候，歸納它所有剛才說的它的象外之象？最後一句是衰老、醜陋，還有許多的痛苦在裏頭，不能夠排解，像蜘蛛網絡一樣。這一句的出現，是一個意象的出現，一個image，一個畫象的出現。這種的image，既然它有allegorical meaning的話，我們叫它allegorical image（含寓意的意象），最後一句的任務，是讓它擔任這樣allegorical image的用處、這樣的功能。

然後，這一後段寫完的時候，我讓它整個這一章突然結束，可能這樣的結束讓人覺得有一點沒頭沒尾。前面是沒有頭，後面也沒有尾了，也就是說，當它的任務完成之後，這個畫圖全部畫完以後，我就像那個導演一樣對camera喊cut，停，不要再寫了，是這樣的意思，所以把這個砍掉，再沒有第二句話了。前面好像是始於所不當始，後面也停止於所不當停，好像應該還有，但是我沒讓它再寫。

這個「合」、「閉合」的問題又出來了。前面是「開」了，這裏突然地將它「合」起來，為什麼要突然合起來？要「**突然**」，這是下一章的問題。這是跟下一章的關係裏邊的理由。因為下一章一開始就說：「你看到爸爸了沒有？」從上一章突然地cut到下一章來，為了兩章之間的另外一種的關係，第一章很快地結束，沒讓它再寫別的。

很抱歉，我以為可以講兩頁，結果是一頁。現在我們已經過一個半小時，康教授有別的安排。

康來新教授：我們謝謝王老師。那麼先請張誦聖老師對《家變》提出看法。

張誦聖教授：

不知道王老師還記不記得，有件不太好意思的事情，我一九七三年出國以後，好像每年、或是兩年回來一次，每次回來都有個習慣，就是回台大一趟，然後看一下王老師什麼時候上課，偷偷走後門進去聽課，我這樣聽了有好些年，後來自己覺得愈來愈老，就不好意思再去了。事實上我覺得每次去聽一堂課都是享受，很謝謝康來新讓我今天重新再享受一次。

我想我有兩點要說。第一點，因為在美國教書，要指導研究生，而過去二十年裏——我畢業已經有三十多年了——幾乎每五年到十年，文學批評的典範就大大的翻轉一次。其實後來很多批評典範的改變，總結一句，就是從 text 到 context、從「文本」到「脈絡」的移動。這中間很多都是把新批評、形式主義或者說先前對文本的細讀拿來做為一個攻擊的箭靶。這樣子經過幾番的典範更替，我想很多原來念文學的人都開始覺得有一種失落感——因為發現文本已經不見了。我們現在的研究生，對所有的理論，對傅柯之類艱深的理論，都已經非常熟稔，卻同時讓我們感到有一種危機，就是對文本欣賞的基本訓練沒有做好。所以我覺得今天大家很幸運，有這個機會來做這一方面的培養。

以我本身來說，這麼多年以來，我一直堅信的、支持我的一個觀念——雖然我也很享受那些新的理論，但我為什麼不去念哲學而要選擇文學呢——就是我一直記得王老師上課時說的，**文學其實就是藝術**。換句話是，**文學對於語言的運用，已經超越了它平常做為溝通媒介**

的範疇。我是深深的把下面這些話當成聖經的：語言已經變成像音符、色彩、形狀這樣的元素，作家就像畫家、音樂家一樣，他要把這些元素重新組合。我想我們今天所聽到的，就是這個重組的過程，作家如何把語言重組成為具有美感的藝術品的過程，這也是所有的理論都不能取代的一部分。

第二點是來自我自己教書的經驗。過去許多年——大概已經有二十年了吧——我幾乎每年都教授一門中國小說和電影的課，其間有一件事印象很深。自從《家變》的英文譯本出版之後，每次我上這本書，都會有班上最好的一、兩位學生，主動的在課外跟我說，他們覺得這本書是傑作。通常上這本小說大概是在學期到了三分之二的時候，而後我也很快地會發現一些相關的現象，就是相同的少數那幾位同學，對比較現代主義的作品，比如說蔡明亮的電影，也會有很正面的反應。這個現象，除了一個明顯的解釋之外——就是說，《家變》這本小說就是好作品——也有另外一個啟示，就是對好作品的鑑賞能力是需要培養的；我後來印證，這些同學通常是英文系的，或者是對西方文學有較深的涉獵。跟這個相關的一個老問題是，審美經驗有沒有普遍性的問題。我剛看到易鵬教授寫的資料，裏面好像也提到這方面的想法。欣賞中國的或西方的現代主義作品，跟欣賞唐詩或其他傳統中國文學，有沒有藝術成規、審美習慣或心理機制上異同的地方，我想這也是一個很好的論文題目。

接下來，我還有一個問題，是我最近比較關注的一個題目。我們都知道，台灣現代派的一些作家，比方說余光中先生，對五四白話文的文學語言的運用，其實是持有批判態度的。比較年輕的研究者黃錦樹，也寫過一些文章，區分所謂「中文的現代主義」和「翻譯的現代主義」[2]，好像說王老師是翻譯的、西化現代主義，而余老師則是代表中文的現代主義。我很想知道王老師對這類想法的意見。台灣現代派經典之作的作者，對五四的白話文觀念是一種反叛呢？還是一種延續？我剛才看到王老師的手稿上寫著「通順」，「改！改！以通順第一」，那麼這個通順和白話文的通順有什麼延續或者不同的地方？

康來新教授：

謝謝張教授。張誦聖老師對王老師上課回味無窮。以後幾講請的幾位老師也都是當年王老師的學生，其中張靄珠老師，現任交大的副教務長，她告訴我說，她覺得上老師的課是她大學最美好的回憶。

剛才張誦聖老師提到關於台灣對白話文的接受。如果老師的現代主義是一個西方的而不是中國的，那麼老師接不接受這種說法？

2　黃錦樹提出台灣現代主義可分為「中國性——現代主義」和「翻譯——現代主義」兩類型，稱「翻譯——現代主義」語言策略上的特色與傳統中文大不相同。前者以白先勇、余光中、楊牧、李永平為代表，後者以王文興、七等生、王禎和、舞鶴為代表。見〈中文現代主義——一個未了的計畫？〉，《謊言或真理的技藝：當代中文小說論集》（台北：麥田，二〇〇三）

我們再請梅家玲老師對談。

梅家玲教授：

謝謝。很謝謝康老師給我一個機會，能夠到這裏來聽王老師的講解。我覺得在幾位要來跟老師請益的學者當中，我是其生也晚，沒能夠正式成為老師門下的門生，上過老師的課，只能自己找機會聽老師演講，或者偷偷地溜進老師的課堂，稍微聽一點。今天坐在下面真覺得如沐春風，老師對於文本的細緻講解，還有對於他創作過程中匠心運作的過程，我覺得真是受益良多。不管是我們自己讀小說，以後在課堂上跟同學談小說，這樣的一種解析，其實也給我們很多的啟發，讓我們知道讀小說可以怎麼樣細緻的、一層一層地去欣賞作者的藝術巧思以及苦心經營。

今天老師主要是在寫景的部分，給我們做很深入的講解。我的感覺是，老師雖然是寫小說，但根本就是用一種寫詩的態度，一種經營詩的意境的方式來呈現，我覺得非常感動。而且經由這樣的方式去了解，我們可以更進一步地體認到這部小說在文字上面的魅力。

但另一方面我也覺得很惶恐，因為原本康老師要我來參與這個手稿學的討論，我對於所謂手稿學是什麼，其實並不清楚，剛才看了易鵬教授的資料之後，我想，也許我可以在這個方面想再跟老師請教一下。因為拿到這個資料之後就很興奮，開始從老師的手稿文字入手。我逐字逐句的在這裏跟排版之後的文字做了一些對照，發現幾點我覺得滿有意思，想進一步了解的現象。

第一點，老師剛才自己朗讀的時候，一開始就說「第一部，A」這段唸完之後，接下來是「B」，但是我們在手稿的部分並沒有標示A和B的部分，而我們看過經排版的《家變》，會發現老師在分段上是非常用心，除了有英文數字的ABC，還有數字的1234。這些在我們目前所看到的手稿上面，並沒有呈現出來。所以我很好奇想要知道，老師在做手稿書寫時，是不是就已有很清楚的ABCD、1234的分段的結構方式？排版後的結構方式，是什麼時候形成的？因為我們好像在手稿上沒有看到，這是第一個問題。

第二個問題，其實跟剛才張誦聖老師所提出來，所謂的五四的白話文，還有中文的現代主義，或者是英文的現代主義之間也有一點關聯。就是說，我翻到了第一頁之後和第二頁之前，其實好像老師另外有一小頁的筆記，這個筆記上有英文註記。譬如說第二頁一開始的時候，母子之間有衝突，翻頁說「出去出去」，小筆記上面其實是先用英文把它呈現出來。我覺得滿好奇的，老師在從事實際小說寫作的時候，是不是英文的語法、結構，或者是一些慣用的模式，也會左右到您在小說的行文、布局？您是否在一個中西對話、或說交融之下，去經營您的小說？是不是試圖在這當中去尋求另外一種創意的呈現？我想就先簡單的提這兩個問題，謝謝老師。

康來新教授：請老師回答。

王文興教授：

謝謝張教授和梅教授。先回到剛才張教授的那個問題，當然也就是梅教授提的，我個人對五四以來的白話文看法如何。嚴格的講，我不喜歡白話文，從很早就很不喜歡。但不能說白話文沒有寫得好的。我是覺得白話文有很多限制，這個路愈走愈窄，走得你非寫白話文不可。而這個文言文是海闊天空，你怎麼寫都可以。所以這是我反對的理由。

白話文也有寫得好的，因為時代已經是白話文，我也不得不跟著走。我就幾十年以來很努力地去找，誰寫白話文寫得好的，我就去拜讀他。元曲當然很好，這是我常常拜讀的，但我還是覺得路太窄了，還有，很多，他那樣寫，只是一篇一部分而已（意謂：一首元曲，也只有一、二句可稱白話）。那麼，五四有誰呢？五四的郁達夫寫得很好，我常常拜讀他。但郁達夫也不是大白話，他的好完全因為他的文言文好，那麼他寫白話文簡直是輕而易舉。我順便提一下，郁達夫的古文、舊文學真是好，我最近才讀他的詩詞，一般人不讀的，郁達夫舊詩詞比他的小說寫得好。好，郁達夫的白話文我覺得很不錯。

然後呢，誰的大白話寫得好？趙樹理寫得很好，可是趙樹理又受他白話的局限，他只能寫鄉下的生活。你一看趙樹理寫起文學批評，那不曉得是什麼文字，我看都不要看，好像不是他寫的，到這個地步，也真說不定不是他寫的，誰知道。趙樹理寫鄉下的口語是好，第一流的。

趙樹理，要我去學他是不可能的，除非我改頭換面，當初投胎在什麼山東的鄉下，我才能寫那樣好的白話。可以學的是什麼人呢？郁達夫也不必學，你學古文就好了，學文言文就好了，學到後來你就是郁達夫。那麼有一個人我很佩服，可以照他走，應該說是兩個人。一個是豐子愷，他的白話不是大白話，不是方言的白話，但是也靠古文，也有很多西化在裏面，能夠變出一種彈性很大的散文來，這是我比較佩服的第一個人。豐子愷是第一個。第二個，我佩服的人不是寫小說的，他是做翻譯的，黎烈文。黎烈文翻譯的法國小說，那一手的中文，或者有人罵，我聽過很多人罵，完全是西化的中文。但我覺得非常好，那是給中國的現代語言帶出一條新的路子來，西化，而且通順。我常常督促自己要通順，就是照他的意思，怎麼樣你能夠兩邊都顧到，你能夠讀起來是通順的。很高興我是黎老師的入門學生，他當初教法文的時候，我並不要學法文的，我的法文也不好，我是因為常讀他的翻譯所以選他班上的課。在他班上，因為他只教法文，所以我沒學到什麼，但是常讀他的譯作，學到很多。後來他的研究室是借給我用的，我非常感謝。我知道他的國學底子非常深厚，所以換句話講，你想要寫得像黎烈文一樣，你先把文言文學好，先把中文學好，這是天經地義的。

關於語言的問題，我在想，到今天為止，我們的白話文還是沒有出路，我還是沒看到怎麼樣能夠寫到恢復文言文那樣輝煌的時候，這天還沒等到，也許還要好幾百年也說不定。但是顯然地，這條路一定要從傳統裏頭來。至於說那個從傳統裏頭來，要不要西方的影響，我是覺得無妨，你不受西方的影響，你路就不夠寬，你應該是能夠融會各方面的優點。就像以前的中文，有人說佛經很好，佛經的中文有時候是很好，但那是中文嗎？那是印度文，佛經根本就是翻譯的中文。那你能夠接受受佛經影響以後的中文，今天也應該能有胸懷接受西式的影響、西方的影響。你不要照單全收就是了，拿到了以後自己再決定其如何。

回到梅教授剛才的問題，在我手稿上為什麼出現有些英文的部分？我完全沒想到我背後寫的字讓易鵬也把它印出來了，我完全忘記我寫的時候背後還有一些字，那是寫的時候，大概是明天要怎麼寫，暫時打一個草稿。當時這些字的出現也是錯誤百出，因為想都不想，只是說有個字方便，冒出來的是英文字比中文字方便等等。所以那些英文字是不足為訓的，只是為方便隨便寫一寫。這跟有時候平常講話有幾個詞彙，非用英文不可，那也只好脫口而出是同樣的道理。我絕對沒有想到，哪一天中文變成一半是英文字一半是中文字的一種新的中文，這大概不太可能，這也不是我個人想見到的目標。剛才還有什麼問題我可能忘掉了。

康來新教授：分段落，ABCD。

王文興教授：

喔，ABCD這個段落。這對我也很陌生，我忘記了我當時沒有分。也完全忘記什麼時候開始分的。開始分一定是我抄正稿的時候分的，因為這個只是初稿。我後來有一個寫在格子、稿紙上的，要比這個工整些的，我總覺得那個才是見得人的。我以為（你們）印出來的是那個工整一點的稿子。那上頭——其實我抄正稿的時候，事實上是最後一遍的修改——等於是修改，邊抄邊改。大概，那些1234啦、分章的數目啦，都是那個時候定的，也就是等於那時候修改的一部分。所以是這樣來的。

但是呢，寫之前雖然沒有符號，但是當然心裏是清楚的，這一段是過去，那一段是現在，這個時間是不會弄錯的。時間並不是後來才貼上去的，這一段要它是過去，那一段要它是現在，原先想的時候就是這麼想的。還有沒有忽略的問題？我們要不要請馬大安，妳要不要講幾句？還是請葉副校長指導一下，剛才的談話。

葉永烜教授：

王老師對於白話文的分析是很好的，有一些文言文是海闊天空，白話文還是有它的限制。例如說郁達夫他們幾位的白話文寫得非常好，我想回家之後要到書房把它看一看。這一方面我覺得同學可以做一個滿好的研究題目，看看不同的文學家、小說家他們正在講他們的白話文怎麼來寫，他們是有一定的style，會影響到以後的中文寫作方式。我想一個重要的文學家一定會對以後的語言的寫作是有很大的影響的，希望以後再有機會聽到王老師這方面的見解。謝謝。

康來新教授：那麼老師是不是讓同學提問？

王文興教授：

是這樣啊，時間沒有關係。只要你們回去不嫌晚，我想再延長一些無所謂。好的。還是請康教授當主席，妳來邀請。

康來新教授：

現場有英美語文學系的曾安國老師，中文系王力堅老師，莊宜文老師，莊老師今天很辛苦，幫我們到台大接人，她是張愛玲的專家。王力堅老師是教六朝文學，也教明清文學。王力堅老師經歷文革，是文學青年。

王力堅教授：

我能提個問題嗎？王老師非常感謝能夠聽到您的演講。對於您的手稿，我很感興趣的是第一頁的標題，我覺得這個是很有意思的。看到標題，好像一開始是《出亡的父親》，然後周圍有六、七個題目，是不是好像筆跡也不太一樣，是不是都是您寫的，我想看看是否在這裏體現出您對這個題目的選定修改？

然後下面有幾個字「改！改！以通順第一！」，是不是針對這個題目來說的，如果是的話，那麼光這個題目刪幾個字，也會有通順的問題嗎？再給這標題左右兩邊有個時間點的記錄，左邊的好像是開筆，那麼右邊是什麼我就不太清楚，這兩個時間是什麼意思，我想請教王老師，謝謝。

王文興教授：

我先說我記得的。當初小說寫完了之後才有書名。當初是空白，完全沒有書名，不知道這本書叫什麼名字，所以有六、七年的時間它沒有名字。到後來呢，這裏寫了幾個書的名字，大概有兩三個禮拜的時間，不同時間寫上去的。就是一次想一個題目，並不是說一次想一個題目，想好了後來把它改過來，而是每一次想題目都是一個嘗試，都是試試看，照這個再往下想，想一個可以好過於它的。所以起先幾個題目是寫了很多，《家變》之前那個我記得是《四人之家》，本來是用這個題目，後來又把它改過。

說句實話，現在改《家變》我並不喜歡，我也覺得沒什麼，我還可以再等，而且我覺得小說題目、書名是最不重要的，今天還是這個看法。就像一張畫，你不必認為這張畫要有什麼題目，中國哪一張山水畫有題目的？從來沒有。只是說，（有了題目）讓人好認而已。所以我對《四人之家》還有一點好感，直到今天也還有一點好感。至於當初為什麼拿開換掉？也許我覺得四個字多了一點，力量不夠。而且這個詞好像和一篇海明威的小說有點關係，所以我把它拿掉，那是一個短篇小說，是〈一個士兵的家〉（A Soldier's Home），所以我覺得太近了，把它換掉。

那麼下面的時間，可能這是我忘記的地方，左邊的是，沒錯，第一個字落筆的時間（一九六六年六月十八日）把它寫下來。右邊的是故事的時間，我知道了，那是說，小說開頭「一個多風的下午」，到底是幾年幾月幾日，我寫在右邊，我設定它是一九六六年四月十四日下午三點，大概是這樣。不過這個很普通，大概小說裏邊每個人物設計的時候，前前後後什麼都要想，連他穿什麼衣服不寫進去的都要想，想完了覺得沒有遺漏，認識他了，然後再寫。然後呢，什麼都沒用上，經常什麼都沒用上。所以一九六六，四月十四，這也沒有用上，沒有人知道，就變成這個樣子。

王力堅教授：

不好意思，我能不能繼續地請問一下，剛才好像有說到通順的問題，我非常驚訝，您說您寫完了都還沒有題目，當然我自己的經驗是正好相反，所以我覺得非常佩服。如果是這樣的話，我根本不敢下筆，不知道寫什麼。康老師剛才也說過，以前我寫過一些文學方面的東西，我一定要想很多題目，到後來搞學術研究，也是一定要先有個題目才敢下筆，所以我非常佩服您這種可以完全沒有題目，就完全的寫下來，然後再回頭想題目，這是一個我覺得很驚訝的問題。另一個就是時間點，為什麼會寫得這麼細，比如說四月十四，不能四月十五嗎？為什麼一定要十四，不好意思啊，謝謝。

王文興教授：

四月比較容易定，因為「一個多風的下午」，我把溫度、風力的大小，大概決定在四月，台北的四月。現在氣候不太一樣了，真的不太一樣了。如果風太大也不行，吹的是小風，教他發愁的風，所以我就放在四月十四。剛才說四月。十四我是怎麼想的呢？啊，你看我後面寫了 Thursday，我大概先想到禮拜幾，然後到日曆上回頭去看，那個禮拜幾是落在哪一天，那個禮拜幾，大概是和范曄的上課時間有關，他當天還有一些事情，大概是這些，我後來仔細想了是為了這個。總而言之，它不是一個週末。那，這個十四號是因為後面的週日，是這樣定來的。

關於「改！改！」這個是什麼時候寫的，讓我想想看，好像是我抄正稿的時候寫的，對了，我抄正稿的時候寫的，抄到後來我洩氣了，我想這樣不行，這個誰讀啊。後來跟我太太講說，整本書我要重寫。我說過這句話，我說我要重寫。我以為我重寫的時候可以邊抄邊改邊寫，後來辦不到，每一句都不對，怎麼改都不對，所以這個「改！改！」到後來是做了，但是都沒做成。就是怎麼改，我覺得恐怕還不如以前的那個不滿意的，所以後來就沒辦法繼續改下去了。所以這個紅的字是抄寫的時候，抄正稿的時候補上去的，大概是這樣子。

康來新教授：

老師寫日本式的房子，是以自己的經驗去追憶嗎？像我也住過日本式的房子，但現在卻要看到泡湯、泡澡的日式建築，才會勾起那個踏腳圓型石頭的記憶。所以我想知道老師這個「景」，為什麼現在可以講得這麼有層次、這麼匠心、這麼美，一字一句都不能省？這是第一個問題，還有老師怎麼讓「景」如在目前？又達到老師覺得逼真、有畫意、有寓意的目的？

這個過程，怎麼回事？因為那天我們也問林文月老師，她的〈江灣路憶往〉，雖然沒有那麼細部，但是對童年的那條街，有什麼店舖？有什麼公共設施？這些回憶都能一一寫出來，我以為她有參考書，例如上海的地圖，幫助她寫出來，林老師說全憑記憶。不知道老師這個日式的建築物是怎麼樣寫出來的，空想嗎？還是記憶中的家園。

王文興教授：

這一部分，我想是據實比較多。平常在小說裏，地點容易在寫的時候據實描寫，但是寫小說的人寫到人物的時候，就常常會有修改，因人物據實的話，會有很多……，反而不夠藝術，常常寫的時候是兩三個人合訂成一個人，或者一個人分成兩三個人，這樣換來寫，甚至連性別都換來寫，這都有可能。那麼場景，是據實比較多，而且寫這個場景的時候，因為當時我是要整個的把中日式的建築好好檢討一番，所以這篇小說幾乎是當論文來寫。

後來，大概兩年前吧，台大城鄉所有一位劉可強教授，他是學建築的。他就在他們班上出一個作業，班上十幾個研究生，他們的作業要做建築模型，那麼他的課題呢，就把我這本書給他們（指學生），說裏面的房子你做出來。結果他的學生做得很好，選了最好七個不同的角度，有的做室內，有的做室外。有一個就做外頭這個，就完全照這段（指剛才所讀的第二段）來做，做得相當之好。那些模型現在應該還在城鄉所裏頭。七個裏頭，有個女同學做廁所，做得很簡單，結果做得還對，只是屋頂做錯了（那年代的廁所屋頂是平的）。他也不怪她，因為我裏面沒有寫屋頂，所以她屋頂做錯了。

小說不光是寫人，很重要的小說裏頭應該也要寫到文化。小說裏邊能夠觸及到社會，這是很要緊的——這誰也都知道。社會之外，其他的文化，能夠牽涉到，當然是愈多愈好。可惜我不會音樂，不然我也要有一篇是講音樂的「論文」。誰能把音樂的題目好好檢討的話，值得把音樂寫進去。小說不只是寫人，還應該寫文化。

康來新教授：

今天朗讀的周同學，因為她上學期的讀書報告就是寫《家變》，而且還得到最高分，喔，妳是寫《小說面面觀》。寫《家變》的是哪位同學？來了嗎？這個問題問大一的同學。

王文興教授：妳剛才讀得很好，請妳發言。

周婕敏：

謝謝老師，其實我在唸的時候，有點緊張。事先被通知要唸，就趕緊找書，一直唸一直唸這樣子，就怕唸錯。後來細部唸的時候特別有感覺，就像老師講的一樣，像一幅畫在腦海中呈現。因為我自己本身對創作很有興趣，所以我也很想試著像電影一樣把它寫出來。

同學：

我自己寫東西的經驗是我想到什麼，然後就按照這個寫出去，慢慢擴成面，然後再一塊塊接起來，這是我的寫作經驗。我剛剛聽老師這樣講解的時候我就很驚訝，因為我覺得老師好像很用功，寫之前做了非常多非常多的功課，我嚇了很大一跳。我想請問，老師在創作前真的是蒐集很多東西然後開始寫。如果是這樣子的話，老師的靈感是怎麼樣和你做的功課結合在一起，或者是說有靈感之後才去找功課來做這樣。謝謝老師。

王文興教授：

首先，我完全不相信靈感。你要寫什麼，給你一個題目，就像你考科舉一樣，兩小時內寫出一篇文章出來，就是這樣子。每天你給自己時間，要做什麼，你臨時去想。當然我不反對：你臨時去想的時候，也許就是所謂的「靈感」。但絕不是說哪天靈感來了才拿筆，靈感不來了不拿筆，那種靈感實在是不足取的，恐怕也沒有那樣的好的東西。

至於說寫之前要不要做一些策畫工作，這恐怕是每個人的寫法不同。我看了許多，外國，也很好的作家，他們是邊想邊寫，像巴爾札克就是，他從來不做詳細的研究，所以這是個人的不同。

我的看法是，選擇這條難走的路反而對我容易些，因為你先想好，後面就不必傷腦筋了，邊想邊寫就會落到後來，我自己就會手忙腳亂，你根本不知道寫下來的次序是什麼。我們中國有個滿好的批評家，吳梅，就是寫詞、曲的，他的書裏就強調有些詞人詞寫得好，就是因為不會「**手忙腳亂**」，那麼我也很同意這四個字，就是說準備的愈多就愈容易。對我來講，的確可能為一句話要準備五、六天，這個時間是無所謂的，人生的時間就用在這個上面嘛，多用一點無所謂。

所以我是主張是先想好。然後，我個人是——另一個跟這個關係不大的——就是，我認為所有的藝術到最後，好壞還不在於剛才一再說的真與不真。因為真不真不是太難，到某一個水準的畫家他畫的，或者某一個作家寫出來的，要達到「真」，真、善、美的「真」，並不是很難，這是基本而已。最難的是什麼，最難的是結構，這是一般作家不太去注意的問題，更是一般批評家或者讀者忽略的。我可以肯定地說，最好的批評家最後看到的都是藝術品的結構。你聽貝多芬的音樂好不好呢？不在於它的力量，恐怕最後還要看它的結構好不好，樂曲都是如此。至於看圖畫、美術，肯定是如此，到最後只看到結構，從結構分高下。而且嚴格來說，結構並不機械化，**結構就是美學**。結構好的話，本身就是美了。為什麼有人結構好，因為他要從（結構）裏面表達他的美的觀念。所以我年紀愈大，就愈肯定結構的重要。

康來新教授：

王老師還是一天定稿三十個字嗎？我知道王老師第一是保持每天寫作的習慣，第二是對自己的稿子不怕改。定稿字數，我印象中是三十個字，現在還是嗎？

王文興教授：

現在有時快一點，四十個字。最高興有時運氣好，到五十的話，那是很少有的，就可以慶祝。

康來新教授：我們其實也讀老師手記型的散文，手記也是要寫這麼慢嗎？

王文興教授：

那個沒有。那個是，當刻就寫的。但是我算過大概字數多少。如果從晚上八、九點鐘開始寫手記，邊想邊寫，把白天想的拿來寫，從八點鐘寫到十二點，約三百五十個字，是比小說要快。因為它沒有結構。無所謂結構，只要把意思表達就好。不過有時候當中幾個字也很傷腦筋，要看看取捨的問題，但是已經快多了。但我大概任何手記不會超過一天三百五十個字，也沒有比這個更多了。

康來新教授：

所以老師就是一個典型慢工出細活的人。在老師身上看到一個真正的「慢」工——耐得住孤獨，選擇一種孤獨的路，長此這樣走下去，多年來都不變。

那天我意外的發現有一個寫城市的舒國治，他的散文非常像老師的手記，老師跟他熟嗎？

王文興教授：我聽過這位作家的名字。他是寫什麼？

康來新教授：

他寫很多城市。我最近看到他在《聯合文學》寫台北的小吃，覺得非常像老師的手記。

王文興教授：應該找來拜讀一下。

康來新教授：有很多文言的成分，不像大白話的。

王文興教授：喔，馬大安。

馬大安：

今天一開始的聲音檔是您自己讀的嗎？我想請問大家對那個開始的時候讀的方式有沒有一些感想。

康來新教授：就是錄音的讀法是不是？

馬大安：對。

康來新教授：有一個清華來的同學，請說。

吳佩玹：

老師您好，我是清華大四的同學。我在看到《家變》序的時候，老師您要求讀者理想的閱讀速度。剛才看您示範，看來我們都太橫征暴斂了。我比較好奇的是，老師在寫對話的時候會融入裏面，很像一個演員這樣在寫嗎？就是可能會很激動的，加快速度嗎？謝謝。

王文興教授：

大概每個人寫的時候，你會化身成裏面每一個人，語言是，肯定的，就是不同角色的語言，你一定在心裏面自己加很多別的。關於這個語言跟表演的問題，我們下個禮拜會談到。

這個禮拜是講布景，下個禮拜是講對話。下禮拜會看出Actor（演員）、Acting（演技）等。馬大安，剛才還有什麼我沒回答妳？好像還有一句是嗎？有沒有？

馬大安：

老師您解釋語言這一段，其實我本來已經明白了。其實對我來講是您開始讀了之後，因為您的rhythm（節奏），因為您的讀法，您有些地方忽然間沒有聲音了，我好像是等於聽到那個camera在動，這是我的感覺。

王文興教授：果然，妳是當年班上成績最高的同學。

康來新教授：

易鵬老師要不要講一下？這個錄音是易鵬老師在漫長的歲月裏頭，陪王老師在台北的錄音間一字一句這樣錄下，我想你可以講給大家聽，很辛苦，連咳嗽都不能咳。

易鵬教授：

對，因為那房間比較窄一點，所以有時候會咳嗽，可是不能咳嗽，因為跟王老師在同一個房間裏面。其實我收穫最多的是王老師在唸之前會先把稿子fax給我，我可能要先查一下生字，怕到時候老師唸錯字還是怎麼樣。關於王老師剛才在唸的問題，大家如果仔細聽，它裏面的停頓、抑揚頓挫，其實都滿具有它本身的意義。那個時候，尤其跟王老師在一起錄音的時候，我其實有點像在做句讀，就是他什麼時候的停頓。在《背海的人》裏面更是這樣。

從錄音本身，很多可能閱讀時不會注意到的關於句讀、停頓、聲音抑揚頓挫的問題，比較容易聽得到，那可能是另外一個重要的訊息。主要是這樣，謝謝。

梅家玲教授：

有個問題想再跟老師請教一下。因為剛才提到聲音，我覺得聽老師錄音的時候，會感覺到您在唸第一段和第二段的時候，呈現出不太一樣的語調。而在唸第二大段的時候，似乎感覺到您在唸木板的顏色，已經變成暗黑之後，有一個相對比較長的停頓。當時我在聽的時候會想，這個地方的停頓之所以比較長，是不是它自成一個段落，要跟後面有一個區隔？您那麼注意、注重文字的酌鍊，以及層次的鋪排，既然這麼強調這裏，為什麼不在這個地方另起一段？是不是因為它跟整個要呈現的孤獨感是結合在一起的，只因為這裏面有層次，所以您就做了這樣的區隔呢？這個是從您剛才的朗讀所延伸出來的問題。

另外我還想再追加一個問題，我非常興奮聽到您剛剛提到結構的問題，因為我後來提的第二個問題，就是ＡＢＣ還有１２３，其實這背後所牽涉到的就是這本書的結構問題。我非常好奇的是，您在寫這本書之前，對於這整體的結構是不是一開始就有一個非常清晰的圖示在那裏？以及，在這個圖示形構的過程之中，您有沒有除了手稿之外的其他筆記，註記了哪個段落要寫到什麼樣的程度，或者說場景、情節要怎麼轉換？而您在真正落筆的過程當中，您對人物塑造或者對話經營，有沒有對之前的結構規劃產生牽一髮而動全身的影響，以至於調動或改變了後面的結構圖示？我比較貪心的問了比較多的問題，謝謝。

王文興教授：

謝謝梅教授，妳剛才注意得很好，就是第四行的「黑」字和「房」字，錄音的中間是有一段很長的間隔。這個間隔當時聽的時候很驚訝，後來想通了為什麼，因為錄音間不會一口氣錄完，我常常一句話不滿意就重錄。這個聽到的是編輯過的錄音。易鵬也記得，我兩句話大概就要停一下，不好的話就再錄一遍、兩三遍，然後錄到這一句可以用，我們就請他保留。這可能是錄音間技術問題，他們錄音間後來大概在這段落處理銜接時，當中忘了接得快一點，當中停了太久了一點，所以這有點錯。

當初還跟錄音間要求，考慮到上禮拜的聲音跟我下禮拜的聲音，音調不太一樣，後來想個辦法就是每次錄的時候先聽上個禮拜的，聽完了之後我再接下去，我才知道我上禮拜的pitch在什麼地方？tone是什麼？要不然會有語調的差別。所以剛才完全是技術的問題，確實是有一點這樣的問題，能夠補救當然最好，把那個暫停的三秒鐘把它補回去，沒有那麼長。

關於結構，尤其是分章的決定，分章和結構的決定，在《家變》的時候我稍微模糊一點，只有第一部、跟第二部，「部」方面的分別很清楚。中間的分章是寫之前決定的，比如說，我寫了第一章以後，第二章、第三章要寫什麼，那要先想個幾天，但是下筆之前一定會決定好第一章寫什麼，第三章寫什麼，然後再開始寫第二章。這是《家變》的時候，比較馬虎。

現在我寫的一本書，所有的分章都固定了，所有的分章。尤其現在這方面稍微熟一點，從頭到尾每一章都已經分好了。所以這是先後的不同。

我還是奇怪，剛才馬大安妳講的，妳是說妳聽的時候已經知道所有subtext（弦外之音）的意思，是不是？

馬大安：是。

王文興教授：

那還真的是很了不起，由於你要visualize（影像化），不容易。我是一個很慢的讀者，我讀別人的書很慢，確實一天只能讀一、兩頁。花很多時間，每讀一句我都停很久，就是要把一句話影像化，常常很多text，試好幾次都不成功。沒抓準，要選一個準的。這方面我確實速度是慢了些。好，再問一個問題。

洪珊慧：

老師非常謝謝您來上課。以前讀《家變》時，感覺寫出對父親情感的微妙，呈現一種非常真實的感覺。老師今天提醒了我們場景的寫法，是可以像塞尚的靜物畫一樣，您有您巧妙的構想。

我有個問題，回到老師的手稿，您手稿上的題目，例如有：《出亡的父親》、《逃亡》、《出走》、《出走》……，感覺上好像都是以父為主。但是，《家變》最後結尾的時候，父親是不在的，父親甚至是徹底被遺忘的，范曄跟他母親的生活好像也愈來愈好了，包括剛才一直提到的 camera angle，小說書寫當中似乎是以范曄為主。剛才您提過題目《家變》是整個小說都完成後才開始命名，我很好奇當時您在訂題目時的思考：這部小說是以父為主導？還是以子為主？然後去講父子之間的關係呢？謝謝。

王文興教授：

這幾個寫上去的題目，是最後才決定，而且是連續的、幾天的時間，連續地把它記下來。就像妳說的，這幾個題目裏面很多都是以父為主的，但是，顯然是愈到後來呢，我記得倒數第二個是《四人之家》，這時候已經擴充到一整個家來當作題目。然後最後一個才是《家變》，這就像妳剛才講的中間是有一個改變——那麼開始的時候只寫以父親為主體。

但是，前面幾個以父親為主體的，並不等於說這本書只寫父親，而沒有兒子，沒有其他的人。因為這個題目雖然都是提父字，題目只是說它的中間的這件遭遇是父親出走的遭遇，引起其他的方面也都包含在這個遭遇的影響裏。所以，假如今天題目只講父親的話，我覺得還是可以涵蓋這個故事的一切，只是我沒有找到一個這樣的理想題目。在寫的時候並沒有設計成整個的書本只關於父親一個人，確實著眼點至少是在父子兩者的關係，應該有包含兒子的這個身分在內。

康來新教授：

剛才提問的洪珊慧同學，她的碩士論文指導老師是陳萬益教授。陳萬益老師會擔任最後一講的對話人。我們今天的時間其實已經超過了，很謝謝王文興老師，還有其他的老師、還有葉副校長。我特別要講的是，王老師這次一口答應我們中大，他把他這次的——

王文興教授：不要講，不要講。

康來新教授：

他其實做了一件很「宗教」的事情，就是完全的付出。所以我們再用熱烈的掌聲謝謝王老師。歡迎下個禮拜五，如果有報名研習班的學員，來文二館212，一個比較小的教室，如果沒報名但有興趣的話，仍然歡迎你來，再次謝謝大家。

《家變》逐頁六講

——以評點學與新批評重現《家變》寫作過程

第二講 舞台型的對話與獨白

時間：二〇〇七年五月十八日（五）19：00～21：30

地點：中央大學文學院二館C2-212教室

主持人：康來新

特約學者：呂正惠教授（淡江大學中文系）

原文朗讀（王文興教授聲音檔）：

「你看到爸爸了沒有？」

無回答。

「你看到爸爸了嗎？」片晌後，她再問，她白棉似的細髮下憂傷的眼睛注望過來。

他抬起頭，把書放下：

「你進來問過三次了。他怎麼啦？誰看到他沒有？我是我，他是他，根本拉不上關係，我飯吃多了，管到他人在那裏！他不在，好，去他的！」

他的臉清癯俊秀，在鼻粱的左邊頰上有一顆醒目的黑點；他的黑髮濃重地斜斜遮住他蒼白額面的上半：他的目光這時洩露仇恨的光閃；他揀起鏡腳張開的眼鏡戴上。

「他出去快兩點多鐘了，」她說，「奇怪沒有說一聲就出去，且連鞋子都沒穿，祇穿了拖鞋。我是聽見有人開門的，以為是你出去，不久我喊他去提水，幾聲都喊不應，才知他不在屋裏。我到打水機那兒找，也不在，又上隔壁樓上找，也沒見，想到可是出門去了，但回頭察察鞋子還在。我又到巷口小舖子裏看了，又到街上張了張，四下又再找過，但一直就沒找到。你說這奇不奇，他跑那兒去了？」她注視着他，再繼聲道：「他祇穿了拖鞋，應該就在這附近的，但是沒有——就在附近不會兩個多鐘頭了仍沒回來。他要走遠——他趿着拖鞋，會走遠了嗎？不過他是走遠了，附近找不到他。他出門的話也該說一聲，一向他出門時都說的。」

取下眼鏡，他重拾起書。

「聽到了。出去！」

她露現難堪和慍怒。

「你在同你母親說話。」

他站起，戴上眼鏡，即刻摘下，高舉起雙臂呼道：

「啊，啊，好啊！」他點着眼鏡腳，「不—要—在—看—書—時—打—擾—我，我講多少遍了。你一次接一次，侵犯過多少遍了。你——還有他——從來不屑聽我開口，祇當我在放屁。天，我過的是什麼生活，誰會知道我過的甚麼生活！你看書，才看到第三句，噗，有人進來拿東西，不就是掃地，不就隨便問你一句。你們就不能給人一點不受干擾，可以做一會兒自己的事的起碼人權嗎？你們為甚麼要侵犯我，我侵犯過你們沒有？天，這所房子簡直是間地獄。沒有一天聽不到爭吵，沒有一天不受到他悲哀面容的影響。他是個大悲劇演員，他免費請你看悲劇。別站在那兒像上絞架一樣，你不配扮這張臉，扮這張臉的人該是我，知道嗎？該是我，是我！你還要我對你說話恭敬，敬愛的母親，您怎不看清，恭與不恭敬，我根本不想說話！一句我都不想說！我可以像蚌蛤一樣閉咀從天明閉到天暗，廿四小時，四十八小時，都沒痛苦。痛苦？那才樂哩！祇是我知道我別妄想，我別想得到。」

他的母親一分鐘前即已退出，他走到門口將門關上。

康來新教授：

王老師、在座的老師和同學，大家晚安！這次人文校外學者王文興老師的研讀班系列之二，在比較小的空間展開。上次王老師第一講從《家變》開頭「一個多風的下午」開始，而今天是一個梅雨的晚上，我們將繼續隨著老師逐字逐句地，用聲音、用非常獨到的講法，隨著他再次進入《家變》的時代、《家變》的文本。

今天請到的對話人是老師指名的——那位「姓呂的同學」，呂同學也是呂教授，我們很謝謝呂正惠老師，一口就答應了，並帶來他在中國大陸為老師編的專輯[3]。為了老師這次的研讀班，呂老師還特別重新買新版的《家變》。因為王老師很認真，所以我們也很認真。上次有位同學聽過老師的演講後，說寫論文要像老師寫小說那麼認真。所以，老師對大家的啟發是非常大的。現在就開始今天的第二講。

王文興教授：

上次特別講到「開」「合」的問題，「開」「合」的這個處理。也就是說，上回的最後一

3 即《新文學》第二輯，河南：大象出版社，二〇〇四年六月。

句話，就是一個「合」字的安排。最後的那一句話，讓人覺得是戛然而止、突然停止的。這個突然停止就比較能符合「大合」的意思。

那麼這個「合」，下面第二章就又「開」了。這「合」跟「開」，在第二章的「開」的感覺，要讓人覺得是舞台的幕拉開。為什麼呢？因為第一章說過，要寫一個舞台劇的布景的感覺。那麼，第二章的開始就好像是突然幕拉開來了，戲就開始。如果換成電影，就是從第一章跳接到第二章，用jump cut這個詞彙來講，跳接到第二章。「跳接」的意思是說，你接過來是沒頭沒尾的，這第二章開始就是這樣，沒頭沒尾，突然兩個人在講話。這突然的兩個人講話你說它是跳接也可以，或說它是另一個名詞，叫slash cut，很粗暴的跳接。中間沒有什麼過場，沒有任何解釋，初看不太懂，但是，一跳就跳到一個戲劇裏頭。這是第二章開始的安排。

第二章從第二頁第一行到第四頁的第三行，是一個單位（即上面聲音檔內容），這又回到舞台劇的處理方法。前一章我們說攝影機是兩個鏡頭，固定的兩個鏡頭。現在你除了當戲劇來看以外，以攝影機鏡頭來看也是一樣，也是擺在固定的位置。這個camera set固定在哪裏呢？剛才講第二頁到第四頁第三行這個單位來看，攝影機在台下觀眾的位置上，這個攝影機涵蓋這兩頁多的舞台劇。所以今天我們要講這兩頁，就當成是一個舞台劇來看。

這舞台劇一開始是沒頭沒尾，「『你看到爸爸了沒有？』無回答。『你看到爸爸了嗎？』

片晌後，她再問。」第一句「你看到爸爸了沒有？」沒有人稱，我們不知道是誰講話，第二句「無回答」也沒有人稱，也不知道是誰沒有回答，這兩個人物都隱藏起來，到第三句以後才開始逐漸地洩露講話的人是誰，跟他的關係是什麼關係？到了第三行，又重複再回來問：「你看到爸爸了嗎？」，下面是，「她再問」，這時候才知道其中有一個是女性的她，然後再下一句，再一個轉折，才知道女性的「她」，不是普通女性的她，而是一個老太太的女性，所以她的身分現在才出現，女性的身分現在出現，這個兒子的身分呢？下面「他抬起頭」才第一次出現，因為前面只有「無回答」，「無回答」是沒有人稱，現在「他」是這樣洩露出來的。

之所以把人稱隱藏起來的理由，是一般戲劇常用的方法。一般的戲劇常用一種因果顛倒的方式來寫，先把果寫出來、講出來，下一句再把因洩露出來，不是先因後果，而是先果後因。目前開頭這幾行在人稱上，就是這樣一種安排。「你看到爸爸了沒有？」這句的人稱要到後邊，這個原因要到後面才出現。同樣，兒子的人稱到後面才出現。這種方式，在戲劇裏使用的很多，在舞台劇經常是這樣用。這種用法好處是什麼呢？好處就是讓這種對白可以更吸引人，一旦把因果顛倒以後，就有一種的懸疑在裏頭，你下一步才要知道，更想知道他是誰？什麼原因？因為當「你看到爸爸了沒有？」起先就有一個懸疑，不知道問的人是什麼身分？照這情形來看，這身分可能是什麼？很可能是另外一個人的兄弟、姊妹都有可能。等到第二句又問的時候，也是一樣，然後「她再問」，這又洩露一點，這時候由「她」已經知道不是兄弟而是姊妹的可能。再下一句，「她白棉似的細髮」，那才知道姊妹可能性又消除了，現在只有一個可能，母親的可能，這個人稱經過三個曲折才能夠讓它固定、確定。

我們要注意，母親的喊話，前面這個問句，相同的問句重複了兩次，重複兩次中間有時間的間隔，「片晌」的間隔，這是寫她進來問一聲，過幾分鐘以後又進來再問一聲，有這樣的時間的間隔。就因為時間的間隔，她問同一個問題，也不能讓同一個問題的文字完全相同，同一問題不同時候來問，會有文字的差別。所以同一個問題先問：「你看到了爸爸沒有？」第二次再問，不是「你看到了爸爸沒有？」而是變成「你看到爸爸了嗎？」，這是很自然的文字變化，所以母親的第一次問話與第二次問話不完全一樣。

然後「他抬起頭」，這個「他」就把男性的身分也洩露出來了，這個「他」有其必要，剛才說也可以是母女在對話。母女對話的話，前面兩句話都可以成立的，現在不然，是兒子，所以是「他」。

現在「他」有反應了，剛才是「無回答」。「他抬起頭，把書放下」，這是兩個動作：一個動作，抬頭；一個動作，把書放下。這兩個動作的意思是說，剛才這一句以前的時間裏，他一路上在進行的動作是什麼？是看書。這一行是要回溯前面的時間他的動作，前面不寫，後面來寫，又教它因果顛倒了。這一句寫了你就知道他前面一直在看書，所以前面無回答也可以有「回答」了：他在看書太入神了或者怎麼樣，他不願意被打擾等等，所以他前面沒有回答。現在他抬起頭，證明前面無回答的時候，他頭抬都不抬。現在他抬起頭，把書放下，剛才書是豎起來的，或者拿在手上的，現在把書放下，現在才回答。上回有個朗讀同學現在還有沒有？好，那請妳讀這兩段。

原文朗讀：

「你進來問過三次了。他怎麼啦？誰看到他沒有？我是我，他是他，根本拉不上關係，我飯吃多了，管到他人在那裏！他不在，好，去他的！」

他的臉清癯俊秀，在鼻樑的左邊頰上有一顆醒目的黑點；他的黑髮濃重地斜斜遮住他蒼白額面的上半：他的目光這時洩露仇恨的光閃；他揀起鏡腳張開的眼鏡戴上。

王文興教授：

這是他講的話。這段話讀起來的一個總印象：就是非常之惡劣，惡劣到不可思議，甚至於到罪惡的邊緣、罪惡的地步。那麼，他為什麼會有這樣的表達？這是，一來，眼前有些原因積蓄下來，他第一句話說：「你進來問過三次了」是這樣觸發的，這是一個可能。更遠的可能，就不是這幾分鐘之前，而是十年、二十年累積下來，這些前因造成，造成他現在這奇異的行徑。這個行徑讓他在這幾句裏面表達出來的意思，是有兩個目的：一個是給這個主角的性格，給他的整個characterization，給他一個表達，也就是說，這幾句話是這個兒子的角色性格描寫，這是一個要點。第二個要點，要讓這幾句話成為整個書的問題的所在。

這個問題所在的暴露，它的exposition（說明），在戲劇的第一幕Act 1的時候，（是）要把問題的核心介紹出來。所謂問題的核心也者，就是他們兩代之間的緊張，之間的衝突，這就是主題了。要把這個主題在這幾句話裏面，全部洩露出來。所以，他講話現在只有兩個目的：性格和主題的宣示。

他講的話，既然是跟父母講出來的，不只是一句，而是一堆話。這堆話如果切分來數的話，就會切成四句到五句之多。第一個，好，請妳讀，第一句是什麼？

原文朗讀：「你進來問過三次了。」

王文興教授：

這是第一句，這一句是剛才說到他現在憤怒的近因，他現在態度這麼不好的近因。而且還回溯過去，就是媽媽相同的話已經進來問三次了。三次的話，顯然有些是在我們文字之外，從文字看來，現在是幾次？兩次，所以前面還有一次沒寫。在這兩次前面還有一次。這是第一句，他的憤怒。第二句請往下讀。

原文朗讀：「他怎麼啦？——誰看到他沒有？我是我，他是他，根本拉不上關係，我飯吃多了，管到他人在那裏！」

王文興教授：

好。這（都）可以看成是第二句。甚至於再加第三句「他怎麼啦？——誰看到他沒有？」加上下一句「我是我，他是他，根本拉不上關係」，這可以合起來看成一句，算第二句。這一句就是最嚴重的地方，就是剛才說的這個主題之所在，這個衝突之所在，要從這一句話裏寫出來，他們的之間的衝突，以及剛才所說的，這個角色他的行徑在罪惡的邊緣，這樣不道德的邊緣。這從剛才的分出來的第二句話裏面來看。這是第二句。第三句就是底下說的，妳再讀。

原文朗讀：「我飯吃多了，管到他人在那裏！」

王文興教授：

這是第三句。這第三句不但是剛才這個惡劣的重複，而且有非常粗俗的地方。他的這個用語，講到吃飯啦，是一種很粗俗的語言。這個粗俗的意思，是在他不道德之外的表現地粗俗。這個粗俗用來解釋這個人的個性，等不等於是這個人本身的粗俗？並不等於。而是這個人物在他的反常行為裏，或者在他的憤怒之下，常常會脫軌，出現粗俗語言。他說：「我飯吃多了」，這不在他的教育水準裏，出現這樣粗俗語言，如同剛才說的，這是他的性格的一部分，是這一刻流露出來的（這個）現象。所以這是第三句。好，底下第四句，妳再讀。

原文朗讀：「他不在，好，去他的！」

王文興教授：

好，這一句非常的嚴重，而這一句的嚴重性就比較容易了解。這是他爆發的、或者是他的，敵意的，最高點的一個宣洩。所以這一堆話講下來，可以憑這些印象，可以說，這是人講的話嗎？這是人話嗎？就是這個意思。

但是他都講出來了，他把這些話都講出來了，不該講的話都講出來了。這四句話在這一刻之間講出來，還是回到剛才說的，最重要的，這是他的性格和這個主題的描寫。下一段妳再讀一遍。

原文朗讀：

他的臉清癯俊秀，在鼻樑的左邊頰上有一顆醒目的黑點；他的黑髮濃重地斜斜遮住他蒼白額面的上半：他的目光這時洩露仇恨的光閃；他揀起鏡腳張開的眼鏡戴上。

王文興教授：

這兩行跟剛才的兩行長短是一樣的。但是很明顯，前面兩行是對話，這兩行是描寫。但是應該講說，這四行是一個單位，是一體的。就是說，前面既然講前面的兩行對白是這個人物性格的一個處理，後面的描寫也是人物性格的描寫，只是現在用描寫而不用對話。

有必要在開始的時候，把人物的性格介紹一下，尤其要透過外表來介紹，這是所有小說一開始都要這麼寫的。描寫人物的外表介紹，一般一定先從面部寫起，目前小說也只寫了他的面部，沒寫他身材等等，面部就可足夠表達這個人物了。從這幾句話來看，這個人物的描寫是正反兩面都有，也就是說，並不是把這個人寫成一個完全妖魔化的人物，他應該是個普通的人，但是裏頭又有一些不好的、負面的成分在，所以在這個人的外表描寫的這兩行，要注意到這兩者兼顧的描寫。

比如說，整體來看，他的臉你覺得他是intellectual，智慧的、敏感等等，但是，他有一顆黑點，類似這樣的意思就是說這裏頭有一個缺點的暗示。再說，「他的黑髮濃重地斜斜遮住他蒼白額面的上半」，還是寫他的臉，這裏寫了他的頭髮。首先，在正面的和負面看來，這個髮型算正面的還是負面的呢？也就是說，這個髮式是好看或者不好看呢？很簡單地講，應該談不上好看，這就是沒有髮型、沒有整理。沒有髮型、沒有整理，原因何在？這樣寫，是要表現出這個人物憔悴的一面，類似憔悴的一面。而這個憔悴，不能從他的罪惡來看，反而要從同情的觀點，他是受到很多傷害以後的憔悴的結果。這裏寫到他的髮式、髮型，他的頭髮上面。他的頭髮沒有整理地遮住他蒼白的額面上半，這是憔悴、病態等等的樣式。再下一句。

原文朗讀：他的目光這時洩露仇恨的光閃；他揀起鏡腳張開的眼鏡戴上。

王文興教授：

然後寫到他的眼鏡。這個眼鏡是講到他的性格最明顯的地方。他性格最明顯的地方是在這個親子「關係」上的一種仇視、一種仇恨、一種對立。這個對立是很野蠻的、很原始的、很不道德的，現在從他的眼光裏看出來。引起的對象是什麼呢？不盡然是前面所講的，他和他父親的關係。那麼，引起現在他的眼光還有一個對象是什麼？是目前的、眼前的他的母親，是這個衝突引起的。這個衝突引起，使他一時之間變成非常原始、野蠻、接近森林裏頭的獸類一樣的這樣的仇恨、這樣的野蠻。

然後從眼光寫到他的眼鏡。下一步，他就把鏡腳張開的眼鏡戴上，原來他剛才講話的時候，一直都沒有戴著眼鏡，也因為沒有戴眼鏡，所以他的眼睛的光閃，更容易看得出來，所以先寫他沒有戴眼鏡的眼睛的光閃，然後下一步寫他把眼鏡戴上。他把什麼樣的眼鏡戴上？如果光寫他把眼鏡戴上，那只表示寫了一個動作：戴眼鏡的動作。現在，外加了幾個字就會增加一點別的什麼，增加的是平常生活上的一些細節描寫。許多人把眼鏡摘下來後，並沒有把眼鏡闔起來，是鏡腳張開放在桌上，大概兩個人裏頭有一個人是如此，要是從前這個鏡框是粗框的眼鏡，更容易了。通常眼鏡拿下來，都是鏡腳張開來放下來。所以現在是把鏡腳張開的眼鏡拿起來戴上。這是描寫這方面。

然後再問，為什麼他起先要把眼鏡鏡腳張開放在桌上呢？這沒有寫出來，但是，從上下文可以體會到是為什麼。許多戴眼鏡的人都是看書的時候把眼鏡拿下來。所以前面寫了，「他把書放下」——他在看書。現在他為什麼拿起來？就是現在放棄看書了，這書反正也看不成了，也不看了。他就把眼鏡拿起來。他把張開的眼鏡戴上，動作看起來好像是小動作，沒有意義的小動作，但是要讓他有前因後果的連帶關係，剛才是為這一個緣故拿下來的，現在是為另外一個原因拿起來。

關於這個兒子的描寫，在這幾行裏頭告一個段落。下面寫這兩個人物互相繼續、延續的對話。因為這場戲——剛才說這兩頁的舞台戲——總要有一個衝突，當成它的危機的處理，這兩頁的舞台劇，一定是為一個 crisis 而寫，是為了一個危機來寫。如果光寫這個人物，介紹完了，戲就完了，這戲根本還沒有發展。所以戲的要點必須是 crisis，必須是衝突，必須是 conflict。所以，當這幾行兒子的角色介紹完了之後，就繼續這場兩個人的對手戲，兩個人發生危機的對手戲。像這樣，兩個人出現在舞台上，發生一個衝突，平常在戲劇裏叫：two handers，就是雙人戲。

這個雙人戲，你要處理一個 crisis，那麼主角的對方一定有一個對手。這個對手，我們叫作 rival。這個兒子是一邊，他的母親是另外一邊。現在，兒子話講過了，輪到他的對手——他的母親——講話，所以就繼續 carry on 他們的衝突。好的，現在請讀他母親講話的部分。

原文朗讀：

「他出去快兩點多鐘了，」她說，「奇怪沒有說一聲就出去，且連鞋子都沒穿，祇穿了拖鞋。我是聽見有人開門的，以為是你出去，不久我喊他去提水，幾聲都喊不應，才知他不在屋裏。我到打水機那兒找，也不在，又上隔壁樓上找，也沒見，想到可是出門去了，但回頭察察鞋子還在。我又到巷口小舖子裏看了，又到街上張了張，四下又再找過，但一直就沒找到。你說這奇不奇，他跑那兒去了？」她注視着他，再繼聲道：「他祇穿了拖鞋，應該就在這附近的，但是沒有——就在附近不會兩個多鐘頭了仍沒回來。他要走遠——他趿着拖鞋，會走遠了嗎？不過他是走遠了，附近找不到他。他出門的話也該說一聲，一向他出門時都說的。」

王文興教授：

好。這個，另外一個對手，母親，所講的話，比起剛才前面兒子講的話，第一個特點應該是什麼？是很表面的特點，就是長度，長不曉得多少倍。長的對話，一口氣一個人講的，我們叫什麼？「獨白」。所以這一段是要寫獨白，這一段的寫法是soliloquy（獨白）。獨白有兩種，（還有）一種是monologue，內心獨白，比較內在的；一種是像演講一樣的，對外的。這裏是像演講似的。

這個母親開始講話：「他出去快兩點多鐘了，」她說，一路這樣說下去。既然是獨白，總該有個理由，獨白一定很長，然後不停地講，總該有個理由吧？不會任何人講話都是一個獨白。平常我們講話很少人獨白，平常講話都是對白，都用dialogue，三個人的話是

trilogue，三人對話。既然是獨白，應該至少有個必要的理由，她現在有沒有必要的理由？她現在必要的理由是要「倒敘」，要回到前面的故事，所以這一段是要講一個back story，過去的事情，來補充我們前面了解的不足。

這個過去，就是她怎麼發現這個老先生不見了的過程。把這個過去帶進來，就是所謂的倒敘。倒敘就是flash back，或者是說你講的是一個back story，是過去的事情，如果是電影，叫cut back，切到過去，cut back。

這段的界定首先是獨白，而且是倒敘的獨白。倒敘到什麼地方去？倒敘的時間大概多久？照她現在所講的，可以確定時間的長短，倒敘維持多久？簡單地說，倒敘的空間在哪裏？倒敘的空間就是A跟B當中的空間，當中的空白。B第一句話，「你看到了爸爸沒有？」我們起先不知道中間隔了多久？現在用這段獨白把它講出來，這段獨白倒是明白第一句話就說：「他出去快兩點多鐘了，」所以，由時間的鐘點可以知道，第一章最後一個字到現在這一章第一句話，「你看到爸爸了沒有？」中間相隔兩個多小時。換句話說，在這個環境裏、這個家庭裏，中間這兩個多小時，是一聲不響的，沒有人講話的。兩個多小時過去，第一個聲音才開始：「你看到爸爸了沒有？」

現在這個母親開始講話：「他出去快兩點多鐘了，」她把心裏的憂慮講出來。她怎麼會知道父親出去快兩個多鐘頭？這一段的back story在下面，講這段story的時候，要稍微跳到後邊看一下，這個獨白很長。一般在舞台劇上，很長的獨白要有一個方法處理它，免得讓人從頭聽到尾實在太長、太疲勞了。在這個獨白裏，也用了舞台劇的方法來減少長時間獨白的壓力，就在中間插入一個表情，把這冗長的獨白分成兩段。長是固然長，但是兩段大概又不會那麼長。至於說這個動作、這個表情什麼意思？我們等等講。剛剛主要是說，處理獨白的時候，還要有這麼一個方法拿來處理。

所以，這個獨白分成兩段。先看第一段，重點是倒敘、回頭、回憶，回憶這兩個多小時以來的事。回憶這兩個多小時以來的事是它的主體，那我在結構上怎麼處理？結構上，重要的是開頭的幾句話。「他出去快兩點多鐘了，」這句話是時間上很重要一點，要把它講明白，時間過了，是多久以前？下面「奇怪沒有說一聲就出去，且連鞋子都沒穿，祇穿了拖鞋」這幾句是這段回憶的總結，回憶的summary。下面一直到獨白的第一部分結束，下邊每一句話都是兩個多小時以來，按著時間順序、按部就班的回憶。

首先，她說：「我是聽見有人開門的，」這是最早回憶的第一件事，她所能分辨出來兩個多小時，就是從這兒她想起來有兩個多小時。「我是聽見有人開門的，以為是你出去」，就有人開門了，那就回應到前面哪裏？回應到第一章的第一行「將一扇籬門輕輕掩上後」，就是那個動作她聽見了。這個家是很安靜的，兩個多小時沒出聲。再往前看，那麼細小的聲音她也聽到了——「我是聽見有人開門的」，從那兒開始。「以為是你出去」，這也是回憶。

「不久我喊他去提水，幾聲都喊不應」，這時候才開始覺得不對，才知道他不在屋裏。「不久我喊他去提水」，這不光是剛才兩個小時的回憶，還可以涉及更多的往事，更多以前的事情。這件事情大概是什麼呢？她說「不久我喊他去提水」就涉及到這個家庭裏的生活，他們還需要打水、提水。不但是家庭生活，而且也有這家庭人和人的關係。這個父親的地位，他的母親可以有時候，要他去做什麼，就期盼他去做什麼。這有時候當然是合作，但某些方面看來也是一種權威的改變。為什麼如此？後面也會說到，也許早先不是如此，後來自然而然的，退休以後時間也多了等等，（就如此了）——這種關係就常常會改變，不是固定的關係。

這個母親的回憶，或者稱她的尋找，尋尋覓覓，是「文而有序」，有漸進的層次的。首先，這回憶，這尋找，是限於室內的。下面，就進入他們這個家的室外了。從室外的處處尋找中，過程還有附帶的一項功能，就是建築的介紹。首先，「我到打水機那兒找」，介紹了在這個大宿舍，大雜院中，某處設一個打水機，供眾人打水用的。其後，下一句：「又上隔壁樓上找」，猶如也介紹了大宿舍的構建，原來有一座高樓的主建築，旁邊連接一些較矮的副建築，「又上隔壁樓上找」的隔壁樓上，就是指的這一主建築。當然，這一主建築上上下下找遍了，也沒看見，以後的尋尋覓覓就擴充到大宿舍的戶外了。下一句「想到可能是出門去了」，是搭向去戶外，巷中、大街上，尋找的過渡文句。這一句還要注意，有個富戲劇性的變化，就是「但回頭察察鞋子還在」。這句鞋子還在，不只增加了變化，也附加了「神祕感」，令人難以解釋的「神祕感」。於是下一步，下一道層次，就尋覓到，戶外，巷中來了。她說：「我又到巷口小鋪子裏看了」，到巷口的什麼地方找呢？巷口小鋪子。

我又到巷口去找（父親），到巷口什麼地方找呢？巷口小鋪子。這巷口都有一個雜貨鋪。她到那兒去找。為什麼她不說就到巷口找，要說到巷口小鋪子裏看？這也是生活上的描寫。他們的生活範圍要不是在這個雜院裏活動，就是到巷口去買東西。可能買個雞蛋，或者買衛生紙等等，這些日常用品。「我又到巷口小鋪子裏看了」，那她就想，走遠的話，可能跑出去買東西了。甚至於，在這一句，也指出，也許這個老人的平時活動範圍會走到巷口小鋪子那兒。幹什麼呢？去閒站、閒聊等等，都有可能。所以，「我又到巷口小鋪子裏看了」——當然沒有。那再走遠一點，從巷子走到哪兒？「又到街上張了張」。這就回到第一頁，從第一頁第一段「他直未再轉頭，直走到巷底後轉彎不見。」來看，大概我們知道，最後的終點是巷口、巷底，所以那個小鋪子應該就在他轉眼不見的地方。在那個地點。再遠就沒寫了，在這第一章裏就沒寫了。

那個「巷底」是哪裏呢？就是大街。所以下一步到鋪子看了又沒有，再走更遠一點，現在是一步比一步走遠，就走到更遠一點，「又到街上張了張」。街上就是大街，車水馬龍，都看一看。四下又再張一張，顯然沒有——「四下又再找過」。這個「四下」是什麼？這個

「四下」的意思是又回來了，這附近剛才已經找過一遍，現在急得遠近都找不到人，又跑近的再來找，以為近的有所疏忽，所以這個「四下」，就是又回來了。最遠的走過以後，到了街上她放棄了，已經茫茫人海妳根本找不到。所以就回來了。回來以後急得四下再找，樓上、樓下，打水機那邊，再找一遍，一直就沒停過，這樣她就完成了整個一圈的尋找。遠的近的都找過，一直沒找到。就結束了這個回憶——「找」的回憶。尋找的回憶。

尋找的回憶，結尾也要有一句作結論。就像這個尋找的過程裏頭，剛才說，第一句話，是什麼？——「他出去快兩點多鐘了」——等於是個前提——要以一個summary（總結）作前提。那麼找完以後，現在有一個結論，「但一直就沒找到」，於是下一個結論，說：「你說這奇不奇，他跑哪兒去了？」結論是個謎嘛，遠、近都找不到，你說奇怪，他跑哪兒去了？這是她一整段的尋找的回憶的結尾、結論、結局。這個conclusion放到最後。這結束她的soliloquy的第一部——中間把它切成兩部。

那中間怎麼切？剛才說了，這時候有一個表情出現，「她注視着他」。她的眼睛這樣地直直看他。然後，再繼續說下去。在這當中，有一個「終止」，她「再繼聲道」，（中間）是說她眼睛這樣看著兒子。第一段講完的時候，中間大概停了一兩秒鐘，她還要講話，但中間有一個休止符。那她為什麼這樣看著他？剛才她在回憶、倒敘的時候，眼睛也許也看著兒子，但是可能眼睛有時又看別的地方，上下看著。現在，顯然是一個很特別的表情：「她注視著他」。停了兩三秒，「再繼聲道」，中間有一個break，兩三秒。她注視他，這個表情有所不同的注視著他，是什麼表情？（詢問同學）好，對，她注視他是「徵詢」。因為前面有一個問號，上面最後一句是個問題，「你說這奇不奇，他跑那兒去了？」她注視著他，像剛才這位同學說的，等待答案，她是徵詢他，在等待答案。看他有沒有解釋？顯然沒有。對方沒講話。對方沒講話是惡意的還是確實也茫然了？這我們不知道。但是沒講話。所以母親再繼聲道。大概兩、三秒以後，再繼續往下說。好，請妳讀下面，母親獨白的第二部分。

原文朗讀：

「他祇穿了拖鞋，應該就在這附近的，但是沒有——就在附近不會兩個多鐘頭了仍沒回來。他要走遠——他趿着拖鞋，會走遠了嗎？不過他是走遠了，附近找不到他。他出門的話也該說一聲，一向他出門時都說的。」

王文興教授：

這是她獨白的第二部分。這第二部分所講的，跟第一部分有個很明顯的差別：至少不是第一部分「尋找」的回憶。不再是第一部分，那已經講過了。她也不會囉嗦到那個地步，又講一遍：「他出去快兩點多鐘了……」，她還要有別的話講。這第二段基本上和前面不同，

不再是「尋找」的回憶，不再是那個back story，那麼她第二部分講的是什麼？（詢問同學）

應該說，第二部分大概都關於什麼呢？是「推理」。這第二部分，就是她在那兒挖空心思，花很多腦筋想解決這個謎題，看答案是什麼。簡單地說，這第二段就是她自己的反覆辯論，這個，在散文裏頭叫argumentation。在散文裏頭，在對白、獨白裏頭，argumentation是時常出現的。反覆辯論（在獨白）的時候，一定提出正面的理由，自己又把它推翻，互相雙方面都在辯論，看能不能得出一個結論。這個反覆辯論，在中國文學，也是很明顯的，寫對白的方法，尤其寫軍事小說的時候，尤其是（寫）歷史，比如像司馬光寫「淝水之戰」，或者寫「赤壁之戰」。寫「赤壁之戰」的時候，寫魯肅要勸孫權、或者寫諸葛亮去勸孫權的那一大段的議論，那一大段persuasion，都用的是argumentation的方法。諸葛亮對孫權講的時候，要先分析荊州跟旁邊幾個地方，三方面的大勢，三個勢力的互相牽制如何。這樣做好不好？不好。那樣做好不好？自己也回答，那樣不好，所以閣下您應該怎麼做？（因此）反覆辯論也是中國常用的、一種寫對白或寫獨白的方法。

請妳再繼續把這個反覆辯論的部分再讀一遍。

原文朗讀：

「他祇穿了拖鞋，應該就在這附近的，但是沒有——就在附近不會兩個多鐘頭了仍沒回來。他要走遠——他趿着拖鞋，會走遠了嗎？不過他是走遠了，附近找不到他。他出門的話也該說一聲，一向他出門時都說的。」

王文興教授：

這個自問自答到這裏還是沒有答案。每一條都推翻，不成立——這個反覆辯論就更像她的自言自語。因為前面她的這段回憶，畢竟還是不等於完全自言自語，是說給兒子聽，要把來龍去脈講清楚，那還是有必要的。現在有一點更像是她心裏自己的 monologue，所以這一段是獨白[4]裏邊，更像 monologue、更像內心獨白（的體類）。一個人就一口氣就這樣講了一段很長的話。

她講完了：

取下眼鏡，他重拾起書。

「聽到了。出去！」

她露現難堪和慍怒。

---

4 王教授稱當時口誤，後覺應改「獨白」較妥，不該用 soliloquy。

「你在同你母親說話。」

他站起，戴上眼鏡，即刻摘下，高舉起雙臂呼道……

今天就講到這。後面幾句再解釋一下。

母親她的獨白講完了，她看對方，這兩個對手看對方現在如何。(對方原來如此：)「取下眼鏡，他重拾起書」。這也比較偏向於舞台劇了——就是利用這幾個道具，讓他有幾個表情來表達。到現在為止，大概有幾個道具？眼鏡，是一個。書也是。剛才還有，講到頭也是道具。剛才前一刻他眼鏡如何？戴上。為什麼要戴上？講話，就不讀書了。現在聽她一大段，這個獨白，以後，「取下眼鏡，他重拾起書」眼鏡摘下來，書拿起來。這兩個表情就等於他要看書。他要結束這個談話。他不要聽。先是這兩個表情，然後發出下面的聲音：「聽到了。出去！」下面講了很難聽的字，這樣破口大罵。「她露現難堪和慍怒」——母親到這個時候受不了了，這時她才露現難堪和慍怒。這和前面是不是有所不同？前面什麼地方，她似乎就該有這樣的反應，而前面沒有。到現在才有反應。上一回最後他兒子講了哪句話？(同學回答：「去他的！」)對，講了那句，一樣的嚴重，為什麼前面母親不變臉？前面為什麼不像現在說：「你在同你母親說話」？為什麼她現在才講？

前面那句「去他的！」以後，母親就自顧自的說：「他出去快兩點多鐘了，」一路這樣講下來。為什麼前面沒把後邊的反應提前？（洪珊慧：因為父親不見了，母親要找人商量。「父親不見」這件事更迫切，所以讓她忍受下來。）

王文興教授：有沒有可能還有另外的原因？

同學：之前他的「去他的！」是針對他父親……。

王文興教授：

也許這也有一點差別，還沒有到真正的觸怒她？那可能還有另外一個原因，她前面沒有計較。

呂正惠教授：老師不願意她一開始就動怒？讓她第二次才說出來……

王文興教授：

我的確是安排前面母親不要有反應。剛才的同學已經提出很好的理由，可能還有第三個理由。她前面沒有反應。（學生答：個性問題）個性問題，這也很好，個性問題，她很容忍。再加一個理由。第四個理由就是習慣性，這，如此的對話，如此的衝突，如此的conflict不是第一次了。這，舞台上演的戲，是許多次裏的一次。剛才講最重要、最有力的理由是她有更迫切的事要講、要商量。然後，另外有些個性的關係。還有——習慣性已經如此。只是到現在，兒子講這兩句：「聽到了。出去！」實在太難堪了，所以再也不能忍受，她講出「你在同你母親說話」。以下是他的反抗，他的反抗，不得了，下面就火燒起來了。

那個下次再談。我們（依照）時間安排，接下來先請來賓對談。

呂正惠教授：

今天這個機會實在是很難得，應該說很難形容。剛剛算了一下，如果要說我們上王老師的課，大概是三十九年前。四十年前是大一，然後大二的時候上老師的課。

康來新教授：大二去旁聽，大四正式上課。

呂正惠教授：

那最少也有三十七年。本來以為是要來討論的，可是後來變成是來聽課的，好像回到三十多年前一樣。那個時候老師比現在還嚴肅一點，現在好像比較仁慈一點。那時老師會說：「你看到了爸爸沒有？這位同學，你說這一句是怎麼寫出來？」我們就這樣被迫一句一句讀作品。當時非常困惑，小說要這樣讀嗎？畢業以後，我覺得用這種方法閱讀比較享受。今天在座的，有幾位同學曾經上過我的課，我上課沒有像王老師這麼精細，基本上大概就是唸大半段，我發現小說就是要朗讀，是從王老師的課學到這個方法，後來教書就受到他的影響。

簡單整理剛才王老師上課的內容，我把它記成筆記。第一，今天知道王老師在寫小說的時候很受舞台劇的影響。我原先想到的是電影，因為我知道王老師很重視電影。在台灣最遺憾的就是沒有辦法看到很好的舞台劇，所以這個藝術形式，基本上很少有學習的機會。剛剛翻一下一九七三年《家變》座談會，羅門講了一些話，提到《家變》採取近乎電影的寫實鏡頭，我以前想到的也是電影，沒想到是舞台劇，這是第一個收穫。

第二，大家可以從王老師的講解知道對白的重要性。對白不是隨便像嘮嘮叨叨講話，例如第一句話：「你看到爸爸了沒有？」馬上就讓我們好奇想往下讀。對白非常難寫，坦白說，我讀台灣的小說，通常對白是一路過去，不必仔細讀，很多對白是講一大串，其實對白是越簡單越好。很幸運我看過易卜生的幾個劇本，他非常了不起，雖是翻譯的，可是每一句話讀完你會想知道後面講哪一句，這個非常不簡單。事實上小說的對白跟戲劇的對白是一樣的，應該說，小說到十九世紀中葉以後，已經跟戲劇學習，它必須有戲劇性的場面。王老師剛剛的解說，讓我們可以充分意識到一點，就是這種對白的緊張感，還有它的內涵非常豐富，不是隨便可以寫出來的。

第三，剛剛王老師講得很仔細，所以講得不多，將來他也許會提到這個問題。大家回去先分析一下B這個段落。A的段落只是一個簡單的敘述，然後B就要接A，那麼B怎麼接A？B跟A是一個很大的對比，B是一個很長的段落，事實上是爸爸離家出走，媽媽找兒子講，兒子反應怎麼樣，B這個段落最後是以報警結束的。大家回去把整個B的狀況從頭到尾看一遍，把它分幾個大段落，每一個大段落看它怎麼處理，這種綜觀全局的處理是非常重要的。以章來講，讀完前面一章，後面它是這樣接的，敘述故事的時間可能隔了兩年，在銜接的時候，我們覺得第二章跟第三章是接下去，事實上，這是需要很高明的技巧。我們通常不太注意這個，大家可以用王老師的小說做為閱讀的樣本，就是看故事的每一點，ABC還有那個123，是怎麼樣把許多場景接起來。當然王老師的做法跟十九世紀的小說還不是很一樣，每一個小說家都有他獨特的場景剪接的方式。

第四點，當年我在《中外文學》第一期讀到這一段，印象非常深刻。B的第二頁跟第三頁，當時對我震撼非常大，「聽到了，出去」，我就曾經對我媽媽講過這樣的話。任何人都不相信《家變》是一本寫實小說，很多都說荒唐，怎麼會這樣？但我覺得它寫媽媽跟兒子的關係以及跟爸爸的關係非常寫實。我是本省家庭，王老師寫的我猜測應是外省家庭，反應講話的型態可能不太一樣，可是表現的性質非常類似。《家變》第一次發表在《中外文學》，那時候我在讀研究所，一九七二年。那時我不訂《中外文學》，但每個月的第一天我一定去問《中外文學》出版了沒有？就是為了看這個小說。

《家變》對我衝擊很大，應該說，我那時候已經開始叛逆父母，幾乎不跟他們講話，一天難得講一句話。我媽媽為了進我的房間跟我講話，她就說：「你肚子不餓嗎？」其實我才剛吃過一小時，她就是要進來看我一眼。我一回家就把門關起來不理她。我覺得《家變》寫得非常生動，應該說，這個小說有道德教訓。對我來講，那時候已經開始在反省我對父母的感情，這個小說曾經產生過一些作用，後來我就慢慢耐下心來，聽我媽媽嘮叨。

我一直認為《家變》是戰後台灣小說寫得最生動的一本。以前寫過一篇〈王文興的悲劇——生錯了地方，還是受錯了教育〉，大家都說是罵王老師的評論，然後同學就說：「你怎麼罵王老師罵得那麼凶？」我說我的文章你有沒有仔細讀過？我讀文中一句給他聽：「台灣寫得最生動的小說。」這怎麼會是罵王老師的評論？

我還有一點想講，題外的可以？因為康來新跟我偶然通電話的時候常常會講一點王老師的事情，最近幾年我突然體會到，我以為王老師非常西化，可是後來覺得王老師在某些方面非常傳統，他對於文字的挑剔，他在《小說墨餘》講到：散文讀起來文字的韻律感要是不對，感覺不對，他就覺得這個文章不好。其實古人就是這樣寫文章，惜墨如金，一篇文章三百字就結束。最近幾年覺得王老師對文字的那種非常苛刻的要求，其實是傳統的文字分析，因為康老師跟我說，王老師很重視古文的評點，其實，評點就是在講文字，那是對於文字的聲音，還有句與句之間，或是字與字之間的講究，是長期推敲出來的。我們讀韓愈的文章，非常明顯就是一字一句推敲出來的。這是一種對文字非常苛刻的要求，我覺得這是中國文化裏面很特殊的一點。我常常對台灣文學看不上眼，最主要的原因就是他們對中國文字完全沒有感覺，亂用，就好像一大把鈔票，有一百萬的東西我馬上跟他買，這樣揮霍，那種語言怎麼能夠感人呢？大概在台灣文壇，王老師對文字是最最幾近嚴苛的挑剔，其實，中國古代文人也是這樣，所以這是一種很特殊的習性。老師是很講究文字的。因為時間很有限，我就簡單談到這邊。

王文興教授：

謝謝！呂正惠剛才講話的內容，我想他教書的效果一定比我好。第二點我要回應的是，關於中國的文字。剛才呂正惠對現代的文字非常不滿，我想原因在哪裏？白話文之過，就這幾個字。我很佩服胡適，但是我想胡適可能有一件事情無意之間弄錯了，就是用白話摧毀了中國的文言文，這個事情，可能是錯了。

康來新教授：老師上次曾講到關於白話的事情……

呂正惠教授：

文字的問題是台灣的問題。白話文開始有很大的問題，特別我們讀早期巴金或是茅盾小說的敘述語言，幾乎都不美，歐化句型很強，很扭捏造作。後來大陸小說的敘述語言有改進，他們是用口語來敘述。我曾經這樣想過，台灣的問題出在哪個地方？台灣沒有口語，台灣的外省人是沒有母語的，台灣的外省人忘記了他們的母語。這點我在大陸印象特別深刻，你到湖北聽到的是湖北話，到福州聽到是福州話，到廈門聽到廈門話，都很溜，他們講話是講方言，寫是寫普通話，可是方言滲透到普通話去，大家去讀東北作家跟湖南作家跟福建作家的白話文，完全不一樣，因為他們有口語作敘述。

我們的問題在什麼地方？像我們閩南人、客家人的問題是知識一高以後，我們就不講母語了，或是我們一離開鄉下就不講母語了。可是大陸完全不是這樣，他在城裏、在鄉下一定講方言，你在上海市，絕對是上海話，沒有人講普通話，只有碰到外地人才講，大陸永遠是雙語制。台灣好像就沒有母語，外省人沒有母語是沒有辦法，他們是流亡了，而閩南人、客家人並不鼓勵講母語，我們到中學以後大概就忘記母語。我後來還意識到一個問題，就是當我開始回去講閩南話的時候，我的文章變成很順，可是他們就說：老師，你寫的都是台灣國語。

顏元叔[5]先生曾經講過：「王文興先生講的是福州話，大家不要忘記。」我很注意這句話，因為王老師是用普通話寫的，可是我想王老師一定從小聽慣了福州話，也許，假如用福州話來寫，您用福州話來唸的時候，可能會比較有味道。這是我對於台灣的語言問題一個比較特別的看法，因為台灣作家的語言真的很有問題，他又不肯寫白，一寫白就認為是大毛病。最近二十年我讀了一些大陸作家的作品，我認為最有特色的作品，就是方言味道特別強的大陸作家寫的，又簡練又生動。這是我的想法。

王文興教授：

這個問題談幾天都談不完。簡單地講，假如我用福州方言來寫的話，恐怕不行。因為不

5 顏元叔，〈苦讀細品談《家變》〉，《中外文學》第一卷第十一期，一九七三年四月。

講我個人，我福州的老前輩，他們都沒有辦法。老前輩像林琴南、嚴復，他們兩個只能怎麼寫？只能用一種比白話好得多一點（即稍好一點）的文字來寫，並不是福州方言，而是文言文。嚴復、林琴南都躲到文言文上去。對我們福建人、福州人而言，甚至台灣的閩南人，說不定也只有躲到文言文上才是一條出路。

我同意剛才呂正惠說很多的大陸方言作家很好，那種方言事實上都是國語、接近普通話。四川話、山東話它根本寫起來就是國語，他們沒有問題；一到邊疆地帶，一到華南、嶺南麻煩就出來了。你真拿你的方言寫，很困難！前幾天我才讀秦少游，秦少游的詞裏頭有一小部分完全是江浙根本聽不懂的方言，那我無法判斷它好壞，連（利用）上面註解都看不出好壞，因為每一個字都是生字。很多江浙的方言也很偏僻，根本沒法了解。所以要寫到一種別人可以溝通的——先不講別人能不能溝通，我用自己福州話來寫，我都沒把握。因為我覺得沒有力量，也不生動，不知道怎麼講才好？寫出來也沒那個字，有時候也沒那個字。

呂正惠教授：不是說用方言寫，而是方言的腔調影響到你普通話的腔調。

王文興教授：也許平時大概不自覺，應該是可能是有，這問題可能要談很久。

呂正惠教授：

我再講一句話就好。推薦大家去讀王老師的大陸旅行札記，寫得非常生動。我唸一則，他講到公車裏一個場面：「車中聽到冷峭刻薄的話，」下面是對這情景的描述，「一對情侶想坐在一起，建議跟人對調，旁邊一少年，約只十六、七歲，大聲批評：『五分鐘的路，還要兩個人坐一起』，狀很不屑，」這非常生動！大家都認為小說很好寫，他們說我的小說觀念很落後，我要用王老師證明我的小說觀是很先進的。一個場景寫得不生動，就不能寫小說。以前福婁拜曾教莫泊桑，你看一個人走過去，用兩句話說出來，他有什麼特色？沒有這工夫是不能寫小說的。大家去看王老師那個大陸札記，他觀察事物非常仔細，小說寫得好是這樣寫的。不是說隨便說一個故事就可以說得好。

康來新教授：

上次老師特別講到文言和白話的問題，我也特別問到老師現在一天三十個字到四十個字的速度；覺得讀老師的手記，好像是信筆寫的，他說手記一天可以到三百五十個字，速度比小說快，但仍不是信筆而寫的。

以前老師除了短篇小說以外，〈第三研究室手記〉一出來的時候也很吸引我，不論寫景，還是幽默感。我最記得他說新生南路有一家理髮廳叫做「廣東中國理髮廳」，老師的意思是說廣東的「大廣東」觀，「中國」是「廣東」的一部分——是「廣東中國理髮廳」，諸如此類的。老師在日常生活的觀察令人覺得會心，就像剛才呂老師講的車廂場景，就很精彩，其實就是很浮世繪的東西，但要寫得讓人會心微笑，卻是很難的。另外，就是細節描寫，小說家的細節描寫，是高難度的功力，通常在文學獎看年輕人寫的東西沒有味道，大概就因對生活不能入味，或者忽視了細節。一方面實在太年輕，甚或根本不適合走文學這條路。好，下面是對話時間。

易鵬教授：

其實沒有什麼太多的問題，就是剛開始的地方，我有一個問題。細節的問題就是第三行開始：「她白棉似的細髮下憂傷的眼睛注望過來。」這個地方的憂傷，為什麼是憂傷？不是憂鬱呢？這好像一開始就代表已經有個結論在那，她如果要問問題的話，她似乎想要找到那個答案，就是他爸爸去哪裏了？如果是這樣子的話，那她應該是憂鬱，為什麼是憂傷呢？憂傷表示好像已經知道結果，若是如此，她後面的問題是不是就不是在問問題，她只是想要自我安慰？是不是這個憂傷的意義是說，她其實像要某種程度自我安慰或者想要找她的兒子分擔她的憂傷？

王文興教授：

呃，我寫憂傷的時候，其實我的本意是憂慮。那麼憂傷在這個句子音節的調節上，我用憂慮的時候，那個聲音有一點刺耳，所以我就讓它改成一個平聲字，使它接下來比較有連貫性。剛才說她的憂傷就是憂慮，就是憂慮這個老先生不見了這件事情。

洪珊慧：

康教授還是你來歡迎大家提問。

關於《家變》的文字，大家已經討論過很多，上週第一講時我們就感受到老師對於文字的要求，正如呂老師所提到的是相當嚴苛。

《家變》從B段開始慢慢出現了新詞，例如：第二頁第三行「她白棉似的細髮下憂傷的眼睛注望過來」的「注望」、第八行「他的目光這時洩露仇恨的光閃」的「光閃」，到了最後一五七節，講到范父生病：「他病了這一病病得的有一個星期那麼長的時間那麼冗長。」在文字的創新有很大的變化。有人曾說過，台灣文壇像王文興老師、七等生和舞鶴是三位用破中文寫出好小說的三大巨頭。我比較好奇的是，您在寫作過程中，對於文字的變化與創新，到底抱持著什麼樣的想法？像《背海的人》的文字，應該很多讀者感到很頭疼。又如舞鶴近期的小說《亂迷》，全書沒有標點符號，身為讀者，坦白說閱讀過程很頭痛。（《背海的人》本來不分段落、連標點符號都沒有，但王文興老師顧慮到讀者的了解而作罷！6）

老師您曾在訪談中提到文學藝術的創作是美感的，包括老師上週提到您對文字、場景的安排是追求和諧與美感。可是我認為這美感是很個人的。在文字的表現上，《家變》的過程，到後來的《背海的人》更登峰造極了，關於這整個文字思考的創作歷程，老師您的想法

6 詳見單德興一九八三年的訪談，〈錘鍊文字的人——王文興訪談錄〉，《對話與交流——當代中外作家、批評家訪談錄》（台北：麥田，二〇〇一），頁六五。單德興問：「你寫《背海的人》本來想不分段的，但顧慮到讀者的了解，做了一些讓步。」王文興回答：「本來連標點都沒有。」

為何？

王文興教授：

對我來說，假如文字有什麼改變的話，我只有一個目標，希望要更準確。由妳剛才舉的那個例句，妳找出哪一頁我們再看那個例句。

洪珊慧：一五七節，二三六頁的第三行。

王文興教授：

「他病了這一病病得的有一個星期那麼長的時間那麼冗長」這一句你要說文法不對，也許不對，但是我寫的時候就認為只有這樣寫，才是自然生長的文字。這裏講父親生病，我再讀一遍：「他病了這一病病得的有一個星期那麼長的時間那麼冗長。」

康來新教授：老師朗讀時很注重節奏嗎？

王文興教授：我自己朗讀是很要求節奏的，我只求「節奏」。

呂正惠教授：可不可以請您唸《背海的人》這一段？

王文興教授朗讀《背海的人》第二頁：

我叫出來的話就像汪汪的狗的嘯號之聲，是底，毫無意義的犬吠，立刻消散飄逌在浩浩黑夜之中，存不下一痕一線的蹤跡。但是我就是要發洩點什麼，爺就是要扯起喉管號叫點什麼。這幾天爺特別的有這一需要。難道這是想要寫回憶錄個不成？爺大概是也到了想寫回憶錄的年齡了。呵呵呵，也得了這種老年病。我不會寫回憶錄，絕不會去寫這玩意兒來的。要寫回憶錄的話，首先，你得是一個名人。——彷彿只有名人纔會有回憶。運氣不好，沒來得及超越飛身躍成名人，已經「華年如流水」，浩浩東流，想抓也撈抓不回來了。患先天不足之症。就叫我現在痛下決意，預備閉戶十年，寫成一部回憶錄，也沒用的。回憶錄，確實的是一種奇怪的寫作方式，全不靠的「以後」的努力，而倒是靠的以前的努力，——很有點像是整拿一筆人壽保險額一樣的。

呂正惠教授：

就語感來講，當年我看《背海的人》讀到那一段就笑出來了，非常喜歡！但有時就是我跟不上那個節奏，讀不出來。可能跟當時的感覺有關係。

王文興教授：

原先易鵬教授只想要讓我錄《背海的人》，已經錄完還剩下一點時間，那我就說好，那把《家變》也錄了。

呂正惠教授：

我去聽了《家變》的座談會。當時大家最後一個要求，就是請王老師唸一段，唸完大家都很驚訝，沒想到那麼順。所以我認為是跟講話節奏感有關係，王老師他有一個特殊的節奏感。假設《背海的人》你慢慢唸，唸到後來到下半頁的時候，就變得很順，就是要跟上那節奏。當然我們會說，為什麼要這麼辛苦地去讀這種文字？每個人的語言風格不一樣。

康來新教授：

老師上次特別提到趙樹理的鄉土語言讓他覺得很痛快。寫作的確要有母語，我之所以認為自己不能寫小說，自己完全沒有寫小說的條件，就是在發現自己沒有母語的那一刻，沒有母語其實就是缺乏味道吧？

呂正惠教授：

從母語來講，口語是一種語言節奏感；從文言文去練習節奏感，是另外一種練法，是不需要母語的。我會背好幾段韓愈的文章，很自然就背下來了，現在背給大家聽：「士之特立獨行，適於義而已，不顧人之是非，皆豪傑之士，信道篤而自知明者也。」真有節奏感。文言文寫得好的話，你看一遍就會背，那個是不需要口語的。我承認文言文的節奏感，可以不需要口語。韓愈幾乎把所有先秦古書讀得滾瓜爛熟之後，才融鑄成那樣的文字，那是很難做到的，中國就這麼一個韓愈。從口語訓練一種節奏感呢，我相信王老師的語感是從您的母語出來的，只是是怎麼出來的，我不知道。

王文興教授：我的語言，假如有從哪裏出來的話，是從英文出來的。

呂正惠教授：可是英文不可能像漢語掌握的那麼好。

王文興教授：

我大概每寫一句，都在翻譯英文的節奏。先是英文的節奏，然後變成翻譯的中文。這個原因是什麼？你剛剛講得很對的一句話，方言可以有好的節奏，其他的沒辦法，只有文言文可以，我很贊成你的說法。中文裏頭，方言沒有辦法，文言文我贊成，但又不能寫文言文，那我另外一個地方就是英文。

呂正惠教授：可是英文的節奏感跟中文節奏感差別很大？

王文興教授：跟韓愈一樣，它非常好的時候，非常優美，自成一種流動。

呂正惠教授：

我們可不可以請問老師，老師最喜歡的英語作家，就是您唸起來非常舒服的文體作家是哪幾位？

王文興教授：

我開頭最喜歡的是約瑟夫．康拉德（Joseph Conrad），一個波蘭人，根本不會英文，三十幾歲才學英文，後來變成很好的英文作家。海明威也很多，我非常重視他白話的英文。近代的，有一個英國剛去世的兒童作家魯．達爾（Roald Dahl），還有傑姆斯．瑟柏（James Thurber），Thurber的英文是第一流的，大家以為他只是寫喜劇的散文，不然，幽默是次要，他的文章節奏太好了。如果說近代從Joseph Conrad以下要找一個人的話，那麼是Thurber。再來馬克吐溫（Mark Twain）很好，Mark Twain的英文節奏好的不得了。《魯賓遜飄流記》的英文節奏也好，當然太多太多了。我是不得已，因為已經無路可走了，才找這幾個人來幫忙，這條路走下去，其實我是很悲觀的。

某來賓[7]**：**

老師，我想請問一下，在您的講義，就是剛您解析的B部分，有幾個字加上了線的。比如第二頁上面的第五行，「誰看到他沒有？」您在「誰」上面加了線，在第三頁倒數第三行「是我」，您在旁邊加了一條線，強調那個語氣。我也為了確認，對照了老師的手稿，上面直接已經加線了。剛才再翻開《家變》，也讓我滿驚訝，如果同學有書新版一四四頁跟一四五頁，很明顯看到老師用了幾個粗黑體字，甚至注音符號，還有簡體字，包括在一四五頁的第五行，「我看你变了一個人了！」那個「变」是簡體字。覺得老師好像把文字變成像圖像了，用記號或是用簡體粗黑體字來表達不同語氣，不知這樣的理解正確嗎？老師當初為什麼在手稿當中，後面的部分也都是手稿上就已經寫了粗黑體字嗎？是特別加註記號嗎？特別用的簡寫嗎？

王文興教授：

這幾個問題我用一個問題來代表回答。新版《家變》一四五頁第五行「我看你变了一個人了！」這句話，這個「变」字，是有些更改。第一，它不是繁體字。第二，它變成粗體字。

首先，假如我正常地寫，用繁體字寫「變」，也不給它改成黑粗線條的話，「我看你變了一個人了！」，我覺得那樣一路看下來，那個「變」字很弱。一般講那樣的「變」，旁邊加線行不行？是不是強一點？沒有！我試過。正常的「變」旁邊加一個黑線還是很弱，聲音是滑過去的。唯一的辦法是讓這個字故意不一樣，讓你讀的時候有個陌生的字跑出來。那麼這個陌生的字，這個「变」，如果粗體字再加黑線行不行？又太強，所以黑線又拿掉。那麼讀下來呢，大概感覺是，這句話，這個「变」字的這個強弱，是以現在的這個字的粗體強弱可以保留，可以抓得到，那個強是強到恰到好處的強，當初是這麼想的，這一句。大概這個字可以稍微解釋其他任何字體的修改，理由是什麼了。

康來新教授：

呂正惠提到初讀《家變》，應該很震撼吧？記得我大弟說，王老師寫《家變》，寫出很多兒子的心聲，很像在寫自己一樣，其實女兒也一樣有同感——就是對長輩的那種不耐煩，那種精神的凌虐，這個部分……

7 本書中「某來賓」，因是他校同學，姓名尚難確定，一律以「某來賓」代稱。

呂正惠教授：

《家變》寫的剛好是那個時代，我兒子跟我的關係就不會那個樣子。因為我們父母屬於比較傳統的那一代，我們是非常西化的，所以我才那樣解釋王老師的小說。我們那個時代，不管是外省人還是本省人，父母親都非常傳統，我們那一代全部相信西洋，憑良心講，跟父母沒有一句話是對應的，就是怎麼講都不對，乾脆都不要講，他們每一句話都反對。我常常跟爸爸不是大吵就是小吵，譬如說拜神，我不是說我不拜，舉例來說，閩南人拜天公，整隻雞去熬，放在湯裏面煮熟，然後再把雞拿出來拜，這樣雞肉就不好吃，因為味道都在雞湯裏了，我跟我爸爸講說，你看你初一拜一次，還沒吃完，十五又拜一次，家裏有多少雞肉，好可惜。我爸爸說：「你說什麼？」我說：「浪費啊。」我爸爸說你是什麼意思？拜神明的事你說是浪費？他馬上就罵我了。我就說我們能不能改變一下，祖先吃雞吃了幾十年也很膩了，我們換個方式吃好不好？他說你這樣講真是不孝！我說這跟不孝有什麼關係？大概就是這樣的情形。

康來新教授：所以，現在的「家變」沒有那麼嚴重，是不是？

呂正惠教授：我們比較洋化了，可以接受兒子的不同看法。

康來新教授：可是我覺得王老師的小說好像可以超越這些問題。

王文興教授：

我不能說《家變》裏面所有的場面都是誇大其詞，（但有時）是把情緒誇大了些，下一堂就可以談到這個問題。有些事到了藝術裏面表現出一個變化，它不是完全寫實，是表現主義，另外一個就是surreal，超現實，推到超現實這個路上去了。讓讀的人可以了解他的精神，事實上也許沒那麼嚴重，但是會感受到精神層面問題就是這麼嚴重。所以有很多誇大的寫法，剛才那一兩句兒子講的話，不堪入耳，事實上大概也不會那麼誇張，只是設想出這樣一個極端的例子。你要說是某種藝術化的修改也是理由。這個藝術化是什麼呢？有的時候這算是表現主義的寫法。下一堂會更明顯一點，因為下一堂輪到兒子的獨白了。

康來新教授：

老師，對不起，問一個比較私人的問題。老師寫《家變》的時候，老師的年齡比現在年輕，您現在的年齡等於是《家變》父親的年齡，老師覺得衰老是一件痛苦的事嗎？我記得應該是廖玉蕙寫臺靜農老師，說是臺老師有一次在談話間，突然對她說：妳不要老！讓廖玉蕙覺得很感傷。老師覺得衰老是一件痛苦的事嗎？您上次講到那個日本式的房子，那個衰老、痛苦，還有蜘蛛網糾結的狀態，我覺得人一定會面臨那個衰老。老師現在到了一個父親的年齡的時候，會不會覺得衰老真的就是痛苦的？

王文興教授：

是這樣，到現在我還能活動，所以我還沒覺得老。真的生病的話，那必然，誰生病都是痛苦。我也看過很多老人生病是很痛苦的。

那今天還沒有生病，但假如睜開眼睛來看，知道那一天也不遠，誰都有那一天。（這方面，）我是個非常膽小的人，我不敢面對，我也害怕。那有什麼辦法呢？現在就是麻醉，麻醉就是不停地讀，然後寫我的下一本書，用這種方法解決。所以寫下一本書也是麻醉，寫不寫得完我也不知道，那不重要。重要的是要麻醉。因為一本書要寫很久，恐怕是有個更重要的事要追上我，到時候根本來不及寫完。寫不寫得完是次要的。

我不知道別人怎麼想，很佩服中國古代的文人，他們好像都能面對，很自然的面對。有個宋朝做官的人，他都知道自己今天要走了，跟平常一樣，把朋友找來聊天。他講，我今天大概就要走了，後來發覺比「今天要走」還早，他就說，這樣請你出去吧，我馬上就走了。那個朋友也很看得開，就離開了。朋友走到外面，家人就說他過世了，彼此都這麼坦然，這很不容易。

呂正惠教授：

基本上，我比較想再了解的是，中國古代文人如何面對生命，當然包括面對死亡。我發現他們去世之前都把事情交代得很清楚，包括他的墓誌銘要給誰寫，他的後事怎麼安排，他子女還小，託給哪個朋友。顯然他們對於自己要死這件事是很清楚的，沒有交代清楚就去世了，除非是心臟病發作或意外死亡，要不然都是交代清楚的。

王文興教授：

我也常想這個問題，然後也要解決這個謎團。為什麼中國人這麼了不起，這些人對於生死這麼了不起。我的看法是這樣，所有中國人都有最虔誠的宗教信仰，不一定是佛教，它可能就是儒教，相信天命。我甚至覺得他們的宗教信仰比今天任何虔誠的基督徒影響還要深。他相信死了以後，一定有地方去，而且你這輩子的功過那邊都有帳，所以不能錯的，中國才有那麼多的忠臣烈士啊，中國人怎麼只有一個文天祥？何止。宋朝亡的時候，成千上萬的人赴死，連元朝都是這樣，到了明朝，有一本書叫《劍氣珠光集》，是清朝人寫明末的野史、密史，裏面寫了不知幾千幾萬個忠臣，都是在清兵入城的時候自殺，他們年紀都很大，都有六、七十歲。首先要有個觀念，他不認為死有什麼了不起。然後他是很坦然，他知道去一個地方，將來我一定是進到廟裏面，我做神，因為我做這件了不起的事，我一定將來是神，他就很滿意。這些文天祥不知道有多少人。

呂正惠教授：

有一本《利瑪竇傳》講到，利瑪竇覺得中國文人很奇怪，他心中是無神的，沒有西方式的上帝觀，而且他認為宗教只是老百姓的東西，士大夫是不信教的，他可能學佛學道，但這只是一種心靈的、情緒的調整，這不是他的信仰。利瑪竇認為中國的士大夫一定有信仰，只是他不了解那是什麼。

王文興教授：

剛才就是說那是中國的宗教，譬如每一個明朝的忠臣，走的時候都是那句話：「我見皇上去了。」要不然我怎麼能見皇上？我不能夠滿身羞恥的去見他。明朝好像給他們做官的人很高的待遇，他們認為你是衣食父母，所以一定要報答。他至少相信走了以後可以見到崇禎皇帝，可以見到他。

同學：

我想請教關於原稿的問題。剛剛看到講義上的原稿，我記得老師受訪時提到自己的原稿是打出來的，上面會有很多洞。但我還是不太了解「打字」是怎麼樣「打」，然後「洞」在什麼的地方？希望可以請老師解釋一下。

王文興教授：

妳說的那是比這還早的原稿，因為這已經是抄正我那個每天的——就是最後寫完幾十個字，最後把它抄到這張紙上面。在這之前，有些過程，就是包含剛才妳說的：寫的時候是很潦草，潦草到有時候只有線條，有時候就是敲打的那些單點，那麼那些線條和單點只有我當時認得，過一分鐘我也會認不得。一句寫出來的話，像這些寫在碎紙片上，寫在別的紙上，後來扔掉的，平均大概先要四十句左右。一句寫完大概經過四十句的挑選、修改，才有最後的一句。

同學：老師現在還有留下那些東西嗎？

王文興教授：

每天都有，但是我不留，因為也很難看，紙也破了。如果自己看，我也認不得，就是只有當時還記得。自己不願意再看到的那些稿子，自己每天就把它扔字紙簍。因為我認為留下來的，才是我要的！多半就是選字的問題，就是這個字不能要，或者是這個字聲音有問題。

而選字就是剛才講的，就是整句話的節奏。如果節奏出不來的話，這句話絕對不能要。要一再地改寫，一再地改寫，節奏不是好不好聽，這是次要，是能不能表達原來想要的意思，這個最重要。這個節奏是音調的上下，還有文句的長短。有時候辛苦寫十九個字下來，最後覺得應該二十個字才夠的，這個字就是出不來，少一個字，少一個字那就要重來。所以長短，句長，也是跟節奏有關係，不光是單字。

康來新教授：老師現在的寫作，習慣小說跟手記是分開來嗎？

王文興教授：

完全分開來，完全兩回事。手記是出於需要，小說是創作。手記是因緣際會寫下來。其實手記是生活的紀錄，假如有什麼感覺我就寫下來，那是生活剛才的記錄。如果我不寫下來那剛才就白活了。有這種感覺。

康來新教授：所以也是有一個本子嗎？

王文興教授：

那個本子太亂了，當然有時候也想整理。前幾年大概有一百多萬字，現在快兩百多萬字，更沒辦法整理了。像有些作家就送給別人，讓別人去整理。

康來新教授：那如果副刊主編跟您要……

王文興教授：

對，他們經常跟我要。但是我要拿出來需要大量的時間，去抄寫，而且還要有一點修改，因為有時也有不滿意的地方，還要再修。那一修一改，時間又花下去了。所以我也不太敢答應。這跟家裏買書一樣，書買太多你根本不知道怎麼辦。

康來新教授：我們以掌聲謝謝王老師！

《家變》逐頁六講

——以評點學與新批評重現《家變》寫作過程

第三講 表現主義的獨白

時間：二〇〇七年五月二十五日（五）19：00～21：30

地點：中央大學文學院二館C2-212教室

主持人：康來新

特約學者：柯慶明教授（台灣大學中文系、台文所）

康來新教授：

老師、柯老師還有在座老師、同學大家好，晚安。今天是人文中心王文興老師研讀班的第三講，這次邀請的對談學者為台大中文系和台文所的柯慶明教授。為了不占用大家寶貴的時間，我們就照平常的模式先聽王老師的聲音檔，大家也可以對照著老師的文稿閱讀。

原文朗讀（王文興教授聲音檔）：

他站起，戴上眼鏡，即刻摘下，高舉起雙臂呼道：

「啊，啊，好啊！」他點着眼鏡腳，「不—要—在—看—書—時—打—擾—我，我講多少遍了。你一次接一次，侵犯過多少遍了。你——還有他——從來不屑聽我開口，祇當我在放屁。天，我過的是什麼生活，誰會知道我過的甚麼生活！你看書，才看到第三句，噗，有人進來拿東西，不就是掃地，不就隨便問你一句。你們就不能給人一點不受干擾，可以做一會兒自己的事的起碼人權嗎？你們為甚麼要侵犯我，我侵犯過你們沒有？天，這所房子簡直是間地獄。沒有一天聽不到爭吵，沒有一天不受到他悲哀面容的影響。他是個大悲劇演員，他免費請你看悲劇。別站在那兒像上絞架一樣，你不配扮這張臉，扮這張臉的人該是我，知道嗎？該是我，是我！你還要我對你說話恭敬，敬愛的母親，您怎不看清，恭與不恭敬，我根本不想說話！一句我都不想說！我可以像蚌蛤一樣閉咀從天明閉到天暗，廿四小時，四十八小時，都沒痛苦。痛苦？那才樂哩！衹是我知道我別妄想，我別想得到。」

他的母親一分鐘前即已退出，他走到門口將門關上。

天色已黑，房間中更為黑暗，他退歸原座，因為疲倦，他不再看書，默坐黑暗中。

他逐漸輕微不安，父親出去委實很久了，衹趿拖鞋該不至去太遠，不應天都晚了還沒看到回來，他把桌上的書燈捻亮。

他拿起了書，讀了三數行，將書放回。他走到廚房門呼道：

「開飯！該吃飯了！我肚子好餓。你可以先給他留一點菜，等他回來再熱給他。過了吃飯時間，不等他了。我們先開吧。」

他母親回過臉望他。

「幾點了？」

「七點。」

「我給你端。」

桌上擺出了碗盤碟筷，桌中央放著兩盤菜餚，一盤為醬油煑四季豆，一盤鹹菜燜肉。桌上祇按了兩副筷子。她拿出一隻碟子挾菜，留下小小一碟子。

在黃燦燦的燈泡下，他默默進餐。四季豆露著沉鬱的黑色，鹹菜肉上凝一層灰白。他把碗放下，問道：

「你怎麼不吃？」

「等下吃。」

「你就喜歡杞人憂天，這麼自己嚇自己到底得到那類快樂？他晚點早點回來有甚麼可異？他沒先告訴你，不過他為甚麼每次出門都要先跟你講？他是一個人，有他的心思意志，你不要把他當需要照顧的孩子看！你白心慌，他回來了！」

籬圍外響著有人輕叩籬竹的聲音。他即起立去給他開門。門口站着楊太太。

「噢，老太太在家嗎？我來向她討個燒過的煤球渣。你們今晚有多的嗎？」

「請進來看看好了。」

楊太太進入廚房，火鉗鋏著一個廢煤球出來。

「謝謝你，吃過飯了嗎？」

她走出籬門。

他也到籬門口，見到巷子中空坦無人行，祇有街燈下瀰著夜霧。他讓籬門張開著，轉身走進屋裏。進房間後他說：「楊太太。」

「我知道。」

王文興教授：

先看第一句話：「他站起，戴上眼鏡，即刻摘下，高舉起雙臂呼道」，這兒我們前面講過，第一，又回到眼鏡的用處上，也就是說，他所有的表情，已經減少到都放在眼鏡上來講，不但是眼鏡的表情，跟很多的舞台劇一樣，「起立」、「坐下」也都是表情。「起立」、「坐下」並不是沒有理由，應該是節省到最小的地步，有必要才「起立」，有必要才「坐下」，凡「起立」、「坐下」應該有它背後的充分的理由、心理上的理由。前面我們一直寫他都是坐的，現在他站起，他站起發出激動的表情，這一連串都是他激動的表情、動作，這不是「表情」已經是「動作」，就是要超過他臉部的表情，變成更誇張的、更大的動作。所以，首先他站起，然後戴上眼鏡，前面才取下，現在再戴上。照前面來看，取下是為了什麼？取下是為了看書；那戴上呢？不看書、放棄看書，現在他放棄，覺得根本沒希望了，所以戴上眼鏡。戴上眼鏡即刻又摘下來，這是轉瞬之間，用大力摘下來的，又是什麼原因？這無非又是他激動的一時想這樣，一時想那樣。可能他太激動戴上去，也沒戴正，還不如把它摘下來，戴歪了把它摘下來。總而言之，這個眼鏡的「戴上」跟「取下」的即刻之間，就是他的「激動」。

下面「高舉起雙臂呼道」，這當然是更大的動作，呼天搶地的動作，兩個手臂都高高地舉起來。然後接下來是他的獨白。

上回講過，這母子兩人的對手戲，前面有一場母親的獨白，現在是他的獨白，他的獨白跟母親的長度大概差不多，使這一場戲的兩個獨白是一種均衡的目的，均衡分配，造成一種symmetry，一種平衡。

他的獨白是一口氣上，一開始他高聲喊：「啊，啊，好啊！」（啊啊兩字，是一口氣相連的，）延長這個字，他高喊一聲。這個獨白之間，也會配上他的動作，獨白時能搭配的動作有哪些？剛才站起來，當然不好讓他再坐下，先前說站起、坐下都是激動的情緒表現，但是讓他坐下沒什麼理由，所以剩下能用的表情就只有在他的手臂跟眼鏡（上）。當他這樣高喊的時候，先是高舉起手臂，然後，利用他的眼鏡——點著眼鏡腳，眼鏡是張開來的，他在空中點著眼鏡腳，好像在敲他的眼鏡腳，這樣點著對方，喊出下面這（些）話。下面這一句話，每一個字跟每一個字之間都用破折號分開，這分開來的意思也就是符合前面他點著眼鏡腳的意思，就是一字一點，一字一點的動作，在配合，且強調他講的這幾個字「不—要—在—看—書—時—打—擾—我」。

下面「我講多少遍了」——他一口氣又講了很多話，這些話主要叫做catharsis，catharsis就是一種宣洩、發洩，像火山爆發一樣。在這個發洩裏又包含許多，不光是憤怒，光是憤怒就只有一種，這個發洩處理是把它當作一種混合體來寫。在他的發洩裏包含許多種類，比如，憤怒是其中之一，那還可以看到別的。首先看到的是一種靈魂的告白，一種confession——也許這個還要慢一點講。第一這是有憤怒，有fury。第二點，這是look back，就像他母親，多半是回溯一樣，他也在回溯，他回溯的是什麼？是這幾年來家庭裏經常發生的（現象），習慣性的有哪種情形，這也是回頭，倒敘、倒述，所以這裏頭有fury，也有look back。那麼再來也有他的confession，他自己的告白。這告白是什麼告白？應該說是他一種苦痛的告白。前面看來，這個son的角色好像一直都是一個魔鬼，非常的惡劣，那麼到這個獨白裏面，就把他的內心的告白寫出來，就可以得到一些同情，就是有他的苦衷。一個角色不論他是反派還是如何罪惡，都應該有他值得人了解的地方，或是值得人同情之處。所以在這獨白裏頭含有他的靈魂告白的意思，一種inner soul，或者叫inner confession。

除了有自己的告白之外，還有accusation（控訴）。你說這是控訴也好，protest（抗議）也可以，兩者都有。可能還有一點，那是情感上的，在他獨白裏面還有很濃厚的self-pity（自哀自憐）的地方，整體看來還有一點，就是poetry（詩意）。儘管這不是優美的，但是，是他的suffering（苦痛）的詩篇，一種詩的寫法。

為什麼要特別講這裏使用詩的寫法？這比較複雜一點，大家可以討論一下。這一大段有詩的寫法的原因呢？先從讀它時候的一種陌生感（來看），整個這段的文字跟我們平常講話的現象不太一樣，有一種陌生感。如果把平常的叫寫實的話，這就已經不同，有一點surreal，有一點超現實——這個（翻譯）不太好，因為現在surreal已經不叫超現實，（應該叫）非寫實——只要非寫實都是surreal。就因為講話的語調有一點陌生感，這個陌生感還有一個字可以解釋，簡單的說，這一段話好像「舞台腔」很濃厚，這種「舞台腔」的表達，是屬於一種stylized language（人工化的語言）。這種人工化的語言我們稱為surreal也可以，這個surreal就是講這個概念。說到surreal、stylized language、或者是舞台腔等等，還有一個更重要的名字，那就是相對於寫實主義的某種主義，我們給它這樣一個名詞，那應該、大概是什麼主義？這種表達出來的陌生感跟現實不一樣、不寫實，希望close to poetry，這是什麼意思，什麼主義？平常我們叫做expressionism（表現主義），它是unreal，也叫surreal，范曄這一整段的寫法是照表現主義寫出來的。

為什麼要在這兒加上這樣陌生的層次，使之成為表現主義的一段獨白？這個角色在這個時刻，在這兩頁的這一場戲裏面，我不過是希望把他寫成一種原型的角色archetype character，想讓他寫成是一個原型的人物，他不是平常我們認識的普通人，而是更有一種靈魂代表性。換句話說，他不是這個名字叫范曄的普通人，而是一個兒子，兒子的archetype。所以當他變成是一個archetype的時候，他的表達方式就會誇張一些，就會變形、變樣一些，就會有更多的是他的本色的部分，而減少寫實的部分。提供這幾個解釋，大概是了解這一段話的一些重點。

我們可以試著提出是不是哪一句有這麼一種任務，而且看它是符合於（剛才列舉的）哪一點。比如比較容易看的，像第二行。「你——還有他——」這一句。好，同學妳先讀這一句。

周婕敏：

「你——還有他——從來不屑聽我開口，祇當我在放屁。」

王文興教授：

以這一句來講，這句的目的可以跟剛才（列舉的）哪一點配合？控訴或者憤怒，這一些，是吧？「你——還有他——」這都不客氣，尤其始終沒有把父親的稱呼放在尊稱上，這兒無數次都說成「他」，說成一個拉降地位的「他」字。這是這一句話裏他的憤怒，加上剛才最後一個地方，尤其是要表達他的憤怒。事實上他大概是要說別人講話像放屁，不便那麼講，就說成是他自己。

接下來，「天，我過的是什麼生活，誰會知道我過的甚麼生活！」，這兒應該有self-pity，有他自憐的地方，當然也是他生活的exposure（揭露），他的公共生活communal life的暴露。接下來他所講的，情況如何？這是剛才說的look back這個back story的部分。一向以來、幾年下來都是如此。他舉的幾個例子，是倒敘過去的幾個例子。「你們就不能給人一點」，下面我想請大家一起（朗讀）好了，也藉這個機會認識大家，所以照這個名單，也許再過幾堂課都可以認識各位，下面請人讀一下。

蕭瑞蒨教授：

「天，這所房子簡直是間地獄。沒有一天聽不到爭吵，沒有一天不受到他悲哀面容的影響。」

王文興教授：

好，我們就看這句。「這座房子簡直是間地獄」。這還是過去，那麼這也把他的痛苦寫出來。「沒有一天聽不到爭吵」，其實這一句話不光是指控別人，這句話是說，誰有責任，這個爭吵連他也在內，他自己也在內，他把這個現象講出來，是連同他自己也講了，「沒有一天不受到他悲哀面容的影響」。好，請你再讀下去。

蕭瑞蒨教授：

「他是個大悲劇演員，他免費請你看悲劇。別站在那兒像上絞架一樣，你不配扮這張臉，扮這張臉的人該是我，知道嗎？該是我，是我！」

王文興教授：

「他是個大悲劇演員，」從這兒開始，「他免費請你看悲劇。」這兩句話已經surreal，不是我們正常講話的語態，已經是舞台腔了。把他歸納成是個悲劇演員，每天請你看悲劇，這兒也是一種比較像詩的寫法，這現象把「他／父親」提煉成一個稱呼，提煉成悲劇演員的稱呼。

講完了他說的「他」、「他的父親」以後，然後轉過來箭頭指向他的母親，「別站在那兒像上絞架一樣，你不配扮這張臉」，這也同樣地，是surreal的意義，跟現實不太一樣，比較抽象、詩意的、詩化，或者簡單的說就是surrealism（超現實主義）。這母親事實上也跟悲劇演員差不多，表情是一樣的，每天都是痛苦的、受難的表情。他的accusation朝這兩個人發出以後，下面說「扮這張臉的人該是我，知道嗎？」分明剛才指控了對方，現在轉過來，轉成他自己，這是他self-pity的地方，講出自己的suffering，而且「該是我」強調了三、四次。然後，接下來呢？下一位。

李栩鈺教授：

「你還要我對你說話恭敬，敬愛的母親，您怎不看清，恭與不恭敬，我根本不想說話！」

王文興教授：

好，先到這兒為止。這兒講的是他的苦痛的來源，他的期待、期望無非是能夠不講話。請妳再接下去。

李栩鈺教授：

「一句話我都不想說！我可以像蚌蛤一樣閉咀從天明閉到天暗，廿四小時，四十八小時，都沒痛苦。痛苦？那才樂哩！祇是我知道我別妄想，我別想得到。」

王文興教授：

連續這幾句話也都是他自己苦痛的憐憫，他自己的self-pity，尤其到後面他做了一個比喻，他說我根本希望每天能夠閉著嘴最好，閉嘴像蚌蛤一樣。所有蚌蛤的嘴都是閉上的，難得張開來。這個比方比較不寫實，這又是稱為surreal的地方，或者是詩化、抽象化的語言。

我們可以從「從天明閉到天暗」這句話的強調，分成兩種寫法，他先說：「廿四小時，四十八小時，」兩天我也不在乎，「都沒痛苦。痛苦？那才樂哩！祇是我知道我別妄想，我別想得到。」(「那才樂哩」以後，跟前半的樂相反，說「我別想得到」，前後兩種寫法，前一正，後—反。）在這個家裏是不可能的。

他從頭到尾講這段話。而前面他母親的獨白，中間有一個break、中間有一句話把它分開來，就是他母親注視著他再繼承到下段獨白。上回我們講這幾個字（她注視著他，再繼聲道）的功能是做什麼用？（詢問同學）

劉逢聲導演：等待答案。

王文興教授：

對，一是「等待答案」，還有一個呢？「一分為二」，打破這個獨白的連貫跟枯燥，具有這兩個用處。那麼，這一次兒子這個等長的獨白，中間沒有break，那又為什麼？為什麼我沒有在它中間加上一個類似可以一切為二的動作？（詢問同學）

洪珊慧：因為他的情緒很強烈。

王文興教授：

對，因為他的情緒很強烈，像瀑布一樣，是瀑布那就挽不回、就不能停了，中間不能打斷，所以這回就不在中間加調節的一句話。他忘情的一口氣講下來，忘情到什麼地步？下面是「他的母親一分鐘前即已退出」，連他大概都不太知道，只顧自己講，而他母親呢？這是他母親溫和抗議的辦法——我不聽總可以吧？她也沒有語言上與他對罵，一分鐘前就掉頭走開，這一分鐘前，大概她兒子講話最「詩意」的地方她都沒聽到，即已退出。

「他走到門口將門關上」，他很生氣，那又能怎麼樣？沒有聽眾是最生氣的事情，他怒急地把門關上。把這個門關上呢，事實上另有意義，一是他的「怒意」的表達，另一個，這個門關上是這一場戲的「落幕」。

前面講從B開頭第一句話開始，是幕啟、幕開，這場戲大概兩頁左右。這場戲第一幕的終點所在就是最後這幾個字「他走到門口將門關上」，到此兩個人物的對抗戲結束。而這兩個人物的對抗戲，目的何在？最要緊的就是exposition，把這一家生活的過去，都介紹出來，這是第一幕的功能。

這一幕對抗戲大概是要以表現主義的方式來寫，我們提到兒子是一個原型人物，事實上，母親也是原型人物，兩個原型的人物相對，兩個原型人物在舞台上角力，造成這樣一個表現主義的戲劇張力。

我們也講過，開始的時候始終是攝影機的位置，第一章攝影機的位置我們講過了；第二章也講過攝影機大概在什麼地方？——觀眾的位置，對，就是正對著舞台。現在到此門關上，這一幕攝影機沒有動過，它不需要移動，它固定了就好，兩個人物在舞台上的動作由人物自己動，攝影機不動，它以客觀的、有一個medium中度距離的攝照他們就可以了，現在攝影機把這第一幕照完了。第一幕結束後，就是下面的戲，下面的戲既然是另一幕，就要轉場。

下面的戲事實上有好幾場，在這一章裏頭還有好幾個不同的scene（場景），每一場的長短也都不同。我們看看下面是怎麼分場的？先說，這個門關上，下面要換場了，下面的短戲。這一段請劉惠華老師唸。

劉惠華：
天色已黑，房間中更為黑暗，他退歸原座，因為疲倦，他不再看書，默坐黑暗中。

王文興教授：再讀。

劉惠華：
他逐漸輕微不安，父親出去委實很久了，祇趿拖鞋該不至去太遠，不應天都晚了還沒看到回來，他把桌上的書燈捻亮。
他拿起了書，讀了三數行，將書放回。他走到廚房門呼道：

王文興教授：
好，到這兒。這幾行大概就是很短的下一幕，或者是下一場，不同的地點。「他走到門口將門關上。天色已黑，房間中更為黑暗」也許我剛才說的轉場，講（不同）地點不太合理，地點還是剛才的地方。現在這一幕戲改成他一個人在這個地點，不是兩個人，而且光線和剛才不一樣。首先，光線是天色已黑，這個光線愈來愈暗，因為外頭天已經漸漸黑了，屋子裏就更為黑暗，屋子裏幾乎是漆黑了，很暗。

他回到原來的位置上去，「因為疲倦，他不再看書」，那他做什麼？他就「默坐黑暗中」。這場戲事實上是看不見的，全部黑的，他一個人坐在黑暗中，根本看不到人，他「默坐黑暗中」。這個光線是要讓我們知道，這不但是轉場的戲，而且這場戲轉到他的內心去了。現在不是他外表的言語、舉動，你根本也看不見他有什麼表情甚至舉動，他也不講話，這幾行的描寫就是他的內心戲。當「他不再看書，默坐黑暗中。」這兒就開始，他的內心跟周圍的黑暗相互呼應，因為什麼？因為「他逐漸輕微不安」。他的內心現在開始感受到這個事情的悲劇壓力了。那麼這是他所想的：「父親出去委實很久了，祇趿拖鞋該不至去太遠，不應天都晚了還沒看到回來。」他坐在黑暗裏，我們已經看不見他了，他心裏想著，想著，把桌上的書燈捻亮，這就有一個不同的轉變、不同的動作，光線上也有一個大轉變。剛才是闇黑的地方，現在他動手把桌上檯燈捻亮，光線由黑又變成亮，變成微亮。桌上的燈捻亮的意思何在？這句話的意思應該有一點超過他語言上的意思，我們可以稍微討論一下。

第一是改變這個環境的光線，這是第一個必要。光是講光線的話，剛才說是讓光線有一

個變化，這是光線的外在的一個理由。光是光線還可以補充一個理由，為什麼在這一刻他把燈捻亮？還有一個理由。（詢問同學）

洪珊慧：

當時舞台燈光是暗的，這個人solo著他的獨角戲，然後重新再回到他原來的狀態，就是一開始母親過來跟他說父親不見了的那個看書的狀態。

王文興教授：

回到他前面看書的時候，那也有。再來就從燈的用途上來講，燈的功能上來講，先不講這燈的象徵意思，或者是有任何的暗示，先講燈的實際功能，剛才說，光線的改變是必要的，舞台上的改變是必要的。然後又說燈是為看書，這是很實際的理由，還有一個理由，為什麼他把燈打亮？

劉逢聲導演：心情上的轉變，不再去想他父親失蹤的事。

王文興教授：

這也可能，他心情上自己有所改變，或者要讓自己有所改變，這個也可以。然而這還是比較接近內心。我們只講身外，講這個身外。（同學：天太黑了。）對！太黑了。這就是。比剛才還黑。那外面黑了，屋子裏只有更暗，現在再不打開燈都不行，所以他等於是被迫把燈打開，也是很自然地把桌上的書燈捻亮。這樣就接下面一句。果不其然，他打開燈還有一個意思，他想回頭看書。「他拿起了書，讀了三數行，將書放回。」將書放回是為什麼呢？——看不下去了，他只看了三數行。首先拿起了書是為什麼？是為了想讓自己改變心情，所以他拿起書試試看，讓自己平靜一下。但是拿起書讀了三數行，沒多少，大概三數行，什麼都沒看到，三數行的字只是字在那兒跳。「將書放回」，這裏「將書放回」，是他放棄了。那麼，放棄，他就做下面一步的事情，「他走到廚房門呼道」。於是走到廚房門，場景又換了。這回是真正地點的更改，現在換到廚房的地方。

下面，王士銓同學。請你接下去讀。

王士銓：

「開飯！該吃飯了！我肚子好餓。你可以先給他留一點菜，等他回來再熱給他。過了吃飯時間，不等他了。我們先開吧。」

他母親回過臉望他。

「幾點了？」

「七點。」

「我給你端。」

桌上擺出了碗盤碟筷，桌中央放著兩盤菜餚，一盤為醬油煮四季豆，一盤鹹菜燜肉。桌上祇按了兩副筷子。她拿出一隻碟子挾菜，留下小小一碟子。

王文興教授：

好，先看到這兒。這一場都在廚房，地點改到廚房去了。這裏如果拿攝影機來講也就是攝影機跟著他人流動，通過這些牆、門，現在已經到廚房來拍了。

這順便講一下，以前有人說（要拍這個電影的時候），導演說這種時候，先考慮到攝影機怎麼放。他說我們把牆都打掉，牆打掉那麼攝影機就可以推進來。流通的。所有牆都打掉的話就可以隨出隨進，多小的屋子裏它都可以轉。當初想過這樣的構想。後來這事情沒有拍成。曾想過攝影機怎麼拉。

現在，他走到廚房門口呼道，「到廚房門口呼道」，這又是他很不好的地方，他又在發號施令了，口氣當然很不好，「開飯！該吃飯了！」第三句「我肚子好餓」，這一句的惡形惡狀不只是他的憤怒，跟前文有個地方是有關係、是有呼應的，也在這一章裏頭，就是在上面那場戲裏頭。他講話有些粗俗，不只是我們認為的是罪惡，乃至於也是粗俗，就像說：「我肚子好餓」。再來，同一個人，他前面也講過類似的話，在第二頁的中間那行：「他是他，根本拉不上關係，我飯吃多了，管到他人在那裏！」類似的話在這又出現。「你可以先給他留一點菜，等他回來再熱給他」，他要先開飯，這樣下令不等他，非常的不禮貌，「過了吃飯時間，不等他了。我們先開吧。」這是他在廚房門口喊的，而在這個廚房門口喊的這一句話，事實上已經看出來他現在的色厲內荏，他心裏面有點害怕，有一點緊張，但他的語言上還是如此，尤其對他母親的語言上還是如此，事實上這些話都透著他的不安和擔憂。

這一場戲是他站在廚房門口。以後的戲，都寫攝影機所對的，廚房裏的戲。廚房的全景之中，只站了一個人，就是他的母親。現在他的母親

回過臉望他。

「幾點了？」

「七點。」

「我給你端。」

這裏寫「他母親回過臉望他」。回過臉，這是為什麼？（因為是），她在想心事。她在廚房裏頭，像是工作，卻又沒有工作。手上可能拿著碗，就一直拿著，待在那兒，面對著牆。她心裏在憂慮。所以現在喊了一聲，她才發覺後面有人講話，所以「他母親回過臉望他。」（然後）就問說：「幾點了？」這幾點了呢，大約是跟他們平日吃飯時間的習慣有關，她要問說是不是到該開飯的時間。「七點」，必然的，這是他們開飯的時間，或連開飯時間都已經過了。而這個回答「七點」，在這是另一個意思，是當成時間的指示，一個 indication。「我給你端」，這又是不敬、不孝、不禮貌的情形，在這個家是母親當傭人一樣，要開飯了，我就

替你端，他覺得很正常，這句話可不是抗議出來的，而是照平日講話一樣的說出來，理所當然一樣的說出。

這個「幾點了？」、「七點。」是要當一個時間的表達，關於時間的表達就要從前面開始推算時間。第一個時間在第一頁的時候沒有明白講，只是說「一個下午」，但是這個下午是有固定時間的。下午幾點？這個下午幾點到現在就容易推算出來，一步一步的，中間有幾個時間的指標。到現在，說七點，那麼就大概推算出來，第一頁第一行的下午，到底是幾點？四點，應該四點。看第二頁，母親進來，進來問過三次了。母親自己講話的時候說，這個父親不見了多久了？「兩個多鐘頭」。那麼，從剛才母子吵架講話到現在，大概時間多久？算半小時到一小時，那麼到現在，明確的講——七點。所以回頭推算，剛才母子爭吵那一幕大戲，算六點半時候發生。那六點半發生，母親講父親出去快兩點多鐘了，再減兩點多，六點半減兩點多，父親不見的時間大約四點。這是時間的交代，時間的推算。

這幾句話講完以後，母親就把晚飯端到桌上來。再讀一下好了，洪珊慧同學，你讀一下。

洪珊慧：

桌上擺出了碗盤碟筷，桌中央放著兩盤菜餚，一盤為醬油煮四季豆，一盤鹹菜燜肉。桌上祇按了兩副筷子。她拿出一隻碟子挾菜，留下小小一碟子。

王文興教授：

這時候攝影機就特寫了，不再是遠距離，而轉到桌上來，照（出）桌上有哪些東西。桌上擺出了碗、盤、碟、筷，中間放了兩盤菜，這都是中等乃至於中下等的伙食，為什麼這麼寫？晚餐就是如此，這晚餐剛好是一葷一素：一盤是醬油煮四季豆，一盤鹹菜燜肉。

關於這兩盤菜的菜色之所以要寫下來，一個目的就是這個家庭的伙食的介紹，或是這個家庭家居生活的描寫，這是講桌上擺的菜是什麼樣的菜色。那如果是家居生活的時候，那你說寫個一葷一素的菜還有很多，為什麼這一葷一素是選擇這樣的一葷一素？

第一，這是很重要的，暗色菜。這個暗色菜，是為他現在的心理描寫用的。看到這樣的菜的時候，大概心情都已經不會是很高興的心情，因為這兩個都是近黑色的菜，她母子倆的心情、心理的描寫就反射、投射在這兩個菜上頭。第二，菜擺上來以後，的確，（可知）這兩個菜也是可以時常煮的，可以收回去以後，下一頓再來，熱一熱後還可以用的菜。（所以這兩個菜可能已不是第一次上桌。）

桌上現在只按了兩副筷子，這是兒子下令講說不等他了，所以就兩個人吃飯，而這兩副筷子在這時候就有了對未來悲劇的暗示。這個家庭從這一刻開始，大概就是兩副筷子，沒有必要擺三副，這個筷子的減少就是這個成員減少的開始。

「她拿出一隻碟子挾菜」，這是寫，給他父親留菜。這留菜的時候，大概正常也是如此。既然留菜是另外一個碟子，留下小小一碟子，這也可多可少，也許本來的菜量就不多；但是這個母親又小心翼翼，兒子在面前，她也不會留多，留下小小一碟子，可以有這個意思——也可以是正常的留法——她先把這一份留下來——在廚房這戲下頭還有，徐翠真同學，請你讀一下。

徐翠真：

在黃燦燦的燈泡下，他默默進餐。四季豆露著沉鬱的黑色，鹹菜肉上凝一層灰白。他把碗放下，問道：

「你怎麼不吃？」

「等下吃。」

「你就喜歡杞人憂天，這麼自己嚇自己到底得到那類快樂？他晚點早點回來有甚麼可異？他沒先告訴你，不過他為甚麼每次出門都要先跟你講？他是一個人，有他的心思意志，你不要把他當需要照顧的孩子看！你白心慌，他回來了！」

王文興教授：

再來，（剛才）廚房這句（即：「他走到廚房門呼道」），（是說）吃飯地方也在這兒。現在，「在黃燦燦的燈泡下，他默默進餐。」這種燈現在大概已經看不到了。各位大概都沒看過。有好幾位跟我一樣是看過的。這是從前的燈。是用電線拉下來的。不像現在還美觀的嵌在天花板上。這個燈，就是一根電線垂直掛下來。燈泡是光的。沒有任何燈罩。既然是電線掛下來的，當然就刺眼。刺眼的，黃光的，燈泡底下，他默默進餐。這是當時的時代描寫。當然也是要配合他現在的氣氛。現在這個心情，在這樣的燈泡底下。也是寫他的那個心情。

他默默進餐，然後他的眼睛只能看到桌上的菜。吃飯的時候眼睛只能對著這個菜。而這個菜是以如此的面目回望看他，「四季豆露著沉鬱的黑色，鹹菜肉上凝一層灰白。」那四季豆的醬油顏色很暗，鹹菜肉上凝一層灰白，這是什麼？——油。那就代表天很冷。這樣又可以回到第一頁第一行。第一行並沒有說明季節，只說「一個多風的下午」，你們現場（剛才）看了我的原稿，這就洩了底了，上頭旁邊標註了四月十四日。當時寫了幾月幾日，現在這要符合的。因為天還冷，在冷的時候豬油特別容易凝結。所以現在他不高興的對著菜看，那菜也不高興的對著他看。一個是四季豆，一個是這樣的鹹菜燜肉，上面蒙了一層灰白的油。鹹菜肉一定也是醬油煮的，黑上加黑，鹹菜已經是黑的，醬油在上頭蒙一層凝固的灰白的油，他就對著這個菜看。

「他把碗放下，問道：『你怎麼不吃？』」他又開始罵人了，又開始accuse（指責）別人。好，他先把碗放下，看到前面那兩個菜大概任誰也都想把碗放下。現在他把碗放下，馬上責問別人，「你怎麼不吃？」他忘了他先把碗放下來，根本就是他自己也不吃。

「等下吃。」媽媽這樣回答。這個回答要怎麼解釋？就是開動五分鐘了，媽媽動都沒動過，所以他才問：「你怎麼不吃？」媽媽說：「等下吃。」她理由是我吃不下。還有別的理由沒有？（同學回答：爸爸回來再一起吃！）對，她恐怕還有這個意思，能等就等，不算晚嘛，再等他一會兒好了，再等兩三分鐘也可以啊，肚子餓沒關係，再多等等，這是她對先生溫柔的地方。她等下吃，她也不敢說「我等他，等你爸爸回來再吃」，她不敢說，她說「等下吃」。那他又開始罵人了，下邊再讀一遍，羅莞翎同學，你讀這一段。

羅莞翎：

「你就喜歡杞人憂天，這麼自己嚇自己到底得到那類快樂？他晚點早點回來有甚麼可異？他沒先告訴你，不過他為甚麼每次出門都要先跟你講？他是一個人，有他的心思意志，你不要把他當需要照顧的孩子看！你白心慌，他回來了！」

王文興教授：

他又開始罵人，罵她多愁多慮，你這樣自己嚇自己有什麼好處？其實他這些話跟前面一樣，都是色厲內荏的講法，他罵得愈凶、脾氣愈壞，他心裏愈擔憂。他先罵她杞人憂天，他都沒有回到自己身上，其實他心裏也在發慌，這事實上是他自己的缺點，他不喜歡看著她那樣所以開罵——那你這樣自己嚇自己又有什麼用？然後再轉為其他的責備。從這第一句轉而為其他的責備，那就是說，他晚點早點回來有甚麼關係？下面就說了「他沒先告訴你，不過他為甚麼每次出門都要先跟你講？」原來這個母親規定，你出去要先跟我講，對她兒子小時候是如此，對她先生向來是如此。所以連續的字句下來這個兒子都在責備母親這個缺點，母親平時把父親當成是個需要管教的小孩一樣看待，他在這兒又替他父親抱不平，他在這兒等於在責備母親。他是一個人，他是獨立的大人，你為什麼要把他當小孩子看？她向來把他當小孩子看。所以這幾句話大約又透露了這個家庭裏人和人的關係，父母之間的關係是如此，這個母親也有她霸道的地方，所以兒子現在拿著這點攻擊他母親。就憑你現在這樣就可見得你不尊重他的個人自由，每天都管他去哪裏。下面突然一個轉機，一個雨過天晴的轉機，「你白心慌，他回來了！」太好了，聽到外面有聲音，好了好了，都解決了，他自己也高興，他回來了！什麼事都沒有，下面一個雨過天晴的轉機。然後這個主角就開始走到戶外去，下面是另外一場戲。

那麼到「他回來了！」是這一場在廚房的戲的結束。廚房的戲的結束，也有一個標記，那就是他說：「他回來了！」所以，廚房的戲是從「開飯」開始，開飯的「開」也就是「開始」的意思；現在「你白心慌，他回來了！」結束。嚴格來算是第二場的大一點的戲（long scene）。前面的書房裏的黑暗是brief scene（短場），這個是長一點，是long scene。這個long scene現在結束，攝影機始終是跟著主角，所以他去哪兒，剛才說攝影機穿牆也要跟著他去哪兒。現在這個人走到屋外去了，攝影機就跟到屋外去。所以下一場戲是戶外的，在院子裏頭。院子裏頭的戲我們就留著下一次再講。

康來新教授：麥克風就交給柯慶明老師。

柯慶明教授：

首先我就范曄的這段自己的獨白，給王老師的書寫做一點點註腳。其實只要從形式上就可以看得出來，在中國詩詞的表現上，有兩個東西使得日常的語言變成詩詞：第一個是「複沓」，就是一再重複相同的語言。這個複沓當中，特別在曲裏頭使用很多叫做「頂真敘法」、「頂真格」，就是上面這一句後面的兩個字或一個字，在第二句再接著下去，就會造成一層一層的推沓。你可以看得出來，他有意地要做很多的重複，譬如范曄說：「你一次接一次」，這其實也是一種類似頂真敘法的效果，他會不斷的強調：「我過的是什麼生活！誰會知道我過的甚麼生活！」又是經過這樣一個重複跟複沓，就說：「你們為甚麼要侵犯我，我侵犯過你們沒有？」這是最標準的頂真格，雖然在這裏其實是講了事情的兩面。譬如「他是一個大悲劇演員，他免費請你看悲劇」，這個「悲劇」、「悲劇」不斷的重複，然後「你不配扮這張臉，扮這張臉的人該是我」，這個就是頂真。甚至你說：「你還要我對你說話恭敬」，然後底下「敬愛的母親」，那個「敬」字又是頂真，所以「我根本不想說話！一句我都不想說！」這又是複沓。所以他不斷運用頂真、複沓、頂真、複沓，使得它非常非常地接近詩歌的表現，我想王老師自己很清楚的感覺到這一點。這是我從一個純形式的角度再給大家做一點解釋。

我覺得非常有意思的是，牽涉到一個悲劇演員的問題，就是「沒有一天不受到他悲哀面容的影響」，這裏頭我會很容易想到這就是persona（扮相）的問題，因為希臘悲劇的習慣是，喜劇所戴的假面是一個快樂的面具，悲劇所戴的假面就是嘴巴都往下凹的那個面容。所以在這樣一個面容的底下，演員不一定需要感覺悲苦，但你一看那個演員出來所戴的是這個面具，你就知道這個戲一定是悲劇。但是從人生如舞台的角度來講的話，我們會不知不覺的把我們在生活中所扮演的角色，也就是榮格（Jung）在關於自我人格分析中，所謂的那個persona，變成隨時顯現在外面的面容，這等於說他會感覺到父親可能是一直在扮演一個受難者。可是，他會覺得現在顛倒過來想，其實他才是那個受難者。所以這裏他講的是父親扮的這張臉，其實只跟悲劇演員戴的那個臉一樣，並沒有內在的真實；而在實際生活中，他才是真正應該扮出這樣一張臉的人。他把處境與扮相，人生與戲劇，透過面容很巧妙的聯結在一起。

他的這一整段的爆發，其實是跟他的母親講一句很重要的話有關係——「你在同你母親說話」，這句話事實上強調了兩個人之間的倫理關係，強調這樣的倫理關係的背後，也就強調一種特殊的文化裏頭的應對準則。

我讀這一段會覺得特別親切，那原因倒是，這種情形從來沒有發生在我身上過，但是這個故事是不斷發生在我們家的小朋友跟他媽媽之間。這問題在哪裏呢？我們家的小朋友，他小學一年級就到哈佛、Cambridge去，那時我們全家都陪他的媽媽在那裏念書，所以他真正的小學教育反而是比較西式，後來五、六年級就留在那兒。雖然他媽媽在那邊拿PHD也待了很久，但是媽媽畢竟從小是在台灣，不是，是在中國汕頭長大。我太太一直跟我抗議，我們家小孩一天到晚跟她開口閉口講privacy（隱私）。後來我們家小孩終於想出一個辦法，他大學的時候就自己搬到我們的書房，本來是三個人都使用的書房，現在把它霸占了。以後我要去書房拿書他一定先站到門口擋住門說：「什麼事？」這是他的領域行為，因為他要有屬於自己的空間，他要有privacy。

我起先一路這樣看，想說因為從前台灣的房子，跟現在一般的、後來再改建的建築不太一樣，其實是室內沒有門，室內不再分門。王老師一篇很重要的小說〈母親〉，那個房間跟房間只靠一個簾子隔著，然後電風扇一吹，那個小男主角就看到了那位吳小姐正在脫衣服。現在你們可能覺得不可思議，因為你都有門關著就不會這樣，可是我跟學生討論那篇小說的時候，就會想起來以前我們老家，其實我的爺爺奶奶有他們的房間，叔叔跟嬸嬸有他們的房間，但是房間跟房間都不可以用門阻隔，只是掛一個簾子，日本的門是那種紙門，其實都很容易可以開的。通常都是用靠發聲，說：「我要進來囉！」你才會覺得他們為什麼特別的囉嗦，這跟這邊有關係，因為它實在跟我們現在的建築不一樣。我發現這裏是有門可以關上的，但是，雖然有門可以關上，在理論上除非要把別人趕在外面，在家裏頭大概還是得要開門。

王文興教授：

這個門是改過，後來房子修改了。後面有一些沒看出來，到以後就可以看出來的日本房子。所以你說的是，原來蓋的時候是紙門拉開來。8

柯慶明教授：

所以在這種情形下你真的沒有一個完全不受干擾的空間，假如你真的關門的話，通常以為你在生氣。然後媽媽覺得她對小孩的愛是她隨時想到她就過來，小孩就一天到晚說我在這裏都沒有privacy。我想這是一個比較東方的母親和一個比較西方的小孩之間的問題。因為范曄很顯然的，他所受的教育是西方的，這是為什麼讀書那麼重要，除了上進之外，我覺得跟這段話裏頭有句話很重要：「這所房子簡直是間地獄。」假如你所生存的空間不是一個很愉快的空間，可能會有問題。以前王老師教我們現代文學的時候，剛好教過沙特一個很有名的劇本叫做《無處可逃》（*No Exit*），那地獄就是什麼？范曄這段話我一邊讀就一邊覺得好像回到我們上 *No Exit*，為什麼？Hell is others，他人就是地獄。在沙特那個地獄裏頭，他們是三個人同時被關在一個西洋式的客廳裏頭，但是他們三個都已經是鬼魂了，所以他們永遠不會睡著，可是任何兩個人要進入某種比較同情共感沉醉的狀態時，必有第三個在當中破壞，因此感受到他們被干擾。OK，現在要說的是，他們這一家剛好是三個人，這個小說到了最後，他的母親跟范曄覺得這樣也不錯，又回到兩個人，所以就變成安養狀態，有一個是多餘的。在某種意義上來講，讀書的時候，就是你的精神從現有的空間進入到書本裏頭的空間，是對現在空間的逃離，就是一個exit。但是最反諷的是，大家從頭到尾都在憂慮一件事情，就是父親好像失蹤了，假如我們顛倒過來想的話，這所房子簡直是間地獄，那誰從地獄逃走了？是這個爸爸從這裏逃走了，這是非常有意思的一件事情。

有幾個地方，特別要提出來討論。我來的時候還沒有看到二〇〇〇年的新版本，我所用的是一九八五年的版本。那一九八五年的版本有一個地方我覺得可能是有道理的，這個地方

---

8 王教授按：這話當時講錯了。修改房子未改到紙門。此處的「將門關上」，意即把門拉上。「關」與「拉」是較馬虎的同義字。

在哪裏呢？「他的母親剛不久前即已退出」這句。這段話一路讀下來，當他提到「敬愛的母親，您怎不看清，恭與不恭敬，我根本不想說話！一句我都不想說！」到這裏為止，我想母親應該還在，因為不在的話，他講敬愛的母親，除非他的眼睛瞎了，不然不太可能。然後從「我根本不想說話！一句我都不想說！」底下，才可能這個母親已經離開了，但是這一段話撐不了一分鐘，對不對？所以二〇〇〇年新版本上面的修改，是說「他的母親一分鐘前即已退出」，「一分鐘」太具體，這「剛不久」就很曖昧很含糊，那你覺得這也很有可能，OK，那可能他的母親是默默地正在走，他還看到她，還繼續可以跟她嚷嚷之類的，最後才去把門關上。我剛才又去對照手稿，手稿上是「他的母親一分鐘前即已退出」，那我還是覺得，「他的母親剛不久前即已退出」可能是更好的一個處理。

我也注意到「他拿起了書，讀了三數行，將書放回。」這幾句，我覺得這個「回」字用得好，為什麼？跟前面第二頁「他抬起頭，將書放下」有點不同，他被母親干擾，他將書放下，他待會兒要看。但是放回的意思大概是我就決定不要看了。

另外有兩點我也想提出來討論。第一個是，一個人要離開家，要不要跟家裏的人交代一聲？在日本的話，除非都沒有人在家，不然他一定要先講「行きます」（我要出門了），然後家裏的人就跟他講說「いってらっしゃい」（您慢走）。甚至我到京都去，那只是交流會館，其實相當是一個宿舍，宿舍管理員看到我要出門還是要跟我這樣講，我也還得要跟他行禮，然後等到回來的時候，我一定要講「ただいま」（我回來了），然後對方一定說「お帰り」（歡迎你回來）。有時候一個人在東京孤獨的住，但他還要自己對自己說：「我回來了！ただいま」，然後再自己回答說：「お帰り」。正在重播的某一個日劇，一對本來沒有關係、因父母再婚變成的兄妹，他們一起放學回來，這個新妹妹就對她的新哥哥說，我待會進去講ただいま你一定要幫我回答，可是她的哥哥反而站在她的後面，他們就是有一點點好笑，可是這是有這需要喔。我所知道雖然中國人大概沒有日本人那麼嚴格，但是習慣，通常都是會說這個誰呀，我要出去了，只要是對家裏的任何一個人，倒不一定是對母親，但因為經常不太出去的是那個母親。我到現在還是有個壞習慣，我回家搞不好太太不在，我第一件事情會去找紙條，看看她有沒有留條子？然後，找不到紙條的話，就開始想是不是在門口？再過一陣子，也會打電話問一問。我想這大概不能算是他的母親規定或者是霸道，這個是代表一家人之間自然而然的一種關心，但是一個小孩子感覺被愛太多、被關心太多、被管太多，他可能會覺得非常地反感。

另外一點就是，我不太了解，這個廚房跟飯廳的位置如何？有些人的廚房跟飯廳在一起，有些人廚房跟飯廳是分開的。我一個感覺是當他站在廚房門口喊開飯的時候，給我一個錯覺是什麼？好像廚房跟飯廳應該是分開的，以至於後面那位楊太太會到廚房去用火鉗鋏一個廢煤球出來，都讓我覺得廚房好像是跟飯廳分開的一個地方。但是剛才聽王老師敘述好像廚房跟飯廳在一起，為什麼？「我給你端。」的這個桌上也可以是有一個鏡頭的流動，你就自然的進入了那個飯廳。

至於說「我給你端。」這句話，也許可以有另一種不同的解釋，表面上好像是這個媽媽像傭人一樣端菜給你，但其實這是她的權力，她有端給你那你才能吃，她沒有端給你你就不能吃。為什麼我講這個？因為我還經歷過傳統大家庭生活，我的外婆死了以後，外公就很悲慘，他有很多媳婦，有時候晚上餓，外婆在他就可以說，我餓了，你給我下碗麵，他就可以去吃，這個沒人敢說話。現在變成媳婦掌管祖宗輩、管廚房的時候，餓了他不敢去吃，他不敢麻煩任何一個媳婦，假如他自己跑出去吃東西，媳婦們還要說話，說為什麼不吃飽，嫌我們做得不好嗎？我外公唯一的希望就是等我媽媽這些女兒們回來，女兒就天經地義可以帶老爸去外面吃這個吃那個。所以，現在問題是「我給你端。」表面上看起來母親好像傭人被使喚，而且我也會覺得「開飯！該吃飯了！我肚子好餓。」等等，好像是他很無賴、發號施令，在某一種意義上來講，剛好相反，我聽起來有點像，其實不只撒嬌，而是知道那個權力在媽媽手中，媽媽要給你吃你就有的吃，媽媽不給你吃，對不起，你沒有。事實上他預先想到，媽媽可能會用一個理由不開飯，說再等一下爸爸，所以他就先想好了，先堵住你的後路，說反正我們可以留菜給他，等他回來再熱，他把這些東西統統都講出來的意思，正是因為他顯然還沒有那麼大的主控權，至少我的閱讀感覺上是這樣，跟王老師請教。

王文興教授：

這個廚房也是後來搭建的，廚房在第一頁沒有出現，那原因就是，第一頁應該已經有廚房，可是因為這個搭建的位置是偏側，就沒有照到第一頁的介紹上面去。這個搭建的意思是說，可以從他正常的生活場所有一個門可以通進這個廚房，這個廚房也可以對外通，那麼應該也可以從另外的、朝外的門進出。

現在的安排的確是餐桌是在廚房裏面，所以剛才柯教授講，起先可能會有一個錯誤的印象、一個誤解，這個誤解應該避免，就是桌上擺出了幾個菜樣的時候，讓人好像覺得是另有所在。至於其他的，的確，由於一家人的關係，也是一種、某種的power struggle（權力鬥爭），有時候不見得看起來居下風的是真正的下風，確實是如此。至於說，這個父親有沒有這個自由隨意出去，母親有沒有給他這樣的自由……等等，在這個兒子講的這一堆話裏面，他所講的恐怕是訴諸於其他的方面，不光是今天「他走了，不講有什麼關係」，恐怕是指的這件事情類似的、許多其他的，也許母親是指揮了他父親多了些。那麼，這個在前面有過一句話，上一次講了一句話，可以稍微前後印證這個母親的角色如何。前面那句話是不是還可以找得到？在第二頁，他母親的獨白裏面，獨白裏面：「我以為是你出去，不久我喊他去提水」，這句話上次解釋過，就是，也常在發號施令，類似如此。

柯慶明教授：

這是所有退休老男人必然會遇到的命運。為什麼呢？因為這個男人的權力空間本來就不是在家裏。可是你外面的空間沒有了，你只能回到家裏的時候，我看到的就是有兩種退休男人，一個是跟太太搶廚房，因為家裏就只剩下那個廚房，所以他也要做飯，反正變成是搶廚房的問題。第二個是，他現在從外面退到家裏來，家務還是太太已經做了幾十年，那是她的勢力範圍，你除了做下手以外，你幾乎沒有什麼別的空間。所以我不特別認為這是太太對她不好或什麼的，這是形勢的必然。

王文興教授：

而且這種時候老先生往往也願意，居於下風就居於下風，因為他想能夠在這兒不盡點義務也說不過去，也常常樂意盡點義務。那其結果，就會變成角色地位的扭轉。

康來新教授：

老師，新版本改成「他的母親一分鐘前即已退出」，為什麼是「一分鐘」……？

王文興教授：

我當時原稿是寫「一分鐘」，後來為什麼把「一分鐘」改掉，大概也是覺得這個母親早就該離開，那麼一分鐘她又未免忍受太多了。

後來又改回去，現在是改成原來的「一分鐘」，恢復原來的「一分鐘」，我是想讓它戲劇化一點，無非是想時間明確，戲劇化一些，是為這個原因。也許也考慮過這「一分鐘」前面還要聽許多難聽的話，那就讓她聽了，所以是有這個區分。不過顯然這兩個選擇比較難選，下次如果要再改版，我還要再考慮一次「一分鐘」可不可以。

柯慶明教授：

再來還有兩個版本，在第四頁，一九八五年的版本「在黃燦燦的燈泡下，他默默進食」，二〇〇〇年新版本為「在黃燦燦的燈泡下，他默默進餐」。在原稿上先是寫「進餐」，後又改成「進食」。我後來想「進餐」的話比較強調就是他前面那個：「開飯了！該吃飯了！」這個「進食」好像只是強調一個吃的動作，我後來覺得這個「進餐」可能還是比較好的。

我還要講的是醬油煮四季豆跟一盤鹹菜燜肉，不只是顏色的問題，我的第一個感覺是：哇！這家怎麼吃那麼鹹。第一個四季豆是用醬油煮的，會變得比較鹹，鹹菜其實是滿鹹的東西，對不對？這背後跟大家認為快樂的時候、喜樂的時候喜歡吃甜的東西，這個心情不好，在閩南話來講還會說「人肉鹹鹹」，所以那個鹹可能使得它有種bitter（苦澀）的感覺，這個地方我覺得它的效果其實是很棒很棒的。

王文興教授：

這兩個菜顯得無非就是低氣壓了，看了就已經低氣壓了，不要說是嚐到。原先我的原稿不是這兩個菜，後來我改了。原先是蠶豆，後來回想，我為什麼要改？大概那個蠶豆煮出來的形狀不如這個四季豆那麼討厭，大概。

康來新教授：老師，導演如果要鏡頭拍范曄看的書，老師會選什麼書？

柯慶明教授：

關於這個豆子我有些意見。據我的了解，蠶豆是比四季豆貴，這是第一個。然後蠶豆比較稀罕，不容易買到。四季豆反而是很平常的，所以我覺得四季豆比蠶豆絕對是比較合理。而且四季豆本來並不是黑黑的，但用了醬油一煮以後就黑黑的，就特別能夠顯現出他們本來、可能的生活，本來應該有的品質並不是這樣，但因為被某種因素改變了那樣的感覺。

剛才提到的鹹菜肉上凝了一層灰白，這裏還牽涉到，從前經濟比較不好的時候都不會吃里肌肉，一定是吃五花肉，五花肉就是瘦肉很少、肥肉很多，所以一煮一定會有油出來，這個說明他那樣的生活條件，我覺得是非常精彩的一個呈現、一個選擇。這個妳（指康來新）的問題也是我的問題。

康來新教授：

老師，其他細節都寫那麼清楚，為什麼一個這麼愛讀書的人，老師不寫他在看什麼書？還是避免自找麻煩，寫書名會有太多的含意出來？

王文興教授：

也不是，因為我講過他如果要讀本行的書，那應該是歷史方面，語言也不一定是漢文、中文，所以這個書的範圍就比較廣。假如你今天找一本可能歷史系的用書，對一般讀者來講，你會寫什麼，反而比較陌生，就好像選什麼化學課本我也不知道該選什麼，所以這點就沒給它寫上。

康來新教授：那如果導演他一定要知道呢？

王文興教授：他不一定要書名，他只要那個書的樣子就可以了，打開來的話也不容易看到書名。

康來新教授：因為有時有些導演的鏡頭照的書，我們會噗哧發笑。

柯慶明教授：

這我倒想到一本書。我在建中的時候，有個很好的同班同學一起考上台大，他讀歷史系，我讀中文系，考上台大的那一次考試，我的英文考了七十九分，他的英文只有四十分，他平常考得並不好，但是他就是那次考得很好。可是，我發現中文系永遠只讀薄薄的中文書，除了自己另外加看以外。可是他們一進歷史系就得先讀厚厚的、大概一千多頁的《西洋通史》，而且是英文的。我問他你每一頁要查幾個生字，他說最少查四十個，一年下來他的英文功力大進，我的英文就從此瞠乎其後了。假如是我的話，可能就用一本厚厚的《西洋通史》，這也可以給他一個很好的理由，為什麼呢？他不要被干擾，因為他要看這些。

王文興教授：他要查字典，查的字很多。

康來新教授：

我記得好像林布蘭畫他的母親讀聖經，連哪一頁都畫出來，當然就閱讀史而言，畫中閱讀的書頁會是重點。因為老師那麼重視細節，所以會好奇范曄讀的這本書沒有什麼特別的描寫。

王文興教授：

《家變》後來有些書的名字出來了，後來讀的其他不堪入目的小說也有。現在大家可以自由提問。

康來新教授：

我們先熱烈歡迎台中中興大學外文系的阮秀莉老師。中大人文中心正好主辦第九次全國人文聯盟，前幾次阮秀莉老師幾乎都會出席，我就說妳今天正好可以參加王老師的研讀班，所以她就來了。

阮秀莉教授：

真是太快樂了，好像回到三十年前上老師的課，這麼快樂的上課時光已經太久沒這樣子的享受了。純粹就是這樣好好的讀，不為寫報告、寫什麼理論架構，就是這樣子真正看進去了。我現在有一個不知道可不可以問的問題？那兩道菜，老師，我真的沒有吃過醬油煮四季豆，因為四季豆……，如果重口味的話是乾煸四季豆。

康來新教授：我覺得醬油燒肉會比四季豆好，而且醬油燒肉好像更常入菜的樣子。

阮秀莉教授：是，沒有醬油煮四季豆。

柯慶明教授：

這有一個解釋。剛好跟我們小孩子一樣，他常常覺得媽媽是什麼大學教授，一點都不會做飯。他的心得就是他把便當打開，他的老師就說這個能吃嗎？所以這會牽涉到，假如我會出現這個菜，然後你怪我，我就說因為我剛好沒鹽嘛，就加一點醬油也可以呀。

王文興教授：

我想，乾煸四季豆是有地方性的，一定是四川，川菜。因這個家庭省籍的關係，他母親恐怕還沒嘗過什麼是乾煸四季豆。無非就是說，菜市場有什麼豆她買什麼，或者便宜的就買，反而她自己想辦法煮，最容易的辦法就是把它煮熟嘛，煮熟了，也加醬油，就是最普通的辦法。也許只是她，不是地方菜，而是她自己家的菜。是這樣。還有沒有？阮教授還有什麼問題？易鵬？

易鵬教授：

剛剛柯老師講關於獨白形式滿有趣的。不曉得老師當初在寫的時候，是不是從柯老師那個角度去設計的呢？如果不是的話，是不是在中文的格律形成的過程裏面，跟在英文的格律的形成過程裏面，好像有不曉得是巧合還是滿吻合的地方？剛才柯老師又切回到一種個人的回憶過程裏面，呂正惠老師上回來，好像也提到這個故事裏面有談到個人的經驗。我的意思是剛才柯老師講到的那段話其實有兩個東西，一個就是老師在寫作中，是不是牽涉到中文跟英文某種程度在格律的形成過程裏面的一種不謀而合？另一問題是《家變》是否容易觸發個人記憶？

王文興教授：

關於形式這個問題，剛才柯教授講到中國詩歌的格式的組合，我在設計的時候沒有想到。還沒有看出詩歌的這個特點來，所以這是巧合。不過當時是受到舞台劇的台詞影響，一來難免舞台劇的台詞可能會有很多重複，尤其是寫到激動的時候，難免有很多接近詩的重複，所以這也是巧合，也是符合。

再來一般人情緒不好，罵人的時候出口成章，講的話都是詩。一到罵人的時候，這些話都在重複，字都在重複，還押韻呢！所以這種時候就會出現詩的格式，這可能是剛才柯教授講的那個特點（複沓）的原因。

另外一點，每個人好像都說涉及了個人的記憶、個人的回憶，這就是我前面提到「archetype」的理由。就是一個角色一旦是原型角色的話，就是放到什麼人的身上都可以用，原型的經驗就是任何人都有的經驗，也是任何人都可以有的經驗，就是你先讓這個人物是原型的話，就容易產生大家公有的經驗。

柯慶明教授：

我想說的是這裏其實跟中文很容易構成詩意的語言有關係，中文很多的字你把它顛倒一下它的意思就突然不同了。整個《詩經》就會不斷的出現這個。漢代樂府古詩，就是從今以後不再相思，不然就是相思跟你沒有關係，諸如此類的，就是會重複那個東西，這樣讓主題一層一層往前推。我在想，這跟中文的某種奧妙有關係。

再舉個例子，美國很不景氣，很多本來在高科技公司的人就被lay out，後來想想又不能回台灣，那在美國怎麼辦呢？於是幾個人就合開一家餐館。他們就寫對聯，就寫了：「老美不給飯吃，就給老美飯吃」，然後「開張大吉」。所以我覺得這裏就牽涉到，因為王老師使用中文使用得很好，所以中文裏很多巧妙、富有詩意的部分就會出現。

但是我覺得《家變》會牽涉到個人的記憶，除了這個「archetype」的問題以外，其實很重要的是《家變》之所以會構成「家變」，這是一個文化轉型的過程。我們如何由一個傳統的、比較注重倫理關係、比較注重長幼有序的社會轉變。所以我一直想到一件事情，譬如說在第二頁「我是我，他是他」，這個非常有意思的事情是在七〇年代初，嬉皮運動開始出現時，他們就會開始說我是我，你是你，但是我們相遇可以相愛，最後還是要強調我是我，你是你，這代表一種新的觀念。在中國出現「我是我，你是你」，最早的一個例子是《紅樓夢》。《紅樓夢》最後惜春就相信她跟賈府其他人沒有關係，雖然她繼續留在賈府。可是賈寶玉一天到晚在爭的就是我們彼此、大家，後來發現我們彼此、大家終究要拆散，變成「我是我，你是你」。也就是「我飯吃多了，管到他人在那裏！」，顯得是我看起來就是這個Am I my Father's keeper的那個問題差不多就在這裏了。我覺得愈來愈個人主義的文化裏，每個人一方面承擔自己的孤獨、自己的責任，一方面也可以充分的做自己。可是在那強調太多關係的裏頭你就會有一種窒息的感覺。所以我們為什麼都可以回到類似的個人回憶，這之間正是經歷了台灣社會的轉型。所以在《家變》裏頭的兩代之間，就是他的母親跟范曄之間，剛好也就是想要轉型的兩者。

我也聽過廖蔚卿先生跟我講過，她的小孩對她慷慨激昂半天，她就反問他說：「你說，我是你的誰？」他說：「你是我的媽。」「那我知道了就好，你不要再講了。」他們就會有這樣的一個問題，剛好就是屬於我們這樣的一個世代。但是，可能再往下的世代就會覺得新人類或新新人類，更勇敢的更會對父母做出更大的反叛。

康來新教授：

或者有的父母也很識相的變成哥兒們吧。我現在看到的親子關係好像都像朋友。上次呂正惠也特別強調，這是一個西方的兒子跟一個東方的母親之間的問題。從另外一方面來講，我有時候覺得，老師的小說吸引人還有一點，就是它具有超越時空的普遍存在性，當然特定的文化因素還是非常重要，如果時代變了，《家變》是不是依然可以有很多的共鳴呢？

柯慶明教授：

其實它也很古老啦，就是說相同的主題。台灣現在還是有一批人，還是扮太子爺，還是會扮演太子爺的乩童，所謂太子爺就是哪吒三太子。那樣一個很古老的就是小孩子要做他自己跟他是父母的一部分，要接受父母的管教，然後活在父母的期望當中，之間會有一種焦慮、緊張跟衝突，可能是最永恆的衝突。我會覺得這個西方或者東方的意識可能只是強調衝突的某種失衡，可以說時間性的那一部分，而不是永恆性的那一部分。

洪珊慧：

我回應一下剛剛柯慶明老師的看法，我還是認為《家變》描寫的兩代之間的衝突是普遍性，就是他那樣的情感在我這世代我是能體認的。

今天讀的篇章，有一段文字我非常喜歡，它是很類似靜物畫的畫面，就是剛剛大家談到菜色的那幾句，它說：「在黃燦燦的燈泡下，他默默進餐。四季豆露著沉鬱的黑色，鹹菜肉上凝一層灰白。」這裏非常能夠看到王老師對顏色的掌握，我個人很欣賞這段精彩的字句。

剛剛康老師提到《家變》對細節的描述，我想分享自己閱讀《家變》對生活細節描述的驚奇。有一天早上我在刷牙的時候，忽然在鏡前愣了三秒鐘，因為我想起《家變》有段敘述，范曄小時候透過他的眼睛，看到爸爸每次刷牙的時候，都先把牙刷沾在漱口杯上再刷牙，他說真是不衛生！我從未意識到自己的刷牙動作也是如此，直到那天那段文字突然浮現腦海中，我真的看了那個鏡中自己三秒，對於王老師小說對生活細節的捕捉，感到很震撼！

今天想討論的問題是，在《家變》的設計裏面，就是范曄的兒時回憶中，從一個小孩子對父親的依賴景仰，到成長後的范曄，中間父子關係的變化和衝突。其實在那個家裏，首先發生父子衝突的是父親和二哥。

我記得有次他們全家人一起去草山遊玩的那個旅程，最後爸爸跟二哥談他跟他女朋友的事情，「你再想一想，我這兩日說的都是同然一句話。等我們事業打好了基礎以後，我們不愁沒有女朋友。她又是個本省人，真是有點……」（八十八節，一一〇頁）當然第一次二哥就被父親說服了，後來他真正再遇到對象時又是省籍的問題。在六〇年代中到七〇年代初，我相信門戶觀念普遍存在，但在小說文學創作上正式放在檯面上提到婚姻、愛情、省籍觀念的問題，讀到《家變》這段描寫我覺得滿震撼的，例如一百二十三節一七六頁，二哥正式跟父親決裂，二哥後來就搬出去了，就是因為結婚的事情，二哥要離開之前當然總是要陳述一下，他跟父親起了衝突，他說：「你看不起我的女朋友是不是！你看不起她因為她是，第一，是個台灣人、第二——她是個——曾經做過——**酒家女**！然而我要告訴你的事實是，你遠比遠比台灣人**不**如，你還比不上做個酒家女的！」透過二哥的話，他教訓這個父親：「你的偏窄底『**地域**』觀念頑固，腐朽，荒**謬**」，我真想把這段話寄給現在藍綠政黨。以前我們是沒有藍綠概念的，不知道從什麼時候、從哪次選舉開始，我們開始有了藍綠的界線，看到這一段會滿驚喜的，讓二哥與父親正式決裂的原因，不只是傳統門戶階級的婚姻觀念，而是省籍的概念在這裏頭。想請問老師，您當初在設計這一段的時候，您的想法？

王文興教授：

其實這本書的政治的地方很多，當然沒有明講，那麼你找的這一點是我老早看到這個現象，也不足為奇。那麼，講出來是等於把這個病講出來，病講出來的意思就是這種病是需要治療的，這種偏見是需要治療、需要修改的。恐怕在台灣小說裏第一個這樣講的我還是第一個。有偏見的人長久有偏見，對他來講他要改也很難，所以你剛才說現在還有很多人還改不過來，那是實話，我們也是希望能用點心改一下。

柯慶明教授：

其實這種省籍的關係所構成的偏見，從來都存在，葉維廉老師因為是外省人，起先被岳父家歧視，後來鬧家庭革命，他覺得葉太太後來肯嫁給他是很不容易的事情。當年朱西甯跟劉慕沙也是轟轟烈烈了一番，最後只好私奔嘛，到後來就說，好吧！實在太丟臉了就把他叫回家，那叫回家就開門相見，這個丈母娘看女婿就算是接受他了。台灣的省籍觀念會變得不是那麼強，幾乎所有人前前後後總有通婚，因為台灣長期以來，每一波的移民都是男多女少，很容易的會跟原來台灣的住民，最早是平埔族啦，會一再重新通婚，但是這個過程一定都不平順。包括我太太都知道，我的父母知道我現在很有興趣的女孩子是外省人時，臉就馬上拉下來，可是他們知道講反對的話，就顯得他們好像非常沒有知識，心裏頭就是會有掙扎。還有不同省分的人他們的生活習慣不同，很容易產生誤解。我有很多中外通婚的朋友也經歷這樣的問題。所以一方面愛情是沒有顏色、沒有省籍，另一方面周圍的人他們沒有戀愛嘛，所以就不一定會有認同。我覺得王老師他們這一代的作家，其實對這種現象做了很多的描寫，包括白先勇，包括其他的人，陳映真也寫，他們只是反映這個現象。不過，像這樣子直截了當批判說這明明就不應該，你們都是偏見，這個王老師真的是唯一公開的宣言。

王文興教授：

其實，政治在我的小說裏占很重要的地位，坦白講，更明顯的在《背海的人》，那是另外一件事。在《背海的人》的「近整處」裏邊的眾生相裏面可以看到，但我不明白寫。

阮秀莉教授：

以前都沒有機會可以看到老師的手稿，可不可以再多談一下老師的手稿？而且今天的手稿裏有一頁很特別，它是夾在當中的，就前後都是文字，有一頁夾在當中，這一頁是怎麼出現的？

王文興教授：

這是給的時候我沒有想到背面也有人把它印出來，那麼這回就是，是易鵬，你印錯。他這麼印也有道理，可以參考一下。上回好像已經問過這個問題，就說背後那幾個字是什麼意思？我自己都沒仔細讀過背後寫了些什麼，當時寫無非就是草稿，想要用的，以後要用的一個reminder（提示），一個提醒自己哪裏要注意的地方。

阮秀莉教授：

回應剛剛那道菜，醬油煮四季豆，我現在被柯老師說服了。我引用一位年輕作家張耀升，他聊天的時候提到他覺得自己的媽媽是有失母職，所謂的有失母職是，她常常把不應該配在一起的菜就炒在一塊兒。煮菜是很有章法的，什麼菜該用蝦米、什麼菜該用蔥、什麼菜該用蒜……，所以從他的眼光看來這個煮菜它沒有章法。

柯慶明教授：

這裏有一個很重要的地方，譬如說，我相信他們可能在大陸的老家，或者是在某一個時代比較好的時刻，做飯都要有一定的章法，然後連餐具都講究。假如我用玻璃杯喝茶會被罵，喝茶一定要用茶杯。當你生活很安定、生活很富裕就有很多講究，湯匙必須用不一樣的，應該如何搭配菜色……等。但事實上，現在經濟情況若不是那麼好，大概家裏對兒子還是會優待一點，會讓他吃比較像樣的菜，上一頓沒有吃完的剩菜還捨不得丟，那怎麼辦呢？我們其實都是李鴻章，都是雜碎大師，本來不應該配的就配在一起，配到後來久了，覺得習慣也就可以成自然。我的小孩也覺得媽媽真不可理喻，但我太太會這樣也是因為她留學的關係，念書太忙了，所以永遠是把上一餐的東西丟在水裏頭煮一下就吃了，十年留學下來，小孩子就認為她煮菜已經不能吃了，好不容易從日本回來看我們一個禮拜，他就嫌媽媽的菜不能吃。

劉惠華：

老師，我想說小說的後面，回到他過去的時光，在整個家搬到台北的時候，那陣子出現了很多食物。主要是在七十二小節（頁九三），提到范曄小時候喜歡在家吃的菜是：葱蛋水炒牡蠣、荳芽菜炒肉絲、紅糟鹹鰻塊，他不喜歡的菜是蕃茄煮菜花、炒雪裏紅、煎荷包蛋、蒸鯊魚肝，這些都是很燦爛的顏色，而且什麼菜去炒什麼東西都非常豐富。然後他生病的時候，小孩子的欲望是用香蕉、荔枝、麥芽糖來代表，那時他的父親是一個經濟支柱，後來雖然說經濟狀況比較不好，但是曾經有一段時間，父親年輕的時候供給他們家，透過食物來表達那種家庭的和樂。可是等到范曄自己當家的時候，因為這故事一開始他已經當家了，而且他是年輕的青壯年，他反而沒有辦法給他的家庭，透過食物給一個家庭的溫暖。後面也有很多地方回憶到他當家之後，苛扣父母經濟上的使用，包括水電，還有菜錢，限制媽媽一天只能花多少錢買菜。我覺得並不是媽媽有失母職，在她年輕的時候也會做這些菜色，但因為兒子給這些限制，到了後來變成這樣。可是受苦的不是只有他的父母，還包括那個兒子，他回憶裏面有充滿父母之愛、家庭溫暖的菜色，可是在他當家的時候，他這樣子的方式事實上對自己是一個傷害，當他每天面對這個菜色的時候就吃不下了。對他回憶裏面那個父親的形象來講，我覺得這是一個很大的諷刺，而且也可以表達這個菜不只是附屬於裏面的那個色調，也是對於後來整個故事回憶的一個回應。

柯慶明教授：

這只能怪小說裏頭的時代，也或者就是怪當時的教育部。我回台大當助教的時候，一個月的薪水是一千三百塊，扣掉一百塊所得稅，只有一千兩百塊。當時的碩士班研究生每個人可以從教育部拿到一千兩百塊。我知道王老師沒有當助教，您回來總算還可以分到一小間單身宿舍，我連單身宿舍都分不到，那怎麼辦呢？我朋友特別跟我客氣，他們合租的房子裏頭分租我一小間，那房租是多少錢呢？八百塊，所以我只剩下四百塊錢的生活費。坦白說，當助教的過程當中，很不好意思，經常得要接受爸爸媽媽的接濟，最無邪的被接濟方式就是回家去吃兩頓飯，表示說爸爸媽媽我還想你喔，其實是錢快用完了。所以，假如要用那個時代的大學助教一個人的薪水要養三口之家，是非常辛苦的。這當然跟他們在大陸時期、跟比較早的時期其實是不能比的，所以也不是他本人願意這樣。我當了助教回到南投老家，我祖母就說，你為什麼當那種助教？她說我們親戚的一個小孩國中畢業就到工廠，頭一個月的薪水就一千五，以後好像每個月可以加薪一百塊之類。所以，助教名義上很好聽，可是工作很繁重，但是待遇其實超差，這小說寫了公教人員過很清苦的生活。

王文興教授：蕭瑞蒨老師您有沒有什麼要講的？這是易鵬老師的夫人。

蕭瑞蒨教授：

我想回到剛剛那個「一分鐘」的問題。就是這個地方的描述，或者這個地方的筆法應該不是那麼寫實的，所以這「一分鐘」有個非常有趣的關係，是因為這個時間的精確性（如何）可以跟前面那兩行的「廿四小時、四十八小時」，他口氣上想要怎樣的、迫切的需要自己安靜的時間的——相關。我倒不覺得說要回到那個準確的「一分鐘」，這地方其實很有意思。

王文興教授：

這個「一分鐘」我要花很多時間再想一下。如果沒有其他問題，我們就留到下次吧。

康來新教授：我們謝謝王老師、謝謝柯老師。

《家變》逐頁六講

——以評點學與新批評重現《家變》寫作過程

第四講 偵探推理的雛形

時間：二〇〇七年六月一日（五）19：00～21：30

地點：中央大學文學院二館C2-212教室

主持人：康來新

特約學者：張靄珠教授（交通大學外國語文學系）

康來新教授：

今天第四講的特約學者是交大的副教務長張靄珠老師，她當年是王老師台大外文系的學生，現在也從事教職。她今天所提供的材料比較不一樣，不是論文集，而是她受到老師影響的一些創作。所以我想今天的對話和之前柯慶明老師、呂正惠老師或者張誦聖老師、梅家玲老師會比較不一樣。好，那就按照我們的習慣，先聽老師的聲音檔，開始。

原文朗讀（王文興教授聲音檔）：

籬圍外響着有人輕叩籬竹的聲音。他即起立去給他開門。門口站着楊太太。

「噢，老太太在家嗎？我來向她討個燒過的煤球渣。你們今晚有多的嗎？」

「請進來看看好了。」

楊太太進入廚房，火鉗鋏着一個廢煤球出來。

「謝謝你，吃過飯了嗎？」

她走出籬門。

他也到籬門口，見到巷子中空坦無人行，祇有街燈下瀰着夜霧。他讓籬門張開着，轉身走進屋裏。進房間後他說：「楊太太。」

「我知道。」

他未再吃飯，她移挪下盤碗。他起立踱步，在父母親二人的臥室中，他見到父親的長褲猶掛在牆上，以是父親是穿着睡褲出去的。他果未能尋見睡褲。他尋本來掛在長褲旁邊的上裝襯衫，但這件衣裳卻不見了。

他回自己的房間，掩門坐檯燈影側。他確實不懂父親會去那裏，穿那樣隨便一身，這般黑了還沒回家。他靜坐聆聽，走廊上數次響出腳步聲，酷像他父親的腳步，但須臾後都認出是母親走動的聲音。他踱出又入父母親那間，母親愁坐床頭，目光跟隨着他，他為了避免和她的眼睛相對望，又回自己房去。

父親的去向續惑困着他。既出去這樣久，不會僅是走走，當是到某處去，猜想應是上友人家。父親自從退休起，年許都留在屋內，他必定甚覺窒悶，他要找人聊下天，乃是他去了友人家。友人跟他許久不見，必留他同桌用飯，以是他晚飯未歸。他們用飯時必傾酒助興，談談喝喝，不覺夜靜，父親許喝多了些，那一家就留下他，所以他這晌了還沒回來。這樣簡單的答案，這樣淺顯的理由，他莫非受甚麼蠱了，到現在始想到！這樣的話今晚不需直等他了。他便開門閃出來告訴其母親。

「現在沒甚麼可担心的了，我要預備登床睡覺去了，」他囊括道。

他登上了床。

許久，他仍睜着眼。不，方才他想的通不可能，父親這幾年來一個接近的友人都沒有。

即便他去了某個友人家，他也不致從所未有的留下渡夜。他也不會反常的不道一聲逕出了門。而且他怎會穿那種衣服出外？

他看見籬笆門未關，讓風吹得一下關一下張，關上的砰蓬聲不安的響出。這扇籬門是臥室房門了，室內他睡着的黑暗無亮，室外則光亮，門給風吹得一開一關。有一個人影進來。他躊躇片刻，之後他走往他臥着的床前張探着。他識認出這個人是父親。

「爸爸！你回來了！」他在床上坐起。

「是啊，毛毛，我回來了呵，」父親臉色煥悅，且狀極年青，僅卅餘，且穿着新挺的西裝。「回來了，毛毛，我回來了，回來了……」

「你睡褲拖鞋跑哪去了，爸？」

「在桌燈罩裏。」

「哦，在桌燈罩裏，」他頷頭不斷，彷彿對這句答話極滿意。

父親神采煥發四顧着，他記得父親從離家起迄今快有六年了。

「你一直都去哪兒了啊？」母親笑吟吟的問，她極為年輕，也祇二十三十，耳際還貼一朵玉蘭花。

父親張口答着，但聽不清在說些什麼。

「真好，爸爸回家來了，」母親笑吟吟，容貌極年輕的唸聲說。

「毛毛，我回來了⋯⋯」

「爸爸回來了！爸爸回來了！」他歡呼道。

「醒醒，醒醒，毛毛，」他張眼見母親站在床前：「已經半夜一點半了，你爸爸人還沒回來！」

康來新教授：聽聲音檔的段落就到此，請老師為我們細讀。

王文興教授：

上一回說，聽到外面有聲音，那麼就結束室內的那一段。現在轉換過來，改到戶外，下面由楊太太這一段開始，都是戶外的一段。安排這個戶外的一段是什麼意思呢？首先是考慮到一個晚上的等待，如果就坐那兒等那很單調，所以需要有一些變化，要有不同的變化。

第一個變化，就是裏外的變化，本來是在屋裏頭，現在轉到屋子外頭來，所以這是一種變化。那麼轉到屋子外頭來的變化之外，也想藉這機會提供另外一個變化，就是也寫一下左鄰右舍的生活，因為這整個環境不光是宿舍的內部，一個大宿舍必然有眷區的生活，一定還有很多其他的左鄰右舍，所以這是將左鄰右舍帶進來的機會。更重要的一點變化，是在希望和失望之間的對比，因為上一段最後一句話說：「他回來了！」顯然很高興，母子倆都鬆一口氣，事情解決了，所以這「他回來了！」是喜出望外的，現在下面這個變化，是讓他們再落到大失所望上，這又是從喜出望外落到大失所望的變化。所以是要求這幾個變化的結果，放進這一個穿插來。

首先，還是請那位同學讀一下，你讀下面這句「籬圍外……」

周婕敏：籬圍外響着有人輕叩籬竹的聲音。他即起立去給他開門。門口站著楊太太。

王文興教授：

上一段最後一句話：「他回來了！」這句話是什麼意思呢？是因為下一句「籬圍外響著有人輕叩籬竹的聲音。」的關係，這個寫法又跟以前講過一樣，就是顛倒的寫法，事實上是先聽到籬圍外響的輕叩的聲響，才有一個看法認為「他回來了！」。現在又是一樣，倒過來寫。這倒過來寫的功能，我們以前講過，不知道各位還記不記得？對，「戲劇化」，使其產生懸疑的功能。「他回來了！」你想知道怎麼回事，他怎麼知道他回來了？急迫地想看下一句，下面一句就說：「籬圍外響着有人輕叩籬竹的聲音。」（那麼）他趕緊起立去開門，走到外邊去，門口站著楊太太，不是他想的那個人，而是另外一個人——鄰居。這是——當然大失所望。這個鄰居太太過來，她幹什麼呢？第一句話有答案。我們一樣，請這位同學幫忙讀一下，讀下面一段幾句話，陳建隆同學。

陳建隆：

「噢，老太太在家嗎？我來向她討個燒過的煤球渣。你們今晚有多的嗎？」

「請進來看看好了。」

王文興教授：

這第一句話是門口站的楊太太講的：「噢，老太太在家嗎？」這裏第一字有個「噢」字，必須要有一個特別的意思，否則沒有必要隨便發出這樣沒有意義的聲音。她先說，「噢，老太太在家嗎？」，先是第一個「噢」字，應該會有什麼意思呢？對，是說她本來預測、料想是誰來了。她跟老太太比較熟，跟這個年輕人不那麼熟，所以她就有一點錯愕，有一點吃驚（她料想應是老太太過來），而且天慢慢已經黑了，所以她剛才也沒注意誰過來，開門一看是他，這一個字是這個意思，心理上是這個意思。

那麼「老太太在家嗎？」她來是為什麼呢？是要跟她討個燒過的煤球渣。大家現在也許不熟悉這種生活，從前燒煤球的時候，也許有人記得，煤球渣有些用處，最重要的用處，是燒過的煤球一個晚上用過以後，這煤球還在燒，你要它火小一點，就拿個燒過的煤球渣蓋在上面，火就不會那麼旺，就可以維持久一點，可以一直保持到第二天，這可以省很多的火。

煤球渣還有別的用途，因為它很乾，一般人廚房也沒有什麼水泥鋪著，有時候廚房地上濕淋淋的，如果把乾的煤球打碎，煤球渣鋪在地上的話，還可以吸水，等一下再把它掃開就好，乾淨多了，都有這些用途。自己家裏少了煤球渣，到隔壁去討一個、要一個，這也是鄰居生活上常有的事情。這時候隔壁的楊太太過來是為這個，要討個煤球渣來用，「你們今晚有多的嗎？」「請進來看看好了。」他也不知道，請她自己來好了。

許絹宜同學，請你讀下面。

許絹宜：

楊太太進入廚房，火鉗鋏着一個廢煤球出來。

「謝謝你，吃過飯了嗎？」

她走出籬門。

他也到籬門口，見到巷子中空坦無人行，祇有街燈下瀰着夜霧。他讓籬門張開著，轉身走進屋裏。進房間後他說：「楊太太。」

「我知道。」

王文興教授：

「請進來看看好了。」於是楊太太進入廚房，「火鉗鋏着一個廢煤球出來。」如果要到煤球的話，必須拿個火鉗，火鉗前面是兩根分叉的鐵棍子，把它伸到煤球的孔裏頭，緊緊鋏住，就可以提著走了。煤球也好，煤球渣也好，平常都是這麼拿的。兩手去拿恐怕不方便，所以她用這個方式把它提出來，這也是時代性，過了那個時代，誰也不會想到是這樣的一個動作，這個動作是屬於某個年代的動作，所以楊太太進入廚房以後，她的火鉗就鋏了一個帶走了。

這句話還可以稍微再呼應這一場的前面一句，我們可以看看，它可以呼應到哪一句上？「楊太太進入廚房，火鉗鋏着一個廢煤球出來」這一句話，可以呼應前面這一場戲的前面某一句話。

同學：她是來向他討燒過的煤球渣？

王文興教授：

所以現在才鋏了一個廢煤球出來，這固然是前後一個關係。還有沒有比較間接的、不容易看出來的一句話呢？尤其是火鉗鋏著一個廢煤球出來，它解釋了前面一句，要不然前一句就顯得沒有著落，好像是懸空的，不知道為什麼這樣寫？那就是呼應這一場戲的楊太太，第一句話：「籬圍外響着有人輕叩籬竹的聲音。」用什麼叩？嗯，用火鉗叩，她不太可能用手來拍門，聲音也不響，用手拍門別人也不太聽得見，她正好手邊拿著鐵鉗子，她要打招呼、她要進來，就拿這個敲敲門，裏頭的人就知道外邊有人在打訊號。所以前面這個輕叩並非手指頭而是有工具的，就是這個火鉗。

「謝謝你，吃過飯了嗎？」這句話沒說是誰講的，應該誰講的？女人。當然不會是這家的男孩說「謝謝你」，謝謝你拿走我一個煤球，不會是他來講。那「謝謝你」，禮貌上這樣招呼，「吃過飯了嗎？」下一句算是什麼呢？算是非常形式主義打招呼的話。中國人見面打招呼平常都放在前面，但現在放在後面，走的時候才問「吃過飯了嗎？」有它的荒謬性，有它可笑的地方，但我們講話也講習慣了，經常生活裏面都出現這種可笑的儀式，現在是「謝謝你，吃過飯了嗎？」這好像應該顛倒過來先講的，但她現在走的時候講，一樣，反正就是一句招呼。

同學：老師，「那請進來看看好了」是兒子說的話呢？還是母親？

王文興教授：

這是兒子說的話。為什麼？因為老太太這時候不在，剛才前面講開門的是兒子，所以這一場戶外的戲只有兩個人，就是楊太太跟兒子。「謝謝你，吃過飯了嗎？」真像唱歌一樣，她就講出來了。「她走出籬門。他也到籬門口，」從「他也到籬門口，」我們再讀一下，謝曉筑同學，妳從「他也到籬門口，」再讀一下。

謝曉筑：

他也到籬門口，見到巷子中空坦無人行，祇有街燈下瀰著夜霧。他讓籬門張開著，轉身走進屋裏。進房間後他說：「楊太太。」

「我知道。」

王文興教授：

「她走出籬門。他也到籬門口，」這句，第一、她走出籬門當然有必要，她一定要回家，她回家一定要走出籬門。第二、他也到籬門口，就必須有個理由，他大可不必再走到籬門口，他順手把門推上就好啦，人站在門口候著就可以了。顯然他向前走一、兩步，他也到籬門口，這是為什麼？至少要有一個理由。

他心理上有這個必要，看看父親老遠回來了沒有？是為這個理由，他也到籬門口。果然，他是往該看的方向去看，他朝著巷口看過去，老遠的看過去，下面就「見到巷子中空坦無人行」。這兒沒有人，他就是要看有沒有人走過來，他父親會不會走過來。

這條巷子是空空的，是空巷子，「祇有街燈下瀰着夜霧」，這個巷子沒有人，但有街燈光，還有晚上飄起的霧，所以到這個時候，在時間的標記上，又看到一個標記，現在該是什麼時候？前面所知道的室內的燈光——因為室內黑了，燈點亮了——室內向來比室外容易黑，室內暗得快，所以室內的燈有必要先亮。現在這，再證明一次，室外都要點燈（了），所以「祇有街燈下瀰着夜霧」。這（也）必然是燈亮了才會有霧氣，要不然這夜霧也看不見。平常晚上有霧的話，你也看不清楚霧，只有在燈下看得清楚，燈光才會照出霧來，所以燈光下的霧特別明顯，燈光以外，就不知道有沒有霧，沒有人看得清楚。

這時他站在自己家門口，站在籬笆門口看此時的夜景，看此時夜晚的巷景是如此，這個巷景（是）證明時間已晚。然後，「他讓籬門張開着」，他沒有把門關上，就讓它開著，轉身走進屋裏。他讓這個門開著的意思也是跟他的等待有關係。這樣父親回來就更便利一點進來，更早一秒鐘進來，更早兩秒鐘進來，省得有人來開門，或者也省得中間有一道阻隔，心理上他覺得這樣方便一些，所以他讓籬門張開著，轉身走進屋裏。

「進房間後他說：『楊太太。』『我知道。』」，這兩個人的對話是要寫他們的失望。這也是平常對話時的一個現象，既然是兩個人，你對著一個人喊：「楊太太」，不等於喊對方是楊太太，而一定是講第三者的身分是誰。我們講話也會有這個巧妙方便的這種句法，所以他對著母親說：「楊太太。」。「我知道。」，這個「我知道」，是怎樣呢？就是剛才一路這個母親都在後面探頭探腦，她又覺得可能是外頭的人，又看看是不是老先生，所以她老早已經失望了：——「我知道」。這個「我知道」也不必寫明是他母親說的，因為知道的只有兩個人，所以「我知道」三個字就把該是誰說話的身分給省了，我們也知道是誰在說話。這就結束這個短短的一個外景的場面。於是，下面就再轉到戶內、室內來。

那我們看下一節，吳佩玹同學。

吳佩玹：

他未再吃飯，她移挪下盤碗。他起立踱步，在父母親二人的臥室中，他見到父親的長褲猶掛在牆上，以是父親是穿着睡褲出去的。他果未能尋見睡褲。他尋本來掛在長褲旁邊的上裝襯衫，但這件衣裳卻不見了。

王文興教授：

「他未再吃飯」，這個「再」字呼應前面的他在吃飯，就是跳過剛才楊太太的這一場戲，跳到這場戲之前，母子兩個講吃飯的那場戲。那一段的重點是什麼呢？前面那段的重點是兒子罵母親怎麼不吃飯，她應該正常的吃飯，而現在他未再吃飯，所以他只比母親多吃一口飯而已。他根本也沒吃，他也沒心思吃。「他未再吃飯」。那麼母親呢？顯然也想要很快地、草草地把飯收下去，也沒勸他吃飯。剛才她說等一下吃，所以看見兒子不再吃飯了，也就很自然地「她移挪下盤碗」，很快地把晚飯給撤了，今天晚上大家都不要吃，都不吃，「她移挪下盤碗」。

在屋子裏，這個兒子就起來踏步、獨步，他走來走去，很小的空間能走的就這幾個地方，所以他就走到父母親的房間。起初也沒什麼目的，只是找個空間來踏步。走到那兒的時候，他就抬頭看見了什麼。他看見了父親的長褲還掛在牆上。所以他知道他的父親是穿著睡褲出門，他平常出門的長褲還掛著，然後下一步，他就去找他的睡褲，再證明一下是不是穿著睡褲出去。他果然，找半天也沒找到，左左右右該放的地方都沒找到。然後再尋找，父親，本來一向的，掛衣服習慣，外出的外出服一上一下掛在一起，掛在長褲的旁邊，一併掛著一件上裝的襯衫，這件衣服又不見了。長褲還在，下身長褲還在，上衣卻又不見了。所以他在這兒尋找這些證據，到底他是不是出門，是不是還在附近？他找這個證據，所得的結果是如此。

所得的結果又是虛虛實實，撲朔迷離，還是沒有答案。如果他兩件衣服都不見了，那就確定他一定是穿著整齊的出門、出去了。現在又不然，有一件在，一件又不在。所以這個過程又是一種尋找證據的過程，大約是偵探小說的一個寫法。這個案子是出走的案子，但你要前前後後、陸陸續續透露出一些證據來。那麼前面最早的證據是誰提出？媽媽提出來的，現在陸陸續續他又找出一些來，但還是沒有答案，他找出的是現在這一段。

現在這一段，我當時寫的時候比較注意的是一個視覺的形象，一個視覺的效果。這一段裏視覺效果是什麼呢？就是這條褲子，就是這條褲子提供的視覺形狀，可以比較符合所要的視覺形象。關於這條，掛在牆上的褲子，的實際形象，應該是什麼樣子？對，這個褲子就要很像一個人站在牆上，要它的形象就像是這樣。這條褲子是兩條褲管分開來，這樣分開來，高高掛在上面。這是這一句話希望達到的視覺的效果、視覺的形象。假如是兩條褲管疊在一起，看起來像一條褲管，那就不一樣了。兩條褲管分開來掛在牆上，最有可能是什麼？最有可能是一個衣架，然後褲腰的地方正好勾在、掛在衣架上，這樣有兩條褲管、左右分別的掛下來，大約是這個可能性。再不然的話，一根釘子掛在上頭也可以掛成這個效果，只要是掛褲腰上正當中的那個環，那也是兩根褲管左右對稱地掛下來，不過也許最好是用一個衣架把它掛在那兒。

假如是一個電影導演，就要考慮這個問題。他必須要強調這個地方，然後必須要有清楚的這句話的形象，這時他就要決定到底該不該用衣架？我是想，它的形狀，必須如此，大概什麼原因，我要它的形狀是如此，而不主張它是兩根褲管重疊的呢？這裏有一點ghostly（鬼氣陰森），好像他人就在那兒，而且是掛在那兒，而且恐怕是不祥地掛在那兒，也希望這個形象有一點的comical，有一點的喜劇。這個喜劇和前面有個地方有一點呼應，前面講到過某個地方是帶一點surreal，帶一點非寫實，現在這個長褲的形象，應該是有一點非寫實的，明明是寫實的掛在那兒，但是讓人感覺到好像它的意思是超過寫實的意思。而這個非寫實的，類似表現主義的呼應，是呼應前面一個地方。那是我們第二個禮拜提到的，兒子那場像舞台劇一樣的獨白。他們母子各有一段的獨白，而最明顯的是兒子的獨白有很濃厚的非寫實的特點。

康來新教授：「別站在那兒像上絞架一樣……」

王文興教授：

對，就像那句話。那句話不是我們平常口語講的話，是讓它，像當時我所說的，讓它舞台化，或者說讓它詩化、詩句化。所以像那句話，就跟這一句，精神上應該是可以呼應的，這是有這個，特點上的雷同。

所以，他在屋子裏走來走去，時間很長。他走來走去。這兒所提供的變化，就用褲子的描寫來表達這個過程裏的一點變化。看到這個衣服、褲子以後，他又回到自己房間了。他所能走的也就只能在這兒來回的走。所以又回到自己的房間。下面，徐淑賢同學。

徐淑賢：

他回自己的房間，掩門坐檯燈影側。他確實不懂父親會去那裏，穿那樣隨便一身，這般黑了還沒回家。他靜坐聆聽，走廊上數次響出腳步聲，酷像他父親的腳步，但須臾後都認出是母親走動的聲音。他踱出又入父母親那間，母親愁坐床頭，目光跟隨着他，他為了避免和她的眼睛相對望，又回自己房去。

王文興教授：

現在，出來看看，這些找到等於沒有找到，找到什麼也等於沒找到什麼，所以他又回自己的房間，「掩門坐檯燈影側」。這是第二次提到他回到房間，坐在檯燈燈光旁邊。前一次提到他回到房間，坐在檯燈燈光旁邊的時候，我們說過，它有一個暗示，就是他所坐的位置，坐在點亮的檯燈旁邊的位置有什麼意思？

洪珊慧：時間暗示。

王文興教授：

時間是一點，還有呢？就是除了內景、外景以外，轉到他內心世界來了。他坐回自己的房間、他自己的小天地，把燈點亮、打亮，這樣一整段就完全是他的內心世界。在前面是如此，現在又重複，「他回自己的房間，掩門坐檯燈影側。」這一段的功能和前面一樣，又是他內心世界的探討，不完全是內景、外景，而是更深入的內景，他的interior，他自己的內景。

還有一點，這個房間裏面檯燈的微亮，他坐旁邊是內心世界以外，還可再引申出來，除了是等於他內心世界，還可以等於什麼？也就是說，象徵性的這樣內心世界還可以有什麼意思？這樣的一盞燈，他坐在燈的旁邊？（詢問同學）獨白，可以類似有這樣的意思，然後就是內心所想的獨白，還有沒有跟這個類似一點的symbolic（象徵的）的意思？（詢問同學）孤單？有，在情緒上有。還有沒有symbolic的意思？（詢問同學）

他現在已經第二次如此了，這非常罪惡行為、也非常醜陋行為的人，這樣兩次坐在那裏，這個燈光的意思是？這是他心裏的良心，兩次他內心的良心，別人也看不到，畢竟它還在那兒閃，他的不安，他兩次不安都是從這裏來的。這回他又坐在檯燈影側，下面果然像同學講的這是他內心獨白又開始了。「他確實不懂父親會去那裏」，這句話並不完全是前面單調的重複，而是因為現在更多了一些證據，有了證據以後，仍然得到同樣的結論：更不曉得他到哪兒去了。

接下來，「穿那樣隨便一身」，這「隨便一身」是回應前面上一段，「穿那樣隨便一身」就是新的證據。而且，「這般黑了還沒回家」，天又更暗了，他不懂父親會去哪裏了。看起來跟前面是多餘的重複，其實有層次的不同。現在因為天更晚了，而且證據更多，不可解的證據也更多。然後，「他靜坐聆聽」，這句話妳再讀一下，鄧仔婷同學。

鄧仔婷：

他靜坐聆聽，走廊上數次響出腳步聲，酷像他父親的腳步，但須臾後都認出是母親走動的聲音。

王文興教授：

這是他現在坐在這個地方所要做的事情，除了心裏想的以外，他一直豎起耳朵來聽，他一直用他的聽覺。首先，「他靜坐聆聽」，他到底要聽什麼？假如不看第二句、第三句話的話，首先這第一句，「他靜坐聆聽」，他要聽什麼？總要有個要聽的目的吧？那麼要聽什麼？對，他就是要聽門外有沒有人走過來，有沒有人進門，希望能夠聽到很遠的、很小的聲音他都要聽，很細微的聲音他都要聽，找出來究竟是不是父親人回來了。所以現在他是豎起耳朵來聽。結果聽的不是戶外的，聽的是室內的聲音，室內的腳步聲，在這個日式房子木板的走廊上，好幾次響出腳步聲。現在居然有一個很奇怪的現象，這聲音一聽就像他父親的腳步聲，幾可亂真，一模一樣，他覺得每一步的快慢都是「他」，輕重也都是「他」，不是「他」來了嗎？「他」已經在這兒？但須與後都認出來，不是，是母親在那兒走來走去，不是他父親的腳步，他都錯聽成是父親的腳步。這一段要寫的是他所聽的，是一種錯覺，是聽覺上的錯覺。

這聽覺上的錯覺在同一間家庭裏很容易產生，甚至於還有比這種情況更surreal、更非寫實的。有時候屋子裏沒有人都會聽到有人在走路，這究竟怎麼回事？也不能說是錯覺，天知道是怎麼回事？也不一定是已經過世的人，明明是剛才跟你講話的人，他在你旁邊走來走去你也聽得見，這種錯覺是常有的，他現在就遇到這樣的錯覺。明明聽到是「他」，剛才聽到

「他」咳嗽也說不定，怎麼又不是？明明聽見「他」咳嗽，這都有可能。這樣聽了幾次，然後他又再站起來走，他總是坐不住，所以坐一會兒，現在又出來了。「他踱出又入父母親那間」，能走的又是那一間，一兩個房間走來走去，又走到剛才那一間。這回是看見「母親愁坐床頭」。兩個人各坐各的，各愁各的，沒有講話，各坐一間，想自己擔心的事。所以母親坐在另外一間，一個人孤坐在那兒，然後看見他進來了，很容易就抬起眼睛來，目光就一直跟著他，一直詢問或者等等的，跟著他。他覺得這個眼光很受不了，「他為了避免和她的眼睛相對望，又回自己房去。」原來那個眼睛是很痛苦的，要他給答案、要他表示一點什麼，這是他所不願意看的，所以他被逼得又回去了，又回到自己房間。從他自己房間出來，又回到自己房間，裏裏外外，現在從外又到內，而且下面的「內」，又是內心的「內」，又到內心的「內」來了，下面我們就看另外的場面。羅玉亞同學。

羅玉亞：

父親的去向續惑困着他。既出去這樣久，不會僅是走走，當是到某處去，猜想應是上友人家。父親自從退休起，年許都留在屋內，他必定甚覺窒悶，他要找人聊下天，乃是他去了友人家。友人跟他許久不見，必留他同桌用飯，以是他晚飯未歸。他們用飯時必傾酒助興，談談喝喝，不覺夜靜，父親許喝多了些，那一家就留下他，所以他這晌了還沒回來。這樣簡單的答案，這樣淺顯的理由，他莫非受甚麼蠱了，到現在始想到！這樣的話今晚不需直等他了。他便開門閃出來告訴其母親。

「現在沒甚麼可担心的了，我要預備登床睡覺去了，」他囊括道。

他登上了床。

王文興教授：「父親的去向續惑困着他」，剛才說他回到自己房間，等於又回到他的內心世界，又在想那個老問題。但是現在，下面是他這回所想的，跟前面有所不同。這回所想的，一方面是推論，二方面是什麼？這種的思想是哪一種型態？（詢問同學）對，自我安慰、自圓其說，還有呢？（詢問同學）合理化，對，也有合理化。剛才說他在推想，他用非常活躍的方式推想，一路actively（積極地）想下去，這種推想還可說是什麼現象？（詢問同學）

康來新教授：自欺欺人。

王文興教授：

自欺欺人，其結果是自欺欺人。這到底是什麼型態的想法？（詢問同學）脫罪？這可能也會有，所以他樂於往這條路上想。那這樣子想，光說它的型態的話，這種想法，這種mode（模式）到底是什麼？剛才一方面說是推想，但是，他也是幻想，完全是夢想，是

daydream（白日夢）。什麼原因這樣想？剛才有人也說了，他樂於這樣想，這樣良心負擔可以得到一個很愉快的減低，就沒有那樣重的負擔。所以，表面上是推理，一步一步地，好像很合邏輯的想下去，但是每一步的邏輯都是剛才康教授說的，自欺欺人，他自己樂於欺騙自己，每一步都往這裏推下去。

他又這樣想：「既出去這樣久，不會僅是走走，」一定有一個地點要去。這是他認為合理的邏輯。他推想出一個地點，地點是哪裏？大概是上朋友家去。為什麼今天要去朋友家？愈來愈合理去推想：他從退休以來，長久都留在屋子裏頭，跟外頭的世界沒有任何往來，他一定覺得很悶吧，他要找個人聊天，所以就去看一個朋友。好，這樣，他的幻想就愈來愈活躍了，朋友可能好久不見，時間也下午啦，就留下來吃晚飯，所以，過了晚餐他還沒回來。那麼，地點有了，時間也有了，晚上。現在更晚了，他都不回來——已經有答案了，推理出來了——那吃完飯也該回來，喔，你怎麼沒想到？吃飯的時候要不要喝酒呢？吃飯的時候必傾酒助興，談談喝喝，不覺就很晚了，所以剛才十點鐘還沒回來。然後再下一步，他爸爸也許喝多了一點，有一點頭暈，有一點醉了，那一家就想說，嗳呀！長久沒見面就留下來嘛，今天晚上就先過個夜，休息一下，所以他現在還沒回來。這完全通順得很。他自認為整個問題都解決了。父親，沒事嘛，自己庸人自擾，這樣簡單的答案自己定要拍案叫絕。怎麼剛才一直沒想到，現在就想到了。這麼淺顯的理由，剛才是鬼迷心竅，怎麼想也沒想起來，現在才想到，所以盡可以放心。今天晚上不要等，明天再說，今天晚上就是這樣，這個解釋。這樣的話，今天晚上不需要等他了。他興高采烈，高興得很，所以趕快開門出來告訴母親：「『現在沒甚麼可担心的了，我要預備登床睡覺去了，』他囊括道。」他告訴母親的話是哪些話呢？下面沒有寫，沒有用 quotation（引文），沒有用引號寫出來。連一五一十的話都沒講。而一五一十的話是在哪裏？就是前面那一段。前面那一段，已經看見全部的推論過程。下面他跟母親講的一五一十、原原本本的話全部刪掉，全部跳過，不必再告訴我們。他便開門閃出來告訴母親，下面就猛地一跳，中間跳過他講的所有的話，跳到最後一句。中間相當於前面那一大段的話跳過去，只寫最後一句：「現在沒甚麼可担心的了」。那是他講過所有話的最後一句，結論：「『我要預備登床睡覺去了，』他囊括道。」這個「囊括」就是再告訴我們一次，他前面的話都省略了，最後這一句是結論，是囊括的結論。他放心的睡覺去了，他登上了床。可是，事情不是這麼如願。再下面，翁千惠同學，哪一位？好，請妳讀。

翁千惠：

許久，他仍睜着眼。不，方才他想的通不可能，父親這幾年來一個接近的友人都沒有。即便他去了某個友人家，他也不致從所未有的留下渡夜。他也不會反常的不道一聲逕出了門。而且他怎會穿那種衣服出外？

王文興教授：

結果呢？再想下去。剛才（的）這兩段是合起來看的。前面興高采烈——也覺得他好像在自欺欺人——這樣的興奮是維持不久的，很快就戳破了。他在床上，腦筋還在活動，再往下想，居然跟剛才的推論相反，每一條都可以駁倒——又有相等的理由可以證明絕不樂觀——跟前面的樂觀是正好相反。「許久，他仍睜著眼。」他躺在床上好幾十分鐘沒有睡著，因為還在想，所想的是相反方向，馬上全部都否定了之前的推論。「不，方才他想的通不可能」，沒有一條是合理的。於是，每一個相反的理由都出來了。很明顯，這裏面問題大得很，第一，「父親這幾年來一個接近的友人都沒有」，他怎會突然去人家家裏？首先人物的選擇就不能成立，就算人物的選擇成立，他去朋友那兒，以他的習慣，小心翼翼的人怎會無端的就在人家那兒過一長夜，在那兒住下來、睡下來？那也不合理；所以時間又給否定，留下來過夜又給否定了。然後，他也不會反常不講一聲就出門了，他在這個家庭幾十年的習慣，每天出門一定講一聲：「啊，我出門了！」這是養成固定的習慣，怎會今天突然沒有這個習慣？所以——這也推翻——以一天的可能，不能擋掉幾十年的，另外的一個可能，不能夠抵得了這種反常，所以又給否定了。然後，「他怎會穿那種衣服出外？」他真要去看朋友的話，至少牆上兩件衣服，一件襯衫、一件褲子，會穿上，腳上也該有皮鞋，這馬上很合理的推翻他前面所有的想法。於是一來，一往，頃刻之間，都在他心裏。他一下，好像自己蓋了一座城堡，一磚一瓦蓋上來，一剎那，自己蓋出來的城堡磚瓦都跌個粉碎。那麼，一來一往，是在兩個極端上擺動，這個擺盪都是他內心的世界，外面的人都看不出來。

這樣的兩段放在這兒的意思，當初第一個理由，也還是剛才提過的，就是要變化。前面裏裏外外，寫鄰居是一個變化，那麼，你不能再來第二個鄰居，又來敲門，那又多餘了。你要換另外的變化——這就到內心世界去了——那又是一種變化。

而這種變化，可以構成值得寫的價值嗎？如果我們看人內心的話，那就值得寫。內心是荒唐的，內心的這兩場戲，等於是兩場荒謬劇。他自己在心裏頭扮演。佛經很早就說過，有兩句佛經說：「心為一切巧畫師，心能造做一切業。」這都是說，人生的一切都是虛空，都是心裏頭畫出來的幻影。這個「心」能夠決定你一下子快樂，一下子悲哀；它替你畫快樂——你看到的一切都是好的，無非是畫出來的。所以「心是一切巧畫師，心能造做一切業」。

這兩段，合起來是一場戲，都是「心」的戲。佛經是這樣講。中國的宋明理學就變成心學了，也是這樣講。王陽明也是這樣講的。裏外在世也都是假的，人一切就被「心」控制了。所以，這兩句佛經很多人常引用。那，我在想，如果把這兩段的意思用上這兩句佛經，可以再加上另外兩句。剛才說「心是一切巧畫師，心能造做一切業」，可以再加兩句：「受心驅使如小兒」——人被「心」驅使了，人就像個小孩子一樣，「忽啼忽笑不自知」——你受自己的心驅使，像一個小娃娃一樣，一下子哭，一下子笑，自己也不知道，也就是，被你的「心」擺布。這大概是我當時寫這兩段的安排。

好，那麼，他想到這兒，當然心情又落到谷底，「心」從剛才可以登天堂，現在又落到谷底。在這個時候，「他看見籬笆門未關」，下面陳其暄同學，請你讀。

陳其暄：

他看見籬笆門未關，讓風吹得一下關一下張，關上的砰蓬聲不安的響出。這扇籬門是臥室房門了，室內他睡着的黑暗無亮，室外則光亮，門給風吹得一開一關。有一個人影進來。他躊躇片刻，之後他走往他臥着的床前張探着。他識認出這個人是父親。

「爸爸！你回來了！」他在床上坐起。

王文興教授：

好，到這兒為止。從剛才那裏開始，一整頁，到下一頁的結尾，這一長段、這一頁是一個夢境。你們也不難看出它是一個夢境。放進這個夢境的原因，也還是很簡單的理由，無非還在找變化，還在求變化。裏裏外外，然後再到內心世界，再寫到「心學」好了——那還能怎麼寫？再給它找一個變化，放進一個「夢」。時間也差不多，半夜了，如果睡著的話必然有夢，所以現在是一個「夢」的場面。

描寫這個「夢」的場面時，開始是要打破這個現實和夢的界限，必須讓「夢」的出現是跟前面現實界限盡量模糊。因為任何人做夢自己都不覺得，都是滑進夢境中。開始的時候自己覺得根本還在現實裏，醒來後才曉得這是夢。現實跟夢起初是沒有界限，所以，他的「夢」的景象，又像夢，又不像夢，又像在現實裏頭。「他看見籬笆門未關，讓風吹得一下關一下張」，看起來像是現實也可以。也許他在屋子裏從窗口看見，外頭的這個籬笆門此刻如何，但事實上如此看到，已經有一點不可思議了。「他看見籬笆門未關」，夜晚，他能看得見嗎？他的方向能看得見嗎？這都不太合理，這已經超過時空了。所以「他看見籬笆門未關」應該是偏向於幻象、偏向於夢境的可能性為多。

第一句「他看見籬笆門未關，讓風吹得一下關一下張」，而且開關很誇張，這籬笆門未關，現在好像有狂風在那兒搖它，一下子開，一下子關。這當然也不會是現實，那又是現實的門。「關上的砰蓬聲不安的響出」，老是聽到撞門的、很難受的聲音，這是他起初所夢見、所看到的。然後，「這扇籬門是臥室房門了」，這就更接近於幻想、夢境了。因為時空忽然變化，明明是一扇籬笆門，現在很自然的覺得是他自己房間的門，一開一關的是他自己房間的門，這兩扇完全時空不同的門現在重疊。到第二句，如果再對這個「夢」有所懷疑，第二句就可以肯定的說，這是到他夢境裏頭來了。

他現在夢見這扇一開一關的門是他自己小房間的門。他的夢是從籬笆門開始，是從這風吹得一開一關開始，這跟前不久的一個地方是有所呼應。那個地方是什麼呢？楊太太走了以後，他刻意不關門。也因為他刻意不關門。所以這個記憶還在他心裏頭，這個記憶會影響他產生現在的夢境。所以他這個「夢」不是無端的，首先前面有一個近因，這近因是他前不久自己刻意把籬笆門讓它開著。「現在風吹得一開一關」，這地方跟前面的現實還有一個地方可以連接，不光是他當時刻意不關門，還有什麼原因讓他夢裏面出現這現在的第一句話「他看見籬笆門未關，讓風吹得一下關一下張」？

康來新教授：是呼應小說第一句「一個多風的下午」嗎？

王文興教授：

我剛才說是在這一段的第一句話，妳說可以呼應小說第一句，是嗎？對。可以呼應小說第一句。因為現在這個夢的第一句話，顯然風很大，風很大跟當天下午、這天下午的颱風又有前後關聯，乃至於這一刻的晚上，他睡著的時候恐怕又起風了，乃至於現在外頭的籬笆門的確有一兩聲，或者樹有一兩聲，風吹得很響的聲音。現在這夢裏的門一開一關，風很大，說不定是呼應此刻戶外風很大；說不一定此刻戶外風很大，說不定門已有一聲的撞聲，但是他睡著了，睡著了也認出這一聲是門撞的聲音，產生一種夢裏的感覺是門在那兒一開一關。

今天我們時間到這兒，下面這一場范曄的夢境，下一次再講。

康來新教授：好，那麼下面是張靄珠老師的時間。

張靄珠教授：

王老師、各位教授、各位同學大家好。很榮幸能參加這樣一個課程聆聽王老師的導讀。我來以前在想我要講什麼呢？我想，老師用了這麼細緻、精密的方式來導讀他的小說，如果我用一種粗糙的語言來談他的小說，似乎是對他的不敬，所以我決定要用另一個方式來談談王老師和他的小說。

我想以一個學生的身分，談談王老師對我的影響。剛才聆聽王老師的導讀，好像又回到以前在台大上課的美好時光。我記得王老師的習慣好像是下午四點鐘以後出現，我們才會在校園看到他，然後上他的課。其實在台大外文系時，我不是一個很乖的學生，我常逃課參加台青社或是做一些別的事情，但王老師的課我從不缺席，因為上他的課是一種享受，各位這幾個禮拜下來也都身歷其境的享受這樣的課。當老師的人都知道帶學生做文學導讀，尤其像這樣的精讀是非常高難度的技巧，如何把學生帶領到文字世界的魅力裏面，做老師的本身須先有所修為，才能傳遞這樣的魅力。我覺得王老師的導讀方式十分獨特，除了把前因後果解釋出來，還把文字意象做精密分析，而且他的聲音聽起來好像受過劇場訓練，有一種共鳴，不曉得你們有沒有感覺到這種共鳴？所以我覺得聽他的課真是一種享受。

我受到王老師的影響有幾個層面。當年老師並不是導讀他自己的小說，而是一些英美文學名著。當年讀到《家變》這本書的時候，我會一面看一面想像，尤其是對話的部分，我會想像書中角色是用什麼樣的語氣？或什麼樣的聲音把這樣的對話講出來？今天聽到老師導讀他自己的作品，好像是多年前的宿願得償。我覺得寫現代小說，如果你是寫一種日常生活的瑣事，其實非常困難，怎樣把細節安排到不會太累贅，不會太重複？但在日常生活陳腐的瑣瑣細細之中，又能夠呈現出某種意義甚至某種意境，那是非常高難度的一種組合。

王老師的小說，表面上看起來好像很不經意的場景的過渡，或是日常生活的某種細節安排，但從他導讀中你可以體會，不管是劇中人的動作，或是情境的鋪陳，甚至於場景的轉換，都經過精密的設計和嚴謹的安排。而且其中沒有什麼虛字、贅字，也就是說，為什麼要講這句話、為什麼不講這句話，其實都有其原因。還有，因為他的文字非常精煉，大家也都看過老師的手稿，他就是一遍一遍的圈，一遍一遍的改。因為這樣一種文字的極簡主義，用最少的文字呈現出最豐富的意義，使我覺得讀他的作品每個短短的片段都像在讀一首散文詩。同時王老師的作品是全方位的，從剛才的導讀到現在，可以想像到那種場景的轉換，好像看到電影的鏡頭切換一樣。那文字的音樂性當然更不用說。

我覺得在不同的年齡閱讀《家變》，看到的角度也不太一樣。比如當初年輕的時候，那時大家都覺得《家變》非常前衛，所以我看到的是《家變》的一些語言實驗，或是一些描述方式的實驗。可是現在再回頭來看，看到的反而是片段裏的寫實性格。為什麼我說它是一個非常多層面的小說呢？那些短短的片段，就像讓你抓住人生的、心靈的，突然掠過的一種浮光掠影、一種詩情的表達，同時我覺得它是人類複雜心靈的活動記錄。如果從時間的宏觀角度，或是從時間的長流來看，譬如說現在再回過頭來看《家變》所記載的年代，還有劇中主角成長，我覺得甚至它也是很好的人類學記錄。你會在其中看到燒煤球、煤炭渣子，或是主角不同的成長階段裏，有各種各樣內在和外在的生活細節描寫，在我看起來，那是一個非常精確的人類學的記錄。所以《家變》是這樣的豐富，讓我們可以觀察到不同層面的情境和狀態。

我自己受到老師的影響創作小說，就是像剛才這樣上他的課，讓我體會到當我寫小說的時候不要太受到自己主觀情緒的影響，當你決定要放什麼東西進來，讓作品裏面的角色講什麼話的時候，你都要稍微去做一個比較理性的思考。寫小說當然要感性，若你沒有感性，沒有敏銳的觸角，對旁邊的事物都沒有感覺，當然不可能寫小說。但是王老師讓我學習到，寫小說光靠感情是不夠的，為什麼不夠呢？因為要寫一種情緒，或者要寫感覺到的東西，如果我是沒有受過訓練的人，或是沒有在這方面著意經營，可能滿紙都是自己的情緒，也就是說全篇可能都是形容詞，這些情緒的描寫非常浮濫，自己覺得好感動，但讀者一看可能雞皮疙瘩都起來了，或者讀者可能會覺得沒有感動。那「我」這個作者很感動，跟我要讓「讀者」感動，這中間需要什麼樣的橋樑，或是什麼樣的媒介呢？以一個作者來說，必須非常精心設計一些細節，寫小說最難安排的就是要放什麼細節進去，讓小說可以把讀者牽引到某個你希望他能夠身處的情境裏，感覺作者所要感覺的東西。你必須設想：細節安排在這邊會有什麼意義，或者那個東西是必要的嗎？

王老師的小說安排都有前因後果，不會毫無理由丟進一個東西。我們也會看到即使是一個小小的motif，也會前後呼應，籬笆的門、燈、代表父親的ghost的那個褲子掛在牆上，門啪啦啪啦的一響一響，忽然間看到父親的影子，這其實跟褲腳掛在那邊鬼魅的情境也是互相呼應。

好的小說應該有很多小小的意象，小小的motif，就像樂曲一樣，不斷重複出現，每次重複可能是加強裏面一些theme，或是你要呈現的一些意義，每一次的「同」裏面當然還有「不同」(difference)。一次一次可能是加強，可能是一種變化，就像經營一首樂章一樣。

我另外學到的是，當年老師跟我們說要做一個好的創作者，必須訓練你的觀察力，這一點我還記得非常清楚。因為老師上課老問我們一些問題：請你們想想看，每天從家裏出門，走過你們家前面的街道，假設經過十戶人家，你閉著眼睛可以想到什麼？我想現在請大家閉著眼睛想想，每天走出宿舍或是走出你住的地方，經過十棟建築物，你可以閉著眼睛很精確的、很明確的去回憶或是去描述嗎？如果你做不到這一點，可能就要訓練一下對周圍事物的觀察力。

另外，老師那時候跟我們說，要做一個好的作家必須記筆記或札記。我相信老師這麼多年來一直在做筆記或札記。因為要做一個好的作家，你要寫詩、寫小說，都要在作品裏丟一些細節進去，這些細節最好有豐富的意義，所謂意義不是說教的意義，而是對要表達的主題、要表達的風格它的意義是什麼？如果你沒有記筆記跟札記的習慣，我相信很多事情過了一、兩個禮拜，我們就忘掉了；甚至事情發生的時候，有一種情緒的強度在裏面，可是兩個禮拜後再回想時，那情緒可能已經變質了，強度也變了，再過一年的時候，可能真的什麼都不記得了，只記得那件事情讓我很沮喪或那件事情讓我很傷心，可是我們寫作的時候不能只寫「沮喪」或「傷心」，「沮喪」為什麼沮喪？換句話說，你的沮喪是到一種什麼樣的程度？這種沮喪跟另外一種沮喪，或是另外一種事情給你的沮喪，它們之間差異是什麼？旁人同樣也覺得這麼的沮喪嗎？那這種沮喪到底是什麼？你要用什麼樣的東西去具體呈現出這種沮喪的情境？當然不是光靠一些形容詞，而是要去鋪陳一些意象，而且主要是去捕捉情境跟氛圍。如果你沒有記筆記跟札記的習慣，很可能那種情境跟氛圍會模糊成一片。當我開始坐下來創作的時候，可能非常容易寫出東西來，不過就是不夠具體、不夠明確。我也學到了要做一個創作者，記筆記還有札記其實是很重要的。

大家也看到老師的手稿，剛才一看到的時候我就覺得：哇！彷彿畢卡索的素描一樣，這就是第一眼看到那一剎那間的感覺。當然它不是素描，它是文字，可是我拿到一看，就好像我在巴黎的博物館看到畢卡索的素描那般。大家看到的，其實是老師改了一遍又一遍的手稿，聽說老師有的作品是改了幾十遍。

等會兒我還要請問老師對海明威的一些感想，為什麼要提起海明威呢？因為剛才我們讀的短短兩頁，那裏面很少形容詞的堆砌，都是動詞，就是用動詞描述一些事件的發生，描述一些動作，描寫人的內心變化，盡量是一種具體的、鮮明的語言來說明，我認為這種方式是非常海明威，因為海明威的作品就是動詞、動詞、動詞，名詞，可是他用很少的形容詞，更少的副詞。海明威寫作習慣通常是從早上四點鐘起來寫，寫到中午。他把寫作比喻成減肥，是刪去肥肉，所以我們看到海明威的作品時，其實已經改、改、改，不斷的刪去肥肉，刪改好幾十遍了。

我知道老師的手稿其實也是改了很多遍，甚至還有一段時間，老師寫作的時候就是點字，等會兒也請老師談一下這個部分，因為這實在是太神祕了，為什麼會點字呢？老師也可以跟大家分享一下。

這次中央大學人文中心幫老師辦了這一系列活動，是跟作家手稿學研究有關。那我也有一些感觸，現在大家都用電腦寫作，作家的手稿在哪裏呢？我覺得作家的手稿不光是一件藝術品，同時它是作家的思路、靈感、創作過程的軌跡，可以看到作家是如何字斟句酌，思考為什麼要刪去這個字，這個字是不好嗎？也可以看到這種漸進式變化的過程，一種軌跡。現在大家都用電腦寫作的話，我們就看不到手稿了，這點是很可惜的。

以上就是跟大家分享老師對於我的創作的影響。我可以問老師一些問題嗎？OK，我想請問老師的第一個問題是，您的創作跟海明威之間的關係？我相信是很有關係的，但我記得在台大外文系上老師的小說課，您好像從來沒有跟我們上過海明威，而您給我們上的是D.H. 勞倫斯的《兒子與情人》（*Sons and Lovers*），屠格涅夫的《父與子》（*Fathers And Sons*），當然還有《格列佛遊記》（*Gulliver's Travels*）等等這些小說。我覺得您跟海明威的創作有一些關係，可是我們上課的時候您好像從來沒有講他的作品，為什麼呢？

王文興教授：

那是因為我確實年紀比較大了，我很早就上課，早先上的都是海明威，都是海明威沒有錯。剛才張教授講的是非常專業的一些評論，我很高興，很少聽到非常專業性的這種commentary(評論）。那麼，也絕不諱言，我年輕時候只讀海明威，大概很早就把他從頭到尾都讀過，連散文都不放過。還記得有一次，我在Iowa Writer's Workshop（美國愛荷華大學小說創作班）的時候，同一座樓裏頭有一個美國學生，他也是我們寫作班的學生，他就很替海明威的《戰地鐘聲》（*For whom the bell tolls*）抱屈，怎麼大家評得不好？他說他最喜歡那本，我聽了很高興，我說我也最喜歡那本，至少不會讓人覺得怎麼那一本是該拿來批評？裏頭東西好得很，又豐富又好。我後來避免不上海明威的意思也是說，應該脫離一下，看看別人也寫得很好。但是，啟蒙的確是他，後來我也不好意思講，因為每一個作者都說：「我受海明威影響。」當然有人就講，自從有了海明威之後，誰能夠不受他影響？沒有人可能不受他影響，所以不敢提了，不敢拿他當老師。但是到了今天，我想，一想到文體，如有寫的節奏像散文詩一樣，我還是第一個想到他那麼好的英文。所以前幾個禮拜是呂正惠還是誰一再問我說，你的文體是受誰的影響？他想問的是跟中國古典[9]文學有什麼關係？我當時講了一句話他好像很驚訝，我就說，我是從英文學來的。當時沒有細講，這英文學來的就是剛才張教授所說，文字主詞放前面，馬上動詞跟上來，受詞跟在後面，一成不變的這種固定的文法結構，在中文是不作興這樣寫的。這個的確不但是西方的英文的句法，而且是典型的海明威的句法。我想這個影響對我來講，還是要早一點脫離得好，希望有一天寫的不是這種的，不是跟他這麼的一路追尋的、一路跟隨的寫法。這是剛才說語言的方面。

至於說修改多少遍，其實大家手上這個手稿已經不是手稿，已經是抄正稿了，到了抄正稿以後再送到書店去，那需要另外再一次抄正稿。所以，這個抄正稿，已經跟我原先的手稿差別太遠了。起先是這樣子，大概一句話寫二十到四十遍左右，恐怕是這樣子，並不是說精益求精，而是都寫得不好，覺得二、三十遍都寫不好，到後來也別無選擇，就算了，只好留下現在的這個初稿。

關於這個打點，所謂這個打點無非就是說，你一句話寫個四、五十遍的話，那寫字太麻煩了，所以當時只能用自己認得的符號來代替，留在紙上也是一個記錄，比如說你第五遍，打了六個不同的點，有大有小的，你當時記得，那你第六遍修改它，你就藉著五、六個點再去修改成不同的點或者多幾個點等等，但是這個是轉眼就忘掉的，所以非常教人洩氣，有時候辛辛苦苦找出幾個點來，再一轉眼再回頭看，自己也認不得了，又要從頭再寫，這種時候苦痛之極！但是如果不用自己的速記符號，不用自己的這種密碼的話，每一個字用中國字這麼多筆畫來寫，根本來不及，那個字也出不來，那個字的印象也出不來。舉個例子，剛才讀的裏頭，就是楊太太來的時候，那一段，開始我是寫沈太太，各位看原稿可以看得出來，後來自己也奇怪，為什麼把她改成楊太太呢？現在我就有點後悔，說不定沈太太更好。當時寫沈太太的時候我覺得這一句可以了，可以表達外頭站一個不是他希望出現的人。那麼沈太太有一個好處，假如你說是沈太太的話，下一個單字的「噢」跟它連得比較好，如果你這樣讀下來，「他即起立去給他開門。門口站着沈太太。」「噢，老太太在家嗎？」因為「沈」是個仄聲字，那麼「楊」是平聲字，我改的原因就是自己覺得「沈太太」這個仄聲字放在這兒聲音太低、太弱，所以我要它聲音重一點。但是現在楊太太這一句救回來了，外頭站一個戲劇化的、戲劇性比較高的、不同的人，這句話是救回來，比較有力量，可是接那個「噢」接得

9 王老師後稱：記憶有誤，呂老師是問跟福州方言的關係。

不太好，那個「噢」可能有人覺得茫然，她為什麼要說這一聲？如果現在是「門口站着沈太太」「噢，老太太在家嗎？」那個「噢」就比較符合我要它的意思，就是說她有一點錯愕的意思。所以，就是這一些問題，這一回我要不是有這個機會又看到稿子上有兩個不同的字，一個「沈」、一個「楊」，那我這一句話，我再怎麼讀大概也就過去了，現在我又讀了，就覺得下回我再把它改回來，大概有這個必要。這是改字的一些理由。

現在我們還是一樣，把時間給各位，給大家、各位某來賓。

康來新教授：老師設定的年代是一九六六年？

王文興教授：手稿寫的，那大概就是對的，第一篇的手稿寫得有年分（一九六六年）。

康來新教授：

那個時候范曄的母親年齡上應該是六十幾歲，是嗎？我的意思是說，現在的人會喊一個六十幾歲的人做老太太嗎？

王文興教授：我就反對。

康來新教授：

現在好像也沒有人喊，一個阿媽在路上人家都喊她小姐，台灣女性非常討厭人家喊太太、老太太這種稱呼。如果寫實性要那麼強的話，老師回到一九六六年的時候，一個兒子是二十五歲到三、四十歲之間的一個助教，他的母親會被人家喊為老太太嗎？

王文興教授：

我還是覺得可能，在從前還是可能，在當時是可能的。當時確實到六十歲已經是滿老的了。因為你看，現今在捷運上六十歲以上的就要讓座給他了，所以觀念還是以前那個觀念，博愛座好像也是上六十歲就得讓。這個我倒沒有懷疑，在當時（喊她老太太應）還好，在當時說不定五十多歲就可以稱為老太太了，五十多歲就可以稱老了。

康來新教授：

可是現在我覺得不一樣，而且不會叫老太太，可能老奶奶或者阿嬤，比較親切，不會喊老太太。

王文興教授：

這個老太太是這樣的，不是形容她老，而是尊稱。現在的確不大用這三個字。

康來新教授：

老師雖然是現代主義的代表性作家，可是就像那些小說理論家講的，所有的小說都是寫實主義，老師在細節的寫實性是比任何人都做的好。我記得老師說在台灣男女年輕人的稱呼都是連名帶姓的叫，可是現在好像社會也有一些改變？

王文興教授：不錯。這注意得很好，現在已經用兩個字，名字用兩個字的很多。

康來新教授：

那我現在要像柯慶明一樣，挑老師一點點毛病。就是老師剛才的朗讀，在夢中，爸爸媽媽變得很年輕，差不多是三十歲的樣子，可是老師唸的是「三十」，寫的卻是「卅」，其實在我們中文系是要唸「卅」（ㄙㄚˋ），不能唸三十，像「五卅慘案」，那個卅要唸ㄙㄚˋ，如果老師喜歡的聲音效果是三十，老師下次改的時候要寫三十。

王文興教授：喔，這樣子啊！

康來新教授：

上次柯慶明在講老師的聲音的時候，就說如果寫詩的時候，卅就會念「卅」（ㄙㄚˋ），二十如果寫雙十的話（廿），要唸做「廿」（ㄋㄧㄢˋ）。因為老師很重視自己聲音的表白，所以我就挑點中文系會挑剔的東西。

王文興教授：

這個很好。這個音要怎麼讀，我有一個想法。其實我這兒音寫的時候唸錯的多得很，但因為易鵬要我錄音，我就不能把錯的音唸出來，那就比較嚴格一點，只好糾正自己，某些音就讓自己唸正確音。其實，要唸錯音說不定更好，為什麼呢？就是說，比較符合當時我要那句話的音樂性，我後來把它改成這個對的音以後，問題就來了，破壞了音樂性。

第一個問題，就是范曄的「曄」字，當時我沒唸對，我念「華」字，但是，現在我每一個地方都唸「嘩」的話，那一句都完了，都壞掉了。「嘩」就跟我安排的每一句，安排的那個聲音都不對，都被破壞。可是有一天我看到救星，發現唐朝的詩也都唸「華」，杜甫的詩唸「華」，韓愈那首〈知名箴〉的後來押韻押「華」字[10]，所以我就很高興，也許大概還可以唸那個錯字，雖然是唐朝的聲音。這種事情很多，我們中國的詩，有時候你唸錯比較好聽，所有詩裏的那個「人」都唸「ㄖㄥˊ」才好，你唸「人」的話就索然無味了，你。唸一個湖南音還湖北音，唸「ㄖㄥˊ」的話，那個味道多好，那首詩的音樂、內容都出來了，很多音讓它唸地方土音，不是國語的正音反而要好。所以，詩人是不是有時也需要有這麼一點accent（口音），最好讓人讀他地方的口音。所以如果有機會的話，我將來再錄一遍，我就將錯就錯了，就把錯的音，把它放出來比較一下。關於中國詩歌的唸音，恐怕真的是一大塊可以研究的範圍。

張靄珠教授：

像我自己在唸這小說的時候，我會想像那個爸爸的聲音應該帶點福州腔。我不知道為什麼會有這樣的想像，而且我覺得他爸爸講話的時候應該是有一點婆婆媽媽型的。

易鵬教授：

剛才老師講的那段話裏頭，其實有兩個東西，一個就是我的問題，就是說，老師在寫的

---

10 韓愈〈知名箴〉中的文句：「今日告汝，知名之法，勿病無聞，病其嘩嘩。」

時候，這是不是牽涉到，好像中文跟英文，某種程度，在格律的形成過程裏面有一種相同點。不知道老師採用接近文言的語言時，是基於哪種考慮？是不是考慮過和英文的關係？

王文興教授：

我的文句有時是會借用英文的句法做為參考。但有時則不然。有時的情況是這樣：有時我人物講的話文字不是很口語，就因為那樣的口語，你放在當時的那個情境裏，那樣的口語表達不出什麼來，這種時候找一個中性的語言反而容易符合這個情境，這個中性的語言，我們就常常認為只有文言文可以，所以就有些地方反而是有這麼一種文言的跡象。

尹子玉：

我從一篇訪談裏看到老師說您自己的語言風格是從〈龍天樓〉之後變得清晰，到《家變》的時候好轉，但是您說到《家變》的時候還是一直覺得束手縛腳的，是不是可以請老師直接從小說來談哪些地方您覺得束手縛腳的？

王文興教授：

首先，確實是〈龍天樓〉的時候我就決定要走這條路，完全是文句的音樂來決定，也就是每寫出一個句子之前，這個句子抑揚頓挫我已經知道了，只是字在哪裏我還不知道。從〈龍天樓〉以後，我大概知道自己以後的小說，每一句的音樂是類似什麼樣的音樂。類似什麼音樂呢？大概當時在中國方面我最崇拜的是杜甫的節奏，是杜少陵的節奏，這是（關於音樂的）一個部分。

我每一句話，先知道音樂，再用字去配合，剛才說不滿意就在這裏。音樂我是知道，所以路曉得該怎麼走，但是每句話能不能配合到要的音樂？恐怕我都不太滿意。這不滿意就會一路的不滿意。《家變》以及往後的小說也是同樣的問題。音樂我知道，我很清楚，聽得見，但是錯就錯在這字到不了那個音樂的地方；要不就覺得多出一個音節，覺得不對；或是意思寫完整，但是又少了幾個音節；或者還是剛才提出來平仄的問題，明明應該是個平聲，我找不到平聲字，類似這些困難。

尹子玉：

剛剛那個「楊太太」、「沈太太」，還有「火鉗叩籬門」，可以請老師再解釋一下嗎？

王文興教授：

「楊太太」、「沈太太」的考量剛才已經解釋過了。至於，火鉗叩籬門是這樣，起先我寫的是聽到腳步聲，後來覺得不太合理，因為距離太遠了，若寫腳步聲的話，就算是洋灰地得穿拖板鞋才有明顯腳步聲，一般的軟底鞋腳步聲不是那麼清楚，也不容易分辨誰是誰。那麼在屋子裏頭地板倒是容易，自己一家人可以很清楚地分辨是誰的腳步聲。後來這句話，那籬笆外的腳步聲後來改成「籬圍外響着有人輕叩籬竹的聲音」是這理由，倒不是因為節奏，不是因為文句的節奏。

洪珊慧：

老師，我有兩個問題。第一個問題是「籬圍外響着有人輕叩籬竹的聲音」那一段，老師剛才提到楊太太要離開時跟范曄說：「謝謝你，吃過飯了嗎？」從「吃過飯了嗎？」這一句透露日常的荒謬性。我覺得很有趣的就是後來他回去房間之後，就跟母親說：「楊太太」，然後母親回答：「我知道」，老師說這對話是為了寫兩個人的失望，可是除了寫兩人的失望之外，我覺得還有去對照「吃過飯了嗎？」的那種荒謬性，因為楊太太進到廚房，他們母子在廚房吃飯的。

王文興教授：

對，上次解釋是廚房。我們再看看。這裏比較 flexible（有彈性）。恐怕當時的設計不限定在廚房，因為它既然是多蓋出來的房子，在轉彎的角落放一張桌子也可以吃飯，乃至於在面對著籬笆門正門的走廊上安一張桌子也可以吃飯。我上回講的太草率一點，飯桌恐怕不在廚房。

洪珊慧：

可是那個兒子他有請楊太太進門，他說，請進來看看好了。所以楊太太是進到那個房子。

王文興教授：

不過這個請進來看看，是進另外一個門，進廚房去看看，楊太太並沒有踏入他們這個家、這個房子的主體，而是在那個搭建以後的建物進去看的。這個母親，也許她吃飯的地方靠近廚房，可以這樣子設想，這個母親也沒有出來跟客人打招呼，因為當時的情況下她也不願意跟人打招呼。房子的擺設、位置是大概如此。

洪珊慧：不過，我其實希望他們是在廚房旁邊吃飯的。

王文興教授：還是在廚房裏面是嗎？

洪珊慧：

我覺得這樣子當范曄跟母親說「楊太太」，就會有那個多餘的荒謬性，他交代楊太太過來，可是事實上母親已經知曉了，就好像剛剛老師說楊太太要離去的時候說「吃過飯了嗎？」這句話故意放在對話最後，凸顯形式化招呼語的荒謬性。

王文興教授：多一層的形式化，這樣也是可以多出一層解釋來。

洪珊慧：

我的問題在後面，就是第六頁，寫到范曄回到自己的房間裏面，然後開始推想，就是老師剛提到的推想或是推論，幻想父親可能到友人家裏去了。老師您的意思是他想到這些之後，就開門閃出來告訴母親，他是有告訴她這些推論嗎？還是他就只告訴母親那兩句話說：「現在沒甚麼可担心的了，我要預備登床睡覺去了」。

王文興教授：

我想他講的話應該是囊括這一整段話，就是反射回去剛才前面那一大段話，為什麼呢？因為他「囊括道」，要不然他就「他說」就好。囊括的意思就是說，前面講一大堆話，後頭有一個結論，給一個收尾，前面的話收成現在的樣子。

洪珊慧：

用這一段跟上一段來做比較的話，會發現當范曄進入他的內心世界的時候，事實上他的內心世界是很柔軟、很易感的，比如前一段「掩門坐檯燈影側」，開始進入范曄內心世界的探討：接下的第一句「他確實不懂父親會去那裏」，第二句是「穿那樣隨便一身，這般黑了還沒回家」，那是很富有情感的。

可是等到一回到現實世界，他的一言一行又不同了，比如他如此焦急，踱出又入父母的房間，媽媽的眼光跟隨著他，為了避免和她目光相對，又回自己房間。事實上范曄迴避跟母親眼睛相對，有可能是不想彼此愁容相對，可是他的外在表現給母親的感覺是這麼冷漠，就是你看到我轉身就走。他的內心雖是柔軟易感的，可是外表是如此冷漠。

所以我認為，他不要那麼婆婆媽媽地跟媽媽交代推想，他就直接說「現在沒甚麼可担心的了，我要預備登床睡覺去了」，很個人主義的，他想到這些，覺得現在是沒問題的。然後到下次我們會談到的夢境的那段，媽媽在夢中把他搖醒說：「他上哪去了？毛毛，夜這樣深了啊！」媽媽忽然破聲啼哭，范曄突然間爆發了情緒，「『停住，給我停住！』他怒哮，『你要把我吵瘋！』」。其實他的內心世界有很emotional（情緒的）的一面，然而外在言行是那麼面目猙獰、劍拔弩張，他的外在其實是不被了解也不被理解的。所以我很希望是他不要跟媽媽交代，不要跟他媽媽講那麼多，留下兩句很狠的話——我要睡了。

王文興教授：

這也可以。原先我是說他囊括到前面講的話，也不會是原原本本的都講，大概也是摘要，說出幾個重點，就是說他們留他吃飯，很自然的，明天就回來了，大概會把前面簡化來講。不過的確你說的也有道理，如果他根本就是一個字不提的話，那也就更符合他的性格或者他的個性。

洪珊慧：

我的第二個問題是小說結構的問題，我記得老師在第一講的時候提到您認為小說的結構是最重要的。那如果來看《家變》的話，《家變》的敘事結構採雙線進行，分別以英文字母A、B、C……與阿拉伯數字1、2、3……為章節。英文字母的部分為敘述者現在的時間（A～N三個月，O則是父親出走二年後），阿拉伯數字的章節則為兒時毛毛成長為范曄的時間歷程（過去的時間）。英文字母標示的章節中，現在的時間幾乎停滯不動，從開始的「A」到結束「O」的十五個章節不過歷時二年。相形之下，阿拉伯數字的章節由一百五十七節組成，以單獨存在的場景、事件呈現范曄成長過程、范家的生活細節，像一則則敘述生活本質的「記事」，歷時有二十二年之久。敘述「過去的時間」的部分幾乎占整部小說的七分之六，與現在的時間成了一種奇異的對峙。

我很好奇，老師您這兩條線在時間安排的結構上，用意為何？過去的時間是這麼樣地緩慢的對照著現在的時間。

王文興教授：

這個問題，張誦聖好幾年前問過，我跟她講這裏面有一個讀法，她不知道是不是用過？就是現在的時間安排，安排的人就是范曄本人，也就是說，這個講故事的人，看起來是作者，但是，從結構的安排上要讓你看出來，應該把這個作者看成是范曄許多年、許多年以後坐下來寫回憶錄的那個觀點。所以，這個觀點的目的是要讓讀的人感覺這是范曄個人的懺悔錄，他多年以後回頭看的一個懺悔錄，但是沒有明白講出來，沒有說這是范曄坐在書桌前花時間寫成這樣的安排。

同學：

老師我覺得把角色回到楊太太身上，她的出現，對於整個母子之間的溝通，可以多少反映他們的經濟。她在這個時間出現，只為了討一點煤球渣，然後她要走的時候又說吃過飯了嗎？也就是說整個來講，她好像一個偷窺者，她好像知道了這個祕密，然後想去知道這個祕密，或許在這個母子他們心中會這樣，所以那個媽媽表現出來，那個媽媽沒有出聲。

王文興教授：你是說這個母親不滿意她進來？

同學：

不是不滿意她進來，就是說她好像避免要讓她知道什麼事情。可是她講的話好像讓那個媽媽覺得她已經知道了什麼，她們家發生了什麼事情這樣子。

王文興教授：這個我可以再詳細再看一看、再讀一下。

同學：

因為我們沒有經歷過那個年代，為什麼會在那個時間來借煤球渣呢？是不是只有貧戶或者是經濟上有些什麼相對的意義？

王文興教授：

這個時間是因為吃過晚飯以後所有的火都熄了，你一早問人要煤球渣，那我今天還沒有燒完，可能得來是這樣的答案。那麼在這一段時間，煤球渣應該每一家都還有一兩個。不是一天一個煤球，有時候兩天才燒一個煤球，所以這時間就錯開來的。所以到晚上來問，可能累積下來會有多的。這個煤球渣，距離現在大概有四、五十年了。你們看見過嗎？

劉逢聲導演：

有，在大陸上很多，現在還有，很多。這麼高，圓圓的，一個洞、一個洞。

王文興教授：

他們比我們小。我們台灣以前是很大的。大陸的煤球小，也是有孔的。

康來新教授：

老師說台大城鄉所一位劉教授，曾經把《家變》當成他們研究所一個學期的作業，做出實體的模型來。老師說寫《家變》可能對日本式房子在台灣形成的家居生活有回顧或者某種反省。老師可不可以告訴我們台大城鄉所的那些模型跟老師想像中的是不是很吻合？

王文興教授：

我覺得非常準確，我驚訝的就是這裏。劉可強教授是加州大學教授，他每一年偶然回來一次，不是常駐在台大城鄉所。他要求學生按照書上寫的把模型造出來，我看了真的是差不多，也挑不出什麼毛病。上回講唯一的毛病是廁所弄錯了，我也不怪這個學生，因為我沒有寫廁所的屋頂，所以就照她自己的意思，然而要是我寫了是這種三角形的這樣的屋頂，她就不會做成是平面的屋頂，因為我沒寫。

康來新教授：

老師對日本式的房子，這種木結構的日本式房子，台灣濕氣這麼大，老師有沒有一些建議，或者知性上面的一些改革，是比較冷靜的，不是念舊式的。

王文興教授：

這個日式房子的確你猜到了，木料一定要好，這是很奢侈的要求，木料不好的話，潮濕的氣候過幾年大概就不能住了。當時台灣的木料恐怕不是本地的木料，怎麼會有那麼好的檜木？說不定是南洋來的，所以才能維持那麼久。所以要說日式房子，恐怕只適合當別墅，要有辦法花很多錢，蓋到山上住那當然很好，平常這麼多的人在一個都市裏面，恐怕非得要壓低水平不可，實在不能這麼奢侈去蓋日式房子。

修理是很麻煩的，恐怕要不斷的維修。其實很多人做這行都知道，天花板裏面的問題很大，裏頭是老鼠跟貓的世界，還可能有蛇、白蟻。（但）我總覺得從前白蟻還沒有現在多，現在我們西式房子的這個木框、木門，木料實在不講究，沒有處理，所以白螞蟻多得不得了。反而日本房子少有這個問題，因為實在是好的木料，白螞蟻咬不動。從前的問題是在天花板上，你如果維修得好，洞補好的話，老鼠、貓也不會在裏頭做窩，就不會有這個問題。那不修補的話，上面空間大得很，替它蓋了一層樓，許多成千上萬的老鼠可以（住）在裏頭。

康來新教授：

這個空間的打造跟老師要做一個文化的反省中間的關係，譬如《大宅門》、《大紅燈籠高高掛》，他們的住宅空間跟作者想要討論的中國文化有關。老師在討論《家變》的時候跟這個日本式的房子中間，有沒有可以達到……，就是說如果在檢討台灣這樣一個文化環境的家庭的時候，它的形塑是不是還要用日本式的房子來形塑？而不是什麼古董——中國大陸式的建築？

王文興教授：

這個問題我沒有考慮過。我當初選這個場景的時候，倒沒有想到說這個日本房子本身放在這裏它的象徵意義會更加的顯著，或者更濃厚，這沒有考慮過。當初只考慮過寫實的層面。對，熟悉，還有台灣生活的習慣，台灣生活的寫實。

張靄珠教授：那時候的洋房其實還滿貴的。

康來新教授：對，大樓也很少，都是公寓式的房子。

王文興教授：

不過假如是發生在現在這種大樓裏面，這樣子的事情還是可以發生，一樣可以發生，只不過細節不一樣。

康來新教授：同學要多問，不然我就會一直發問。

尹子玉：

老師，不好意思，再請問一個問題，就是第五頁跟第六頁，您提到他見到父親的長褲掛在牆上，您說很注重這邊的視覺效果。其實我第一次讀的時候，我想像那個視覺效果是從我爸爸掛褲子的習慣來想像，我曾經被爸爸掛在廁所的褲子嚇過，因為它掛在牆上，像一個人吊在那裏。我一開始看到的視覺效果是看到那種不祥的視覺效果，像一個人吊死在牆上的那種感覺。

王文興教授：

吊死的形狀，這是要求的效果，差不多。但是，可能是滑稽喜劇的效果要有一半，我不知道這個效果有沒有出現？

康來新教授：不祥多於滑稽，對不對？

尹子玉：

剛才老師說您的那個視覺效果是衣架撐著的人在牆上的效果。那這個效果是老師您自己掛褲子的習慣，還是您觀察得來的？

王文興教授：

就是說掛褲子也只有兩個可能，一個掛在釘子上，一個撐起來，再不然是打個折以後從衣架中間穿過來。我當初寫的時候並非很清楚的看到是用衣架撐的形狀，還是比較模糊的一個兩條褲腳撐開來的形狀。那怎麼掛再說，如果要用釘子多少也可以，也是辦得到，但是要緊的就是要高高掛在牆上，不是一個人掛在那裏，而是半個人掛在那裏，兩個褲腳向下、伸長的這種的方式，我想大概有一點卡夫卡的影響。

黃啟峰：

我知道老師您在創作上非常字斟句酌，我一直滿好奇像這篇小說裏面的主角命名。一般我們在看小說的時候，命名有一種可能是要符合整個小說的氛圍，有一種是它有特殊的比喻，或者是可能就真的不去注意。我會覺得說為什麼那麼剛好老師用一個「范曄」？「曄」這個字拆開是一個「日」跟一個「華」，好像非常能夠吻合當時台灣受日本跟中華的影響，這可能是我過度解讀，或者是老師有其他意涵，或當初真的有這樣的想法？

王文興教授：

沒有。沒有種族、國家的隱喻在裏頭。還是聲音的考慮，而且是剛才說的錯誤的聲音。

康來新教授：

上個禮拜上完課以後，大家都知道老師是不接電話的，我跟老師的溝通方式通常是傳真，傳真以後說：老師請賜電，老師才打電話，我們跟老師溝通是這樣的方式。老師上次傳真來說，他覺得這一班的同學真是一流的同學，兩個半鐘頭像十分鐘就過去了，老師不知道是鼓勵還是真心話，跟大家講一聲。

王文興教授：不是鼓勵，真的非常好。

劉逢聲導演：

《家變》這書最吸引人的地方，我覺得影像感非常濃厚。剛才我們講，從A段開始的時候，從早上多風的下午開始，到送楊太太出去，各位想一下，它是有霧，有霧肯定說風就沒有了，他做夢的時候風就來。我一直被書中描寫牽著走，就想那個時候它應該是什麼樣的image、什麼樣的感覺？如老師講的一樣，老師在寫的時候都知道它的製作應該怎麼做？燈光下才會有煙，黑暗中是看不到煙的。

我的感覺楊太太進來了，他送她出去之後，然後楊太太走掉之後，說謝謝你，吃過飯了沒有呢？范曄就進來了，然後他說楊太太，我知道。我個人覺得，我沒有看過那個城鄉所的模型，我的感覺就是，第一個看到A部的時候，他一進去是一個門，改建過的日式房子，修整過，適合我們台灣人居住，可是家裏沒有錢，用水泥砌起來的樓梯這個樣子。我的感覺是邊上還有一個門，蓋出來的，可以進去廚房，然後廚房煮菜的地方，可能又隔一道窗子，為什麼隔一道窗子？可能攝影機在動，camera可以往後一拖，媽媽的感覺是，是不是爸爸回來了？她的心裏有感受，這是呼應的，如果你硬要把它搞成是一個廚房的話，它就沒有空間了，心理的空間沒有了。

王文興教授：

沒錯，是側面，當然我沒有很詳細的設計真的幾吋幾呎的位置，不過你剛才講——在側面，加添，然後本身有個門。其實它比較模糊的就是，當然這個加添的廚房是可以跟主體有門的可以相通。如果你再設想其中還有一個窗子，這個母親可以看得見，那也很合理，她說我知道，她眼睛看見了。所以我想這個位置是完全正確，是可以這樣子的。

康來新教授：高低呢？

王文興教授：

高低的話，再高一點，恐怕搭建要再建這種日式房子的話，要再加幾個前面寫的那種水泥台階，水泥台階再上去。

劉逢聲導演：

我們之前在樂生療養院看到那些房子，幾乎都是像老師描述的這樣一個房子的模型，樣子事實上是很具象的，看出來是很合理的。

王文興教授：那也改建嗎？

劉逢聲導演：

欸，因為住的一些人都不是那麼富有，院方可能因為經費的問題，不是說用一級古蹟的方式去處理這個建築物的維修，它會有這種方式。再來就是在九份、金瓜石那邊的博物館，都有專人處理，現在某些老影像還是可以看得到。

同學：

第六頁倒數第四行「我要預備登床睡覺去了」跟倒數第三行「他登上了床」，我自己在家裏第一次唸的時候，就是唸「他上了床」，沒有注意到「登」。我覺得「登」會卡住唸的習慣，然後我不知道是不是以前會這樣講？還是說你的「登」是跟前面的那些檯燈跟那個呼應有關，還是為了呼應下一行「許久，他仍睜着眼。」要讓那個語感出來？

王文興教授：

「登」這個字我是考慮過，正常是應該用「上」，但是我兩次都放棄。就是覺得「上」的話這句話很容易就讀完它，很容易讀完的話會有一點油滑的問題。在這裏等於寧可把白話改成文言，就使得這一句話的節奏是比較緩慢，音節比較重。那麼，如果說，「他上了床」，這就是很普通的一句話，讀過去就沒有節奏感，而且似乎也少了一個音。那麼說「他爬上床」也不太好，少了一個音，這個音找不到，所以就重複了前面的「登」字。所以也不覺得理想，確實也不覺得理想。假如能夠找到是白話，節奏又能夠符合的話那是最理想的。

劉逢聲導演：

我想請教老師，我看《家變》這個書的時候，老師說理想的閱讀速度應該在每小時一千字上下。但是我會迫不及待想一直看完，但是看第一遍可能不是很明白，想看第二遍，甚至第三遍，或是經過上課的時候你的影像感跟音樂性就跟老師講得一樣，它的用字是很用心地設計，老師寫的時候可能改三十遍、四十遍。這樣子一部書我認為音樂性跟它的影像是非常豐富。最近一部電影《香水》（*Perfume*），德國作家徐四金寫的，我們知道，味道在影像中沒辦法表現的。那我不曉得在老師的說法裏頭，像我們上一堂課談所謂的兩道菜，它的味道？我心裏想，徐四金寫《香水》，他為什麼要用一個處女的身體的感覺去做出那個香水？能不能請老師說一下他如何做出這種感覺來寫出這種氛圍。

王文興教授：

我電影和書都沒看過，這是個問題。至於說關於氣味等等在文學裏面也不很特別，我想我們的唐詩可以找到太多關於好的氣味的描寫，氣味是很重要的。我在這裏頭，再過幾頁以後，范曄回憶小時候，院子裏挑糞的來了，你們可以充分的聞到那一段的氣味，這也是類似的做法，希望氣味也可以出現。

劉逢聲導演：

因為之前都不知道是老師的大作，我看老師的書之後，我就一股腦兒把老師所有的書很快地統統看過。現在看《書和影》，老師在評論《聊齋》，您寫書評，寫那個《聊齋》裏面所有東西的感覺，除了講人性這些東西之外，我的感覺這個《家變》裏面也很多。那我們看得很清楚，是不是因為老師說除了寫作在所謂的場景變化、內心的改變之外，然後所謂的手法，是不是必須要加入這些元素，才會讓這些戲劇豐富？第二個問題，苗栗作家李喬的《寒夜三部曲》，拍成電視劇之後我看了很失望，因為我覺得它不應該是平鋪直敘，上次我跟康老師有提一下這個事情，因為我是從事影視工作，所以看了《家變》的時候有非常多的感覺，會有很多很多的疑問。如果把它拍成影像資料的話，它夠不夠篇幅去做一個電視劇，還是說用電影的方式，或是說是一種傳記式的？

王文興教授：

想將《家變》拍成電影的導演很多，第一個是唐書璇，講了十年，找不到錢，放棄。第二個是譚家明，這個導演非常好，他早年拍《名劍》（一九八〇年），一部武俠片，拍得非常好。他從香港來，他對台灣一點都不熟，但他一定要拍，也是找不到錢。我也沒反對，我也答應了。後來就是李行、但漢章、張永祥三個人合作。張永祥花了兩年把劇本都寫好了，劇本要我看一下，我（同意，但是）沒有意見，因為我說劇本這樣的話我還是看不出來，畢竟導演還會用image(圖像）把它再加強。後來因為前（段）製作花了太多時間，我就聲明放棄，我說大概我不再拍片了。加起來這樣花掉我將近一、兩年時間，斷斷續續的。起初第一個選汪瑩擔任女主角，還有哪些人，也答應了，我也不反對。所以想拍的是很多，但是這些事情都過去了，因為大家是不可能再拍，後來他們也是找不到地方，去搭布景那很費事，從前但漢章要拍的時候找遍了台灣各地，台糖公司的台南宿舍他已經找到了，也願意借，後來那房子也沒了，光是場景大概就是一個大問題。所以假如要拍的話，我想譚家明怎麼拍？他會在香港搭布景拍嗎？可是我對他滿有信心的，如果他要再來拍的話，我說不定請他可以試一試。

張靄珠教授：在台灣還是找得到日本房子？

王文興教授：

要仿造，你不能再用原來。剛才你的第一個問題是說好像我很強調結構的重要，這句話我承認。我認為所有的藝術其結果都是結構，不光是小說、戲劇、詩，連美術都是。我現在看任何一張畫，大概都是把它當結構來看。尤其圖章，這是中國最高的藝術，任何一塊圖章好的話，除了筆力好，就是結構好。所以這一句話（即：很強調結構的重要）就可以涵蓋一切。另外一個我最佩服的藝術——建築，整個建築就是結構。我還有一個奇怪的想法，我就認為圖章等於建築，他們大概兩邊都沒辦法同意——因為他們就是講結構。所以我個人要說藝術裏邊最高的層次大概就是結構的追求，或者中國人說的布局的追求，這是最好的。因為別的話，好像都可以同意，（即：有目共賞）——因為別的都看得見，看得見的不難，你說結構是隱藏在裏頭，明眼人才看得見，稍微馬虎一點就看不見結構，所以結構其實是最重要的。

今天時間滿晚的了，好，我們下回見。

《家變》逐頁六講

——以評點學與新批評重現《家變》寫作過程

第五講 寫夢

時間：二〇〇七年六月八日（五）19：00~21：30

地點：中央大學文學院二館C2-212教室

主持人：康來新

特約學者：林秀玲教授（台灣師範大學英語學系）

康來新教授：

在座的老師，王老師，還有今天討論人林秀玲老師，大家好！今天很多人遠道而來，特別介紹中央大學中文系邀請的黃衛總老師，美國加州大學Irvine分校東亞語文系教授，這次「第一屆《紅樓夢》與明清文學國際論壇」中擔任主題演講者，明天就回美國了。另外，應該特別介紹的是陳竺筠老師，也就是師母。還有另一對夫妻檔，是林秀玲老師的先生，他是我們中大英文系的產品，現於台師大任教的林境南老師，他中文系轉英文系，然後專攻莎士比亞，很難得。那麼，現在就如常的展開我們的研讀。

原文朗讀（王文興教授聲音檔）：

他看見籬笆門未關，讓風吹得一下關一下張，關上的砰蓬聲不安的響出。這扇籬門是臥室房門了，室內他睡着的黑暗無亮，室外則光亮，門給風吹得一開一關。有一個人影進來。他躊躇片刻，之後他走往他臥着的床前張探着。他識認出這個人是父親。

「爸爸！你回來啦！」他在床上坐起。

「是啊，毛毛，我回來了呵，」父親臉色煥悅，且狀極年青，僅卅餘，且穿着新挺的西裝。「回來了，毛毛，我回來了，回來了……」

「你睡褲拖鞋跑哪去了，爸？」

「在桌燈罩裏。」

「哦，在桌燈罩裏，」他領頭不斷，彷彿對這句答話極滿意。

父親神采煥發四顧着，他記得父親從離家起迄今快有六年了。

「你一直都去哪兒了啊？」母親笑吟吟的問，她極為年輕，也衹二十三十，耳際還貼一朵玉蘭花。

父親張口答着，但聽不清在說些什麼。

「真好，爸爸回家來了，」母親笑吟吟，容貌極年輕的唸聲說。

「毛毛，我回來了……」

「爸爸回來了！爸爸回來了！」他歡呼道。

「醒醒，醒醒，毛毛，」他張眼見母親站在床前：「已經半夜一點半了，你爸爸人還沒回來！」

母親是個白髮蒼茫的老嫗。

「他上哪去了？毛毛，夜這樣深了啊！」

他即時了解出父親出外的原因：他父親不堪忍受他的虐待逃走了。

「奇怪，怎會去得這樣久，」他輕說。

他忽聽見一陣悲泣。他的母親破聲啼哭了。

「停住，給我停住！」他怒哮，「你要把我吵瘋！」

這樣一件難見而嚴重的災禍發生在他頭上了，他想，一件可以轟動全省的社會新聞，一件無法不外揚的家庭恥事。

「天太暗，做不了甚麼，我們候等天亮罷！」他微聲道。

五點鐘天亮了，晨光亮明了走廊，但見衣服狼藉於各向，廊邊的桌子上玻璃杯錯列着，還有一把銅茶匙，一條揉起的手絹。他走過父母親房間時窺見室中床褥整潔周正，沒看到睡過的痕跡。他們收輕手腳地移動，恐天亮即起的動況使鄰居生疑。

他決定出去尋找父親。他擬先到父親舊日友人們的家看看。惟他不宜教他們知道內情。他想出一個藉口：他父親要他代詢一位朋友的近址——張伯伯，數年前離開台北上高雄去的。父親不在那家，或對方未說父親來過時，他就用這藉口。

他又去搜察一番他父親長褲的口袋（希望能找到甚麼留字的紙條），見其中沒有這類東西，只有一張一塊錢的票子。他想他的父親離走時未攜分文。（父親平日時袋中皆僅有一元）。他向母親探問父親有無帶走其他錢幣，母親答說沒有，皮包裏的藏錢無短少。依此推探，父親似就在房屋四近。但他的襯衫消失了，他顯然前赴了某一地。

但他對父親忽然離辭的原因殊覺費解。昨天在父親離走前他跟父親間並無任何的爭吵。前天，他顧察，也無爭吵。（但他知道日常的冷寒足以驅追得他奔亡）。但導致突然行動的近因呢？是甚麼近因？

康來新教授：我剛才忘記介紹，張素貞教授。

王文興教授：

還要介紹一位遠從加拿大Calgary大學來的黃恕寧教授（Department of Germanic, Slavic, and East Asian Studies），教現代文學的。好，我們看今天的開始，先是一段夢，這個夢也等於是一段戲劇，所以也是看成另外一種戲劇的處理。這個戲劇的時空跟前面完全不同，畢竟是夢的時空。先是「他看見籬笆門未關，讓風吹得一下關一下張，關上的砰蓬聲不安的響出」，這句話上次講過，這句話必須回到前不遠的籬笆門最後一次的描寫。我們說過，他夢裏的這一開始，顯然是不久以前他做的一件事情的回憶、記憶，那個記憶在夢裏頭出現。前兩頁他把籬笆門打開，沒有關上，所以現在他夢見的是籬笆門沒有關，被風吹得一下關一下張，有很響的撞門的聲音。這很響的撞門聲音，可能是有，也可能是無，也許外頭是起風，上回有人講過，呼應小說開始第一句「一個多風的下午」，所以可能是起風；而也可能只是夢裏邊的風，和外頭沒有關係。但這一下子關一下子開的很重的聲音，總而言之是讓他很不舒服、很不安的。所以這還有一個可能，這個撞門的聲音，又有可能是跟什麼有關係？再一個可能那就是他現在的心跳聲，他心情不安的時候，自己心情不安的夢裏面的心跳聲，跟這個撞門的聲音是可以配合的。下一句。

原文朗讀：

這扇籬門是臥室房門了，室內他睡着的黑暗無亮，室外則光亮，門給風吹得一開一關。

王文興教授：

室內他應該是睡著的，按照我們解釋，這第二句是一句transition，一句過渡的敘述。這是夢，在夢裏邊，空間隨時變來變去，前一刻是外頭籬笆門，第二刻這個門居然是臥室的門，由戶外過渡到室內睡房的門。「室內他睡着的黑暗無亮」，這句的文法是，「他睡着的」（也就）是「他睡著的地方」，「他睡着的」是形容前面的「室內」，「室內他睡着的」，這個室內是黑暗無亮，這句的句法是如此。這句除了transition的功能以外，重要的是這句「光」和「影」的描寫。在這句裏應該可以看到比較明顯的光和影的對比。就是，這個屋子裏頭，房間裏頭是全黑，房間門以外是明亮，是非常的亮，然後一扇門吹得一關一開。那麼，這個光、暗的對比，又是強調再度的脫離現實。這個光暗的對比，超過我們平時的光暗對比，更加強調了。一旦更強調，可能有一個效果，就會有unreal的效果，不真實的效果。換句話說，這光亮的效果，不是我們生活裏明暗的對比，而是某些攝影的明暗的對比。某些特別強調攝影光暗的，這種明暗的對比，我們都曉得是暗房特別製造出來的——所以不是完全寫實——是修改過的，光暗誇大的對比。（那麼）這個誇大對比的意思就是要讓這句話脫離現實，你說是unreal也可以，我們還是再用surreal這個字，就是說，它跟現實有一段距離，而這個surreal的效果，就在描寫這是一個夢境。這不是一個現實的明暗的對比。下一句。

原文朗讀：

有一個人影進來。他躊躇片刻，之後他走往他臥着的床前張探着。他識認出這個人是父親。

王文興教授：

剛才surreal的明暗之中，有一個人影進來。這個人影進來，他的行為看起來恐怕都跟現實脫離，跟現實情況距離比較遠。因為，大概在這個情況之下的人影，恐怕是個小偷之類，或是一個間諜之類，所以，整個場景又是一個攝影上誇張的場景。這個人進來，恐怕動作也很敏捷。「他躊躇片刻，之後他走往他臥着的床前張探着」，這裏兩個「他」，但事實上要分清誰是第一個他，誰是第二個他。當然，「他躊躇片刻」，這是進來的人，「之後他走往」，第一個「他」還是進來的人，「他走往他臥着的」，第二個「他」是床上睡的人，是這個兒子。他走到他臥著的床前張探著，張頭探腦看著。「他識認出這個人是父親」，這一個「他」，又是兒子，他識出這個人是父親。下面。

原文朗讀：

「爸爸！你回來啦！」他在床上坐起。

「是啊，毛毛，我回來了呵，」父親臉色煥悅，且狀極年青，僅卅餘，且穿着新挺的西裝。「回來了，毛毛，我回來了，回來了……」

王文興教授：

「『爸爸！你回來啦！』他在床上坐起。」，「是啊，毛毛，我回來了呵」，這是這兩個人的對話。這個父親臉色很歡喜，這跟前面所講的是一個明顯對照——對比，前面假如這個父親回來也不可能這麼興高采烈。不但表情這麼高興，且年輕得很，回到年輕的時候去了。大概只有三十來歲。而且很奇怪，服裝筆挺，是新的西裝。他說：「是啊，毛毛，我回來了呵，」、「回來了，毛毛，我回來了，回來了……」，這樣幾次重複同樣的話，再怎麼樣也不可能是現實，當然是夢境才會出現這樣奇怪的表情跟奇怪的語言。這語言有些奇怪，在這場夢裏，有三個字是一直重複，那就是「回來了」這三個字，重複了無數次。上一回張靄珠老師講的「motif」，大家還記得吧？（那麼）就在這場夢裏面，有個地方要看成是重複的motif，音樂主題的重複演奏，就是「回來了」這三個字。這三個字「回來了」，在父親口裏不停的講，講得有點可笑，使得這個父親講的話像什麼？就像一個兒童，不像是一個大人講話。他像兒童唱歌一樣，一直唱一直唱一直這樣唱——後面這個兒子也講這個字。（那麼）這個字成為motif的意思，也可以有其解釋。為什麼在這個夢裏頭出現許多次「回來了」這三個字呢？我們稱它motif，當然更好應該叫leitmotif，小主題，因為是比（這個）主題更小，更微細的一個副主題。所以到現在，這父親講話的時候，就可以先解釋這個leitmotif，小主題，的意思。為什麼在這個夢裏頭屢次出現這三個字？[11]

洪珊慧：看見心中的渴望。

王文興教授：

對。既然是他的夢，這個夢是他的一種心理投射，而且夢最容易是心裏最基本願望的投射，是一種primordial longing，很原始的一種願望。這是做夢的人心裏的願望。他把這個願望在夢裏分配給每一個人，到處都出現這個願望。所以，先這個父親說：「我回來了」。

11　王文興教授校對時修正稱：leitmotif 應為leitmotif 之誤。且leitmotif 才是大主題，或稱正主題，motif 只是主題。二字錯誤，後文修正據此。

而且很年輕，只有三十幾歲。這也是這個夢的一個特點，在夢裏頭，時間跟空間是很不合理的，常常時間跟空間是沒有界限，是流動的。一下子這個時間可以是現在，一下子又可以跟從前混合在一起。

空間、地點也可以如此。我們已經看到前幾句是地點的混合。例如上一段。這個房間的改變，（好比）臥室跟籬笆門——兩個門的交換。

現在這個父親看起來很年輕，只有三十幾歲。上回康老師指出這個字應該念「卅」。我當初是這個字「三十」的意思，沒有寫「三十」兩個字，就是因為，那樣多一字，這句太長。我寫這個「卅」，本來還可以選擇寫另一個「三十」，就是阿拉伯數字的「30」，寫阿拉伯數字「30」，那我要怎麼唸？我還是唸「三十」，所以當時是這樣唸法，可以把這個字當成是阿拉伯數字的話，那麼還是說「三十」餘，變成兩個音。

這個父親看起來很年輕，情況好得很。又高興，衣服穿得又漂亮。假如解釋夢裏面出現的這一句，那又該怎麼樣解釋？那也是這個范曄的願望，他的極原始願望。他心裏想，要能夠是從前這個樣子多好？不但是年齡好，心情也好，還有樣子也好，還有呢？經濟環境也好。

那麼，這個父親就像唱兒歌一樣幼稚的叫：「回來了，毛毛，我回來了，回來了……」，很不合理地這樣喊。下面，范曄也很高興，「你睡褲拖鞋跑哪去了，爸？」他問，他為什麼突然問這一句呢？也該有個理由，雖然夢裏什麼都可以不合理，但他問這一句是不是也該有個根據？

同學：白天的疑問。

王文興教授：白天的疑問，白天前面一直疑問什麼呢？

同學：他穿著睡褲拖鞋跑哪去了？

王文興教授：

所以，范曄老早就記得什麼？記得他父親出門時只穿了睡褲跟拖鞋！所以他很奇怪，現在夢裏面出現的不是穿睡褲跟拖鞋的人，而是換了一身這麼好的西裝的人。所以他說：「你睡褲拖鞋跑哪去了，爸？」你走時不是穿那一身嘛？那你那一身衣服到哪去了啊？爸？所以，不太合理，因為，如果很高興的話，也該問別的，比較抽象的話，現在他問這樣detailed（細節）的話——這句話問得也不合理，他這樣問。他回答：「在桌燈罩裏，」更沒有道理。怎麼，突然，衣服跑哪去呢？在那個很小的檯燈燈罩裏面，非常absurd（荒謬）的回答。聽的人呢？「哦，在桌燈罩裏」，他也同意了，很好，「『哦，在桌燈罩裏，』他領頭不斷，彷彿對這句答話極滿意。」他也一樣不合理。怎麼會在夢裏面出現「在桌燈罩裏」這一句irrational，不合理的話，是為什麼？那什麼都可以不合理，也可以說在屋頂上，也可以說在哪個不合理的地方，為什麼要這個不合理是在桌燈罩裏？

洪珊慧：范曄之前在桌燈旁看書，當知道父親離家之後，他也是在桌燈旁邊默坐。

王文興教授：

這個「桌燈罩裏」前面出現過兩次，都是在他開燈的時候，所以是前不久他開燈的印象遺留。這樣的兩句話，它的不合理，變成是到現在為止的comic relief（喜劇抒解），在前面長時間低氣壓的一些描寫裏，出現喜劇的穿插，短暫喜劇的穿插。在不時的低氣壓之中，是要安排一些喜劇的解脫。

現在這裏是一個地方，在前面也還有另外一個comic relief，剛才說間歇性，所以這不是第一次。前面這個comic relief在什麼地方？楊太太，可以，比如楊太太哪一句話？「吃過飯了嗎？」那一句話，好，那是一個地方。還有沒有？還有間歇的，再不久，又有一次。煤球渣也有一點好笑，至少我們今天看來，居然有這樣的用處。還有，在後面，上一頁，他一下子一升一降的歡喜跟失望，上一頁的忽啼忽笑的想像力，那是我們上次講過的。好，這是可笑的地方，他現在同意，「哦，『在桌燈罩裏』，他領頭不斷，彷彿對這句答話極滿意。」好，那我們再回到原文，蕭瑞莆老師。

蕭瑞莆教授：

父親神采煥發四顧着，他記得父親從離家起迄今快有六年了。

「你一直都去哪兒了啊？」母親笑吟吟的問，她極為年輕，也衹二十三十，耳際還貼一朵玉蘭花。

父親張口答着，但聽不清在說些什麼。

「真好，爸爸回家來了，」母親笑吟吟，容貌極年輕的唸聲說。

王文興教授：

好，這父親還是那樣神采奕奕，而且東看西看。「他記得父親從離家起迄今快有六年了」，那我們又看到在夢裏面時間的混亂，時間之間沒有界線。「他記得父親從離家起迄今快有六年了。」這個六年，使得很多地方更混亂了。假如父親離家六年，現在更七老八十了，他的年輕相貌就更不合理了。為什麼會有這句「他記得父親從離家起迄今快有六年了」？為什麼會有標註時間的這一句出現？范曄自己心裏感覺很久，或者現在是超前的擔憂，擔憂到父親這一去恐怕是長久不會回來，所以他的擔憂在這個時間裏出現。

然後，還不只父子兩個人，還有第三個人也在旁邊。「『你一直都去哪兒了啊？』母親笑吟吟的問，」旁邊又出現一個人，而這人又是很年輕的，又回到從前了。這個人是他的母親。也只有二十三十的年齡，耳朵旁還別了一朵花兒。這個母親笑吟吟的問，好像很高興。這一家人現在都很高興。而這個高興恐怕是要回溯到范曄個人的回憶上。就是，從前他們大約是如此，從前他們可以這麼樣歡喜，這麼高興。

「你一直都去哪兒了啊？」這完全也沒有重逢的感覺，而純粹只是單純高興的感覺，這也不合理。她問他說，這六年你都到哪去啦？「父親張口答着，但聽不清在說些什麼。」父親回答，但這個聲音消音消掉了，我們都沒聽到。范曄也沒聽到。這句話還是不說的好，因為去哪裏還是個mystery（謎），不知道他去哪裏，這句話是沒有答案的。

「『真好，爸爸回家來了，』母親笑吟吟，容貌極年輕的唸聲說。」她是那麼高興，人人都很高興，「毛毛，我回來了⋯⋯」這個父親又這樣不合理的像兒童一樣喊。「『爸爸回來了！爸爸回來了！』他歡呼道。」他應該是現在的年齡，但現在他好像是個五、六歲的小孩一樣，在床上跳起來，這樣的喊。於是，這個「回來了」，三個字，不斷的重複，重複是有它的理由。下面，我們請李栩鈺老師唸。

李栩鈺教授：

「醒醒，醒醒，毛毛，」他張眼見母親站在床前：「已經半夜一點半了，你爸爸人還沒回來！」

母親是個白髮蒼茫的老嫗。

「他上哪去了？毛毛，夜這樣深了啊！」

他即時了解出父親出外的原因：他父親不堪忍受他的虐待逃走了。

「奇怪，怎會去得這樣久，」他輕說。

他忽聽見一陣悲泣。他的母親破聲啼哭了。

「停住，給我停住！」他怒哮，「你要把我吵瘋！」

這樣一件難見而嚴重的災禍發生在他頭上了，他想，一件可以轟動全省的社會新聞，一件無法不外揚的家庭恥事。

王文興教授：

這個夢也不長，這個夢就做到他興高采烈的時候，突然打斷了。很突然的，他緊接著聽見下一個聲音：「醒醒，醒醒，毛毛。」然後眼睛看見母親站在床前。「已經半夜一點半了，你爸爸人還沒回來！」這時，前一句是夢，後一句是現實。他正在歡呼高興的時候，怎麼會突然醒了呢？那是被後一句吵醒了，等於被搖醒。搖醒之後，也可以看成又是一小段短劇、一段短場。

首先，醒了以後，這個短戲，前後必須要有很強的對比。很強的對比就是，前一陣做夢，夢想爸爸回來了，很高興，然後現實很強的對比是，完全不是那麼回事，反而是沒有回來的這樣一個現實。所以，當「醒醒，醒醒」這句出現時，特別要注意前後的強烈對比——那諷刺性的對比。就是上一句說：「爸爸回來了！」，下面母親說：「你爸爸人還沒回來！」，剛好相反的對比。

除了語言諷刺性的對比外，再來也是形象的對比。下一句：「母親是個白髮蒼茫的老嫗。」很憔悴的一個老太太。這個形象的對比，和前一秒夢中才看見的有什麼不同？現在，站在面前的和前一刻才看的有什麼不同？前面她是二十、三十。她的打扮，高高興興，一直都是很歡喜地笑，這一下就晚了幾十年。在眼前，她的image也是完全不同，完全相反。然後母親說：「他上哪去了？毛毛，夜這樣深了啊！」這句話當然是寫母親的焦慮，她本身的很痛苦的焦慮。於是，「他即時了解出父親出外的原因：他父親不堪忍受他的虐待逃走了。」答案在這裏出來了。在這個短劇裏的重要意思，除了他醒過來以外，重要的就是有一個最後清楚的了解，了解父親真的就是，為了他們的可怕的關係，而出走了。他的了解，在一般戲劇裏面，我們稱「take off」，意思就是「真相大白」，或者叫「the final outcome」。到現在，他不得不承認這個真相大白，最後的答案了，所以接下來說，「『奇怪，怎會去得這樣久，』他輕說。」他輕說就是他的自言自語，為什麼自言自語？就是上一句對現在真相大白已經了解，所以他現在輕輕的說。

然後，「他忽聽見一陣悲泣」。這也是在他輕聲說之後的另外一個對比。突然的，在他的輕輕講話完安靜的時候，這邊破聲大哭。「他的母親破聲啼哭了」。他母親的啼哭，一直到現在才發生，從前面算起，有幾個小時？如果從下午四點算的話，到現在半夜一、兩點，也是很長的時間了。八、九個小時的時間，他的母親都沒哭一聲。現在這一聲可以回頭再呼應前面的沒有哭。這一聲的哭，顯得像是火山爆發一樣，像是地底下的火山，突然在這時候爆發了。前面積蓄下來的情緒，現在破聲啼哭。

所以他又大喊：「停住！給我停住！你要把我吵瘋！」在這種時候，跟前面一樣——他後來幾次的憤怒，都是色厲內荏的憤怒——事實上，都是因為心虛所以才憤怒。「這樣一件難見而嚴重的災禍發生在他頭上了，」這一句話還是剛才真相大白那一句的重複，他現在肯定可以定位家裏發生了什麼事情。前面經過許許多多的檢討、尋找證據等等，都還不能很確定，現在是定案了。所以這一句，也是真相大白的一句肯定的話。在這肯定以後，這個場面也要結束。他說：「『天太暗，做不了甚麼，我們候等天亮罷！』他微聲道。」他講話聲音很輕。這一回他講話聲音很輕。跟上一回「『奇怪，怎麼去得這麼久？』他輕說。」有一點不一樣。前面講話的「輕」，剛才解釋是自言自語的「輕」，現在這一句，醒了以後的短戲，這一句「『天太暗，做不了甚麼，我們候等天亮罷！』他微聲道。」的「輕」是為什麼？這一句的「輕」，等不等於自言自語？不等於，所以這一句的「輕」應該是什麼理由？

同學：對外人要保密，也是勸他母親。

洪珊慧：他力不從心，還有，幕要暗了，這幕戲即將結束。

王文興教授：

一個是要保密，還有呢？也是勸他母親。這一句現在的「輕」聲，的確，主要是defeat，他完全失敗了。他完全站不起來了，現在要面對眼前的災難，他力不從心。現在這一幕也要結束，也沒有幕可以拉，所以就讓他講一句話，輕聲講一句話，後面沒有聲音，這段戲也就停止，也是一個休止符的意思。於是，就結束了這場，夢以後的，這場戲。那麼，既然有了那個夢，一定要跟上醒了以後的這一頁的短戲，這個理由，除了對比以外，最要緊的是把「真相大白」這件事情肯定。那麼，醒的戲相對於前面夢的戲而言，醒的戲不但可以看成是夢的戲的續集，the sequel，也可以看成是夢的戲的尾聲，因為夢完了以後，要怎麼樣再加一個尾聲，就是epilogue。後面這幕戲，是前面這幕戲的尾聲。這個尾聲，在寫的時候，它的功能目的最重要的是在尾聲裏面把「真相大白」這個事實寫出來，這是尾聲最重要的目的。可是，如果只寫一個真相大白的話，可能又太平淡。所以在寫真相大白的時候，需要有一個曲折，這個曲折，就加在這段的安排裏。比如說，如果只需要真相大白，不需要曲折的話，只要寫到他了解父親出外的原因時就好，因為這一句已經可以到達真相大白的目的。如果這樣的話，太平淡一點。所以這個真相大白的出現需要有個曲折。這個曲折就是剛才這一句的下面所寫，就是放在母親的突然放聲啼哭上。因為母親的突然放聲啼哭，所以他又有一陣咆哮。兩人之間又有一陣的語言衝突。這是放進去的句子，讓這個final outcome不會是平淡的交代，而是多一個波折。

「『天太暗，做不了甚麼，我們候等天亮罷！』他微聲道」，這一幕在這兒結束。關於那天下午開始，父親不見的神祕失蹤，從前面到這兒一共是八頁的敘述，而這八頁所寫的最大的考慮，就是必須是有許多的episodes（事件），放很多的小遭遇，讓它接二連三、不同的遭遇串連起來。串連多久？就是剛才康老師說的九小時。所有這些串連，都沒有超過一頁，大概半頁左右。所有這些串連都把它當成短劇來寫。既然是串連，第一要注意，就是不能重複。必須使得每一個episode，在性質上都有所不同。最容易讓它有不同的，就是場景裏外的不同。

裏外空間的不同以外，剩下的還能改變的就是內心的空間。在做夢之前有沒有別的內心空間？前面有過其他的內心空間。最明顯的就是他時悲時樂的幻想。這種幻想，畢竟還是理性的，是人醒的時候的幻想。所以再一次的內在空間、內在世界的，要有所不同，就是最後這一次夢的不同。這個夢，也是他的內在世界，這個內在世界就不是白日夢、幻想，而是真正的夢。在最後，這個夢的安排，也是要調節前面，避免內在世界有所重複。大致到剛才「我們候等天亮罷！」，前面的一大段告一個段落。他從尋找，到確定父親不在了的這一大段的追尋告一個段落。下面，劉惠華老師，請唸。

劉惠華：

五點鐘天亮了，晨光亮明了走廊，但見衣服狼藉於各向，廊邊的桌子上玻璃杯錯列着，還有一把銅茶匙，一條揉起的手絹。他走過父母親房間時窺見室中床褥整潔周正，沒看到睡過的痕跡。他們收輕手腳地移動，恐天亮即起的動況使鄰居生疑。

王文興教授：

「五點鐘天亮了，晨光亮明了走廊，但見衣服狼藉於各向」。雖然我們脫離了前面episode的大段歷史的敘述，也脫離了前面戲劇的分場，現在從天亮了開始寫，還是要採用episode的方法。只不過現在分場，沒有前面分的那樣清楚。比如說剛才這一小段，還是可以看到分場的痕跡。因為現在的分場，是限定一個時間，daybreak，五點鐘的時候。黎明時候的一個有限度空間的場景。現在首先說，「五點鐘天亮了」。這個「五點鐘」，跟他前一句說「天太暗」的時間，中間有沒有距離？三、四個小時。所以現在這一句「五點鐘天亮了，」中間就不談了。不提了。現在是提天亮。

那麼，「五點鐘天亮了」，多少要符合最早的時間。最早的時間，我們從前面可以斷定，是幾月？「四月」。前面屢次的，其他的證明裏面，沒有明白寫，但可以證明是四月。四月，「五點鐘」天亮差不多，所以這個時間也在證明（四月）五點鐘天亮了，如果四點半天亮，那就是五月或者六月。「五點鐘天亮了」，這個場面就完全寫天亮時候的光線，跟所看到的。「晨光亮明了走廊」，這個晨光，不會是太陽，不是金光，這只是隱隱的、青色的光線。這個場面是要如此的看。地點局限於這條屋子裏頭的走廊上，光線是清早五點的光線，不是金光閃閃的朝陽。五點鐘天亮了，是如此。「晨光亮明了走廊」，只看見衣服到處亂丟。這到處亂丟：丟在地上，丟在椅子上、桌子上。「廊邊的桌子上玻璃杯錯列着」，在走廊上有一張桌子。這集中的寫，一個 close shot，詳細的 close up，照這個桌子上所擺的東西。這個桌子上放一些玻璃杯，沒有整齊的放，亂放一通，恐怕玻璃杯也是大大小小不一致。「還有一把銅茶匙」，一把銅的、喝茶用的小茶匙。還有「一條揉起的手絹」，一條手帕，顯然是很軟的、很薄的，且不是整齊的，而是揉成一團的。在桌上是這些。這個場面過了以後，下面是第二個場面。

「他走過父母親房間時窺見室中床褥整潔周正，沒看到睡過的痕跡。」這是兩個短場，都沒有戲劇。沒有人物的活動、沒有人物的對話，只是地點的景色。前面是走廊的部分，跟桌上的詳細的圖畫，然後是他走過父母親房間所看到的。先看這第一個場面。在走廊上所寫，第一個除了衣服以外，就是寫桌上。寫衣服有一個理由。這個衣服是誰的衣服呢？這幾個小時裏，這個屋子裏只有兩個人。所以應該是，他和母親，在這幾個小時裏頭，要穿的衣服，有冷有熱。這些衣服，就隨便到處亂丟。為什麼這衣服是如此的凌亂？限於這兩個人的衣服——就是他們沒有心情去整理了——所以，所有的衣服暫時是如此。這是衣服的理由。

然後，在桌子上的杯盤等等，這有三個選擇。一個選擇是玻璃杯，再一個選擇是那把銅茶匙，第三個就是那條手帕。按理說，這三樣東西是毫無關係，好像很偶然，很隨便的放在一起，但是還可以分別的講它存在的理由。這裏玻璃杯錯列，也可以看成是跟前面衣服的錯列一樣，可能在四、五個小時裏面他們也喝了水。要是心情不亂的話，心情好的話，用過以後也許就該放整齊一點，收拾起來。（現在則像衣服那樣，）這又是玻璃杯沒有收拾的現象，大大小小玻璃杯沒有收拾的現象。第二點就是那把銅茶匙，什麼理由它在這裏？理由不是很強，不太可能說，在這四、五個小時裏面他們還很用心的泡茶或泡咖啡……，不太可能，所以這個銅茶匙擺在這兒更沒有理由了。那麼，如果有理由，可能是原先就擺在杯盤的旁邊，只是擺得整齊一點，而現在，並不是用它，而是它本來就在這兒，所以就沒有理由的橫在杯子當中。然後，第三個，可能是更沒來由的一樣東西，就是這條手帕。如果這個桌上本來擺的，擺了一些整齊的盤子、玻璃杯，加上一把茶匙也還可以，平常是如此——但是平常桌上有這麼一條手帕嗎？不太可能，所以這一條手帕在目前更是——accidentally——很偶然的存在。也是非理性的一個存在。這條手帕再不合理也該有它的理由，那是為什麼呢？

洪珊慧：母親用來擦眼淚的。

王文興教授：

對！也許是他母親用來擦眼淚的時候，隨便用完就丟在桌上，所以是一條揉起的手絹。這是在天剛亮的時候、灰濛濛的亮光裏所看到的。當時寫這一句的時候，寫「廊邊的桌子上玻璃杯錯列着，還有一把銅茶匙，一條揉起的手絹。」桌上這一些東西的時候，首先就是剛才的考慮，就是怎麼樣要寫每樣東西都沒理由，最要緊就是要寫互不關聯，然後再找出沒理由中的理由，畢竟背後還要有一個原因。要選擇這三樣來寫，必須要有一個model，要有一個可以借用的情況，大概是借用什麼樣的情境才會出現這一句話？

洪珊慧：靜物畫。

王文興教授：

靜物畫。就是說把它當作一個靜物畫來寫，這也是考慮過，當作畫靜物時候那些個道具的安排。這也是之一。那麼，還有什麼考慮？

洪珊慧：心情嗎？

王文興教授：

這個可以反映心情，是的。是不是還有更方便，可以借用的情境，可以移植到這個地方？

洪珊慧：家的生活。

王文興教授：對，什麼時候的家的生活？

洪珊慧：

桌上這些物件都是家裏的人經常使用的東西，也許玻璃杯是大家喝水用的，銅茶匙原是父親常用的，手絹是母親的，現在這些東西都是凌亂的……。

王文興教授：

的確是，第一個是剛才說的，是一張 still life，一張寫生畫。那麼第二個就是家庭生活的借用——尤其是家庭生活裏面的哪一種情境，是完整的移植到這個地方？

林秀玲教授：早上上學匆忙的時候。

王文興教授：

好，早上上學匆忙的時候，這我想很接近。還有呢？類似這樣，再進一步。

尹子玉：媽媽一晚沒睡所造成的情況。

王文興教授：

這的確，這三樣東西可能都跟他母親前幾個小時的活動有關係。好，那麼這樣的話，那個情境還是現在的情境？但我是說，當時寫這一行的時候，是借用一個情境，把它移植過來，

劉逢聲導演：家中有產生一些變化。

王文興教授：變化？比如什麼樣的變化？

洪珊慧：父親在的時候是整齊的。

王文興教授：

如果是這樣的話那還是現在的情境，我沒有借用，是不是？還是家裏少一個人著慌以後的情境？那等於沒有借用，等於是直接在寫，但是我當時寫的時候是借用一下。

黃啟峰：父母吵架，父親離家出走。

王文興教授：

那還是差不多，還是有一個人missing，有一個人不在。因為（現在）這種時候畢竟太戲劇化了，不常見，要找一個更熟悉的情境我們可以借用過來。

同學：平常喝下午茶的時候。

王文興教授：平常喝下午茶的時候會有這條手絹嗎？

同學：和媽媽吵架的時候。

王文興教授：

現在這個情境畢竟是我們所不熟悉的情境，陌生的情境，我們都覺得，一百個家裏難得出現這麼一個，那我借用的時候只能借熟見的情境，所以那熟見的情境應該是什麼？

黃恕寧教授：一家人心情都很不好的時候。

王文興教授：對，什麼時候家裏熟見的情形，一家人心情都很不好？

康來新教授：生病的時候。

王文興教授：

對！生病的時候！當時是借用這個比較熟悉的情境！我稍微解釋一下，寫這一句的時候，遭遇到問題，在許多能借用的情況之下，就選擇了借用生病時候的情況。一家有人生病的時候，早起的殘餘的局面是如此。

這個場面完了之後，是下一個短場。是經過一個房間。那是范曄經過父母親的房間——看見一個很陌生的現象，就是這房間裏的床鋪還是整整齊齊，沒有人睡過。這和平常不一樣。平常一夜之後，一定是用過的，而現在摺疊得好好的，四四方方的豆腐干的被窩，像軍隊的內務一樣。一點文風不動，還是一樣整齊。這是這一段的重點——那麼，這一段的重點背後的理由——當然就比較容易了解。為什麼這個房間還是那麼整齊？床鋪上的bedding還是整整齊齊？

洪珊慧：父親不在了，母親整夜沒睡。

王文興教授：

父親不在！母親也不睡！母親也是碰都沒碰！這個床上擺的東西碰都沒有碰。她一夜沒闔眼，根本沒有上過床。所以這是范曄經過時所看到的。

因為是五點鐘，四周圍還是很安靜，很多人還在睡覺，他們就已經開始走動了，特別要放輕手腳，就怕四周圍鄰居也會聽見。那麼聲音大了，會覺得——他們為什麼這麼早起來？當然這其實是主觀的過度的擔憂，也因為心虛的關係。所以他們會特別小心——特別收輕了手腳。

今天的時間又到了，就講到這一句，講到這個場面講完。

康來新教授：

下面輪到林秀玲老師的對談。今天的講義附有林秀玲老師當年幫《中外文學》編的「王文興專號」（第三十卷第六期，二〇〇一年十一月）的〈王文興專號・序〉一文。我聽說最近《印刻文學生活誌》（二〇〇七年五月號）作邱坤良先生的專輯，邱坤良先生出生於南方澳，王老師為這個專輯還寫了一篇文章。

另外一份資料是老師上個禮拜提供給我的。老師在台灣出版的十五篇短篇小說，有八篇翻譯成法文出版，書名用的是其實最少被討論的〈海濱聖母節〉，這是以前秀玲在編這個專號的時候，希望我能夠寫這篇，結果我還是沒有寫。

林秀玲教授：你後來寫了嗎？

康來新教授：

沒有。但是秀玲很熱心邀我去南方澳的媽祖生，走訪本文發生之地。〈海濱聖母節〉寫台灣一個濱海漁村，媽祖生日迎神賽會間一個突然的死亡事件。差不多六年以前，我們真的在農曆三月去南方澳「瘋媽祖」。以前很好奇王老師怎麼會寫這麼一個鄉土經驗的東西？後來從秀玲主編的專號，才知道原來老師在南方澳服兵役，南方澳其實是後來老師另外一篇比較有政治意義的《背海的人》、那個「爺」待的地方。突然覺得在台灣，男生常常有一些經驗是不屬於我們女生的，比方服兵役，這一點好像滿「性／別」的。老師在南方澳服兵役，才讓我領悟老師之所以有這樣的鄉土經驗。好，秀玲，該輪到你了！

林秀玲教授：

我覺得今天有點時空之旅，今天上六堂課，中午又一個meeting，到下午四點的時候其實人已經很累很累，我們教書大概都有這個經驗。之後我就等著要來中壢，來中央大學對我來講是一個遠離台北的時空之旅，把我帶離了台北，一個令人疲倦的地方。因為我跟王老師同車，覺得這個時空之旅好像回到我的過去，碰到王老師我總會想到二十多年前的我跟王老師上課時的一些感覺。今天開始讀這篇小說，這裏面的范曄又在夢中，大家又經過一個時間之旅，對不對？我就有點好奇，這夢裏面的范曄年紀到底多大？因為夢裏面他的父母親是二、三十歲的，是他又回到他是小時候的嗎？我剛跟隨著王老師沿著這個夢境，尤其一開始的時候，王老師錄音的那段聲音，讓我有一個很嶄新、又有些震撼的感覺，好像覺得回到五十年代，我小時候聽收音機、說書的那個感覺，因為這個故事的背景大概差不多四、五〇年代吧？

康來新教授：老師第一頁的手稿是一九六六年，老師手稿的日期，有年有月有日。

林秀玲教授：

我覺得王老師的聲音真的跟二、三十年前沒什麼變，那個聲音很舒緩、很有魅力的，魅力就在於很簡潔、很舒緩、很原始、很樸實的一個聲音。讓我想起五十年代，小時候經過的那個年代，我會跟著媽媽聽廣播劇，我們以前是聽台語的吳樂天，如果大家有經驗的話。我還想到前一陣子坐計程車時，司機播放吳樂天的廖添丁的故事，我問他說：「咦？你有錄音喔！」他說：「有。」我說：「吳樂天還活著嗎？」他說：「不知道耶！」之前好像有一個他的新聞，司機說吳樂天好像還活著。我今天想談的是這個時空之旅，我覺得很幸福，二十多年前當王老師的學生，我那時候聽的是D. H. 勞倫斯的《兒子與情人》，我從來沒有機會聽王老師唸自己的小說，所以易鵬老師現在所做的錄音其實很珍貴，或許以後可以弄個電台，以說書的形式，不然或是有聲書，讓大家可以聽得到當代作家的朗讀。尤其現在數位科技那麼發達，現代作家也比以前的作家幸運多了，現代讀者也比以前讀者幸福多了。

今天教英美文學史裏頭，我們可以聽得到佛特斯（Robert Frost）、龐德（Ezra Pound）、葉慈（W. B. Yeats）朗誦自己的詩的聲音，可以比較清楚的知道，他們是怎麼樣用聲音來表達他們自己的文字。在國外常常聽到作家朗讀自己的作品，台灣有時候把朗讀變得很戲劇化，變得像一種表演，有時候故意用個配樂，或者說聲音抑揚頓挫用得很誇張，其實是不需要的。我覺得一個作家很樸實的聲音最能感動人。我聽過奚尼（Seamus Heaney）在哈佛朗誦他的詩，其實就是像我們平常人在讀詩一樣，只不過你會聽到他每個字，他的表達方式哪邊有停頓，哪邊有些什麼樣的音韻節奏，所以我真的很感謝康老師給我這個機會到這裏來。

康來新教授：

幾乎我們邀請的每位對談人以前都上過王老師的課，都提到老師細讀過哪些作品，所以這次能來聽老師自己講自己的小說，都覺得我們中大創造了一個很好的機會。

林秀玲教授：

我剛剛就在想，二十多年了，老師上課方式也沒什麼大變化，他點名，我剛就很怕我被點到。可是我在當學生的時候很勇於發言，我就覺得我現在年紀比較大了——

康來新教授：發言多，老師分數給得高。

林秀玲教授：

不一定吧，我不知道，老師有時候故意跳掉我不叫我講話，有時候我舉手老師就不點我，而點其他同學。可是我就發現我現在年紀大了，就比較不愛講話了，很怕講錯話，看到老師以後就很怕講錯話。

我回國沒多久之後，剛好《中外文學》請我編「王文興專號」，我初步有個構想，我記得在台大那邊有一個咖啡廳，學校後門的地方，就找王老師、易鵬，我們大約聊了一下，我把一些想法跟王老師講了。溝通的結果是，當時我認為《家變》已經比較多人討論，那個時候《背海的人》討論的人比較少，所以我想把重點放在《背海的人》上面。

因為在國外受的是檔案研究訓練，我覺得台灣這方面做得比較少，在座如果有研究生想要寫論文，我倒是覺得台灣比較注重的是出版以後的東西，在美國做研究其實很辛苦，要跑各大圖書館的特別館藏室（Special Collections），因為譬如說Ezra Pound的一些手稿散放在美國各地，所以你要到每個圖書館，而且很多東西根本還沒有出版。前一、兩年吧，一個美國的研究生在檔案資料裏面找出來Robert Frost三首還沒有出版的詩，他就寫了一篇文章，引起一陣討論。其實現在研究英美文學還有很多題目沒有研究完。

其實王老師也是同樣的，今天很高興看到像「台大圖書館」或是「國家台灣文學館」，逐漸重視手稿的收藏。另外一件事情我也覺得很好奇的是，歐美他們有這個傳統，作家的書信統統被保留，我今天寫信給你，我會有一個副本，他們有這樣的習慣，所以百年之後有人把這些書信出版出來。所以今天可以看得到像葉慈寫給他的未婚妻書信統統出來了，這些信呢，幫助我們理解葉慈本人，那這些信是以前他寫給那個女的，後來那個女的嫁給別人了，因為葉慈後來過世，是她的兒子還收藏這些當年葉慈寫給他的媽媽的信，後來就整個出版出來了。他們就是很有心，有這種習慣，他寫給別人的信都會有一個副本，複寫紙謄出來，或他會找祕書去把它打出來。台灣就比較沒有這種傳統，中國人沒有這個傳統，甚至寫傳記會為死者諱，我們常常就只看到比較表面的東西。所以我也很好奇，王老師您的書信手稿都有嗎？

當初編輯《中外文學》「王文興專號」，我想突破一些學術的偏執，這裏面收了一些訪問稿，也蒐集一些南方澳五、六〇年代的照片（約是《背海的人》書中時代背景），也蒐集了王老師年輕時候的生活照，還有他跟師母的照片，還有台大一些老師、一些文人交友的照片，還有比較完整的王文興作品編年、評論書目等，除此之外還有一些學者的論文，我希望從各個面向去切入。我一直覺得，對於台灣的一些作家，不只王老師，還有其他作家，我們的研究都還沒有完整，因為我們都還沒有切入到書信、文稿的部分。今天對於白先勇的研究，我們也沒有真的好好的去做他的傳記研究，也沒有看到他寫給別人的信後來被公開的。所以希望能夠對一個作家各個角度去切入研究，我希望未來的研究可以包括訪談，我覺得很lucky，作家現在還可以接受訪問，你還可以問一些問題，雖然不一定你可以問到你想要的答案啦！我當然很高興能有這個機緣主編「王文興專號」。因為當初要編專號進行訪談的時候，我就想到南方澳。南方澳為什麼後來會被我們討論出來？就是因為台大圖書館做了一個王老師手稿特藏展覽，收了他的生平，提到他在南方澳服役。我當時就問了王老師一句話，因為我們文學檔案研究做久了，這種訓練對這觀察就很敏感，我就問他說：「南方澳跟深坑澳有沒有關係？」深坑澳是《背海的人》中虛構的地名，王老師那時就跟我講說，南方澳就是他的 model。我覺得突然眼前一亮，因為，黃春明寫過宜蘭南方澳（《看海的日子》），然後王老師也寫過，剛好之前我也讀了邱坤良寫的《南方澳大戲院興亡史》，所以就把這幾個東西串在一起，覺得非常有意思。我就找了一些人，就想康老師研究媽祖，那何不來寫〈海濱聖母節〉？

康來新教授：我後來就把它變成是我的課堂上面要讀的東西。

林秀玲教授：

因為我知道康老師最近也都在做這方面。反正就是，我對《家變》因為這個是我比較早年在讀的東西，我倒是剛剛跟著大家在細讀的時候，覺得電影對於王老師小說觀早年、晚年影響都很重大。你看那光線，那房子外面的亮光啊，跟屋子裏面的，甚至於剛剛那個靜物的描寫那三個東西，晨光呵，這真的是像電影裏的鏡頭。五點鐘天亮了，「晨光亮明了走廊，但見衣服狼藉於各向」，所以你可以看得到的是一個電影的鏡頭，所以剛剛王老師也是在講 close up 的鏡頭。所以我比較好奇的，我想問王老師，如果有人想把你的《家變》改拍成電影的話，你覺得誰最適合？

王文興教授：

每一次都有人這樣問。我跟康老師還有其他同學講過，過去有哪幾個導演跟我商量過，我也提到說我對譚家明印象很好，如此而已。不過這都是歷史了，不可能拍，因為要拍這部電影要我簽字才行，我想我不會簽這個字。假如你們覺得這已經像電影了，那電影就在書裏頭，就這樣好了。

康來新教授：您覺得侯孝賢？

王文興教授：

對於場景、地點來講，他應該是很好的人選，就是對於景物的感覺。當然景物是書裏面的一部分。

康來新教授：老師現在還攝影嗎？

王文興教授：

我很多好的習慣都戒掉了，所有好習慣都戒掉了。從年輕聽很多音樂，二十年前我說我絕不再聽音樂，就沒聽過一天，一天都沒有。十年前說我絕不再看電影，我就沒再看過一次電影。我不知道接下來還要戒什麼？

黃恕寧教授：為什麼要戒這些？

王文興教授：

占時間。你聽一章交響樂你就可以看兩三頁的書。所以我現在的興趣都在圖章上，你看一個圖章只要一秒鐘，當然這也不會低估了圖章的價值，主要還是因為我覺得圖章是全世界沒有過的藝術，沒有任何一個國家有圖章，只有中國有。然後這個藝術在各方面來講大概是世界第一，同時跟文學關係不是那麼密切。

上回有同學問我說，你能不能給我看一張平常寫的草稿？我現在帶來了，也許下次康老師印出來，是不要還的。這不是小說裏面的。但是這個過程是一樣的。這個是手記的一句話。那這句話寫的過程大概都在裏邊。最後下面一行是最後的那句話。也許下一次再印一下好了。

康來新教授：秀玲，你還沒跟老師對話。

林秀玲教授：是要focus在《家變》嗎？

康來新教授：

通常我們是針對今天的內容。妳是第六個討論人，每一個人的做法不一樣，沒關係。

王文興教授：或者妳等一下，別的同學有問題，妳再參加，從裏面再找題目。

劉惠華：

我想問一下第七頁的部分，那個「回來了！」是一個motif。關於父親跟母親在夢中的部分，父親重複兩遍，母親也是重複兩遍——就是「父親臉色煥悅，且狀極年青」，然後隔了四行之後，「父親神采煥發四顧着」，父親神采煥發兩次，然後「母親笑吟吟的問，她極為年輕」，隔兩行她又「母親笑吟吟，容貌極年輕的唸聲說」，都是兩次，節奏非常均衡，這個是不是也是您原來設計model的部分？如果是的話，為什麼是選兩次呢？

王文興教授：

三次太多了。兩次的話就是在加強印象，讓人覺得這兩個人特別的表情。兩次只是在加強他們表情的特別。因為這個母親的表情特別在哪裏？就是她好像跟這個情境是分開來的，並不像是這個父親長久沒回來，今天回來了的那種高興，她是另外一種高興，另外一種家常的高興。所以這個家常的高興是很奇怪的表情，那麼要加強這個表情呢，所以就重複一次。這是這個母親表情重複的理由。

劉惠華：也是在提醒讀者嗎？

王文興教授：

我大概沒想到是要提醒讀者。而是這樣才像是夢，在夢裏面她等於兩次有這種奇特的表情，是在加強她這個表情的特點。

劉惠華：現在的知覺是做夢的人的知覺。

王文興教授：對，這一頁的每一個字每一句話都是做夢的人的感覺。

康來新教授：剛剛秀玲有問說范曄現在（夢裏）多大？現在在夢裏面爸爸媽媽是年輕的。

王文興教授：他在夢裏頭的年齡是醒了以後的年齡。

康來新教授：所以他在夢裏面是大人？

王文興教授：

大人。但大人常講小孩的話，就像這個父親也是大人，他也講類似小孩的話，像唱歌一樣講話。

康來新教授：

上禮拜人文中心另一位校外學者司徒琳老師（Lynn Struve，美國印地安納大學歷史系）講演[12]，講「記憶」，講「夢」與殘存「記憶」的關係。她就明清文獻中的「夢」去分析，「夢」往往是陳述性的東西很強，也就是顏色、聲音、形狀……，有些比較深刻的判斷性的東西，應該不會在夢裏頭。因為夢裏頭通常只有聲音、有顏色。像第七頁老師在這個夢裏頭講的，「他記得父親從離家起迄今快有六年了」，如果我沒有誤解司徒琳老師的話，她分得很清楚，好像夢裏頭應該不會有這樣的判斷。所以我不太知道老師寫這個夢是一個寫實的夢，老師自己的夢的經驗呢？還是說這個其實是西方文學的傳統，或者是文學裏面的傳統？

王文興教授：我不太同意你說剛才那位學者講的話：「在夢裏面沒有判斷。」

康來新教授：我講得可能不對。

12　中央大學人文研究中心二〇〇七年第二屆校外人文學者計兩位，一位王文興教授，一位司徒琳教授。司徒教授研讀班的課名為：《記憶研究與明清之際的歷史》，此處指她於五月三十日的全校演講，題曰：〈好記性——從生物學與人文學的觀點審視「記憶」〉。

王文興教授：在夢裏面可以有判斷，還可以有推論，甚至於可能有推理。

康來新教授：

我想我記得較清楚的，就是她就現場大木康老師（東京大學東洋文化研究所）的「夢」分析，印象最深的是「顏色」。

王文興教授：

顏色跟印象是很常有，但是他夢裏也會有推理、判斷，然後可以是錯的判斷，這個邏輯推理就推錯。但中國人的夢很奇怪，有好多人在夢裏可以寫一首七言絕句，寫出來還是很好的詩，七言絕句這個節奏、音韻要完全的對，平仄都對，所以一定是在夢裏頭，他一邊作第一句再想第二句怎麼作，而且他的推論是正確的，這樣才能把詩寫得出來。

康來新教授：

那個是夢中得句，但真的記下來的，就可能有一些虛構，當敘事的過程，虛實就有加減了，用筆記寫夢，跟腦神經中的夢，我覺得其實有差別。

王文興教授：

我覺得是這樣子。假如你一整首詩寫下來，後面再把它寫下來，難免後面有一些添油加醋，後面有一些修改、補充。可是如果是夢中得句一、二句的話，我相信是純真的，因為我寫過兩句是夢裏面的詩，那兩句我是記得清清楚楚，是夢裏面寫的，後來也沒有加減，多了也不可能。那兩句七言，平仄對不對我不知道，不過我讀起來還像詩。後來寫完之後我就認為不要修改，就把它記下來了，所以短句還是可能。

康來新教授：所以老師覺得這種夢是自己的經驗？

王文興教授：

這種夢就是我照做夢的可能來寫，假如那位老師他那樣講，我真的想跟他討論一下。

康來新教授：

那位學者就是司徒琳，專門研究十七世紀那些遺民，看他們很私密性的怎麼記他們的夢，用那個夢去研究記憶，所以她對夢或者記憶有長久累積的一些專業性的認識。我對老師怎麼寫那些夢認為有一些不合理的地方。

王文興教授：

當然這個夢裏邊有一半是在講它的不合理，你看不合邏輯的也很多，有一半不合邏輯。

林秀玲教授：

剛剛在讀的時候，我覺得夢中范曄應該是回到小時候，就他爸媽也年輕的時候，不然他們不是幾乎同年嗎？在小說裏范曄大概是四十幾歲吧？三十幾？

王文興教授：上一次討論過是吧？有一個地方是寫了，明白的寫了他幾歲。

劉逢聲導演：

如果說是按照這個影像來處理的話，我的感覺是如果用小孩子的方式處理的話，是memory，是夢嗎？是不是有困擾存在呢？不曉得老師當時創作的時候，如果是付諸於影像的話，他應該是小孩子看見他爸爸回來的時候，還是床上躺的是范曄長大的時候？老師剛剛有說過一句，時間跟空間是沒有分界，在做夢，才有好看，才會美。那如果說硬要把他搞成像小孩子，那就是回憶囉！所以就不美了，我的感覺會是如此。

王文興教授：

到底范曄他現在（夢中）幾歲？可能是一個模糊地帶，可以是一個模糊地帶，可以是他現在的年齡，但是可能他的舉動跟語言又像兒童時代。比如最後一句話：「爸爸回來啦！爸爸回來啦！」恐怕是偏近於兒童時代。

康來新教授：

我自己做夢老是覺得，其實好像看得到我自己，我覺得夢中的自己其實好像知道自己在看自己，自己不是夢中人，而是我站在一個高的角度上面。

劉逢聲導演：那是不是應該講說是個夢中之夢呢？

康來新教授：

我覺得在講說范曄多大、多小的時候，我好像是站在一個高處，在夢裏的時候我好像可以看到自己在發生什麼事。

劉逢聲導演：

老師《書和影》評論《聊齋》時，老師常常寫夢中之夢的事情，我看得滿清楚的。我的解讀是，是不是有些東西它不應該是那麼具象？不應該是那麼清楚的，就像第七頁倒數第三行「父親張口答着，但聽不清在說些什麼」，因為他不能說什麼，絕對不能說什麼，但是也呼應後來爸爸是不見了。

王文興教授：

有沒有人做過夢中之夢我不清楚，一般講夢中之夢是說我們人生本來就是夢，我們又在做夢，是這樣解釋比較多。可不可能你一邊做夢的時候，夢裏邊自己又做一個夢、又套一個夢？我還沒做過這種夢。

劉惠華：

這個部分我覺得是兩個問題，一個是形體的問題，就是康老師說可不可以看到「我」的這個影像，那這個人就會有個年紀。可是我覺得，基本上，另外一個問題是意識問題，因為這個夢裏面很明顯，是兩個意識交混在一起。就是他父親離開要回來的這件事情，可能跟幼時父親回家——爸爸回來了那個場景，混在夢裏面，同時他白天的擔心和疑惑不安太深了，在夢裏面就浮現這些問題，所以可以很明顯的看得到，在第一句：「爸爸！你回來了！」那一定是小時候回憶的重現，我們都有那種經驗，就是你會夢到小時候的一些場景，這些場景都發生過的，就在你小時候，可能念書的時候，考試，就回到你考試的時候，那個夢絕對不是真實的。可是到了他說：「你睡褲拖鞋跑哪去了？」你一直都去哪裏了？這很明顯就是白天的記憶滲到夢裏面去，所以我覺得在意識裏面，其實很難說他是哪個年紀，因為他應該是過去回憶跟現在的困惑混雜在一起，可是老師裏面並沒有講到形體的部分。

康來新教授：沒有講到范曄自己的形體。

劉惠華：

有時候我們做夢會看到以前自己的形像，可是在這個故事裏面並沒有，他看到的是父親跟母親。

張素貞教授：

我剛剛直接閱讀的時候，比較特別的是那個父親的神采煥發這一段。他記得父親從離家到現在大概六年了，那個六年好像感覺到這個夢本身至少有兩重以上的混淆，就是說有很多情況是整個搬回去了，他是個小孩，他的父母親也很年輕，可是這一句好像又回到某一個時段，至少是很接近他目前的一個判斷。所以我想您這個夢裏的寫法可能應該是兩重的閱讀，會不會有這樣一個情形？因為做夢也不一定會從頭到尾就是很合乎邏輯的，那就是說有一個層次是童年的背景、那種說話語調，有一個層次又好像是現在比較成熟的、年輕人的那種語調。

王文興教授：

因為到現在已經六年了，這是范曄在夢裏邊的判斷。張素貞教授：(「滿接近現實的一個判斷。」) 那麼這一個判斷就不是回憶了，不是童年的回憶，這是當時的判斷，這是此時此刻的判斷。

張素貞教授：

但是這個夢如果是這樣兩個層次我覺得更好，夢本來就不是很理性、很有條理的，有時候它也會游動，有時候現在是在這一段，很快就可能轉到另外一段。

王文興教授：是個流體，是個流體。

黃恕寧教授：

關於這個夢我有兩個問題。一個是，有的時候我們做夢，雖然是在夢中，但是我們知道我們在做夢。比如說我個人的一個經驗：小時候很害怕隔壁班一位老師，我不知道為什麼會很怕他，可能是我覺得他很凶，但他並沒有教我，我就做過三次一模一樣的夢，夢到這位老師是個鬼，在夢中他一直在後面追我，但是當我夢到第三次的時候我就知道我在做夢，我在夢裏。所以有沒有可能，這個夢的設計，企圖說明范曄知道他在做夢？第二個問題是，《家變》的現在與過去兩條時間線有無關聯？《家變》全書的情節發展雖然分為今昔二線，但兩條時線都是順時序的，第一條說的是父親出走，兒子去找他，另外一條是兒子的回憶，也是按時序，代表兩個不同的時空，每個時空都分成很多片段，交錯發展，但是都是由「前」往「後」發展。這個夢，發生在《家變》整個故事比較前頭的部分，但是它可以在這兩個不同的時序裏面產生一種互相關照，產生一種連接，描寫了現在的范曄，也引出等一下要出現的過去，就是范曄的孩童時期。所以，雖然做夢的是現在已成人的范曄，但連接上他跟父母關係非常和諧的時候，比較年幼的那一段階段，以至於產生一種不但是平行發展，卻也互相關照、互相交錯的感覺。這是我自己以前閱讀的想法。

王文興教授：

先回答你的第二個問題，就你說的這本書的設計，時間到底是怎麼安排的？兩個部分，一個是數目字的部分，一個是英文字母的部分，兩個時間上有沒有不同？好的，兩個時間有不同，這很容易看出來，是吧？因為數目字的部分是很遠的過去，那麼，英文字母的部分是不是就是現在呢？不然，應該說兩個都是過去，兩個都是writer（作者）本人的過去，他在寫當時的過去，兩個都是過去，只是過去該有更遠的過去。哪一個更遠呢？就是數目字的更遠。這樣看的話，大概就是這兩部分時間的定位。這個以前最早的時候，張誦聖曾問我同樣的問題，我也是這麼想過，這樣子回答她的。

第一個問題就是說，在這個夢裏邊是不是也含有他本人意識到他在做夢的意思？我想在我設計裏面還沒有，他並不是說一邊做夢一邊知道自己在做夢，倒是沒有。反而是他這個夢是很投入的，應該說他是睡得很熟的，然後做了一個很清楚的夢。大概就是這個夢的設計。

李栩鈺教授：

請問一下，這個夢這樣一直在重複那個回來，老師的解釋是很快樂的，我自己讀起來怎麼感覺好像在召魂的感覺？

王文興教授：

當然你的感覺可能就是說這是他的願望的投射，就是我們前面也講過說，為什麼是一個motif的原因，這看成是一種 primordial longing，就是很原始的一種願望。很原始的願望是什麼？請他快點回來，是這個願望。所以這個願望的投射就變成了這裏的 motif，變成這裏的主題，三番兩次的重複。

康來新教授：我想栩鈺比較採用她的生活經驗，也就是台灣河洛的風俗習慣。

李栩鈺教授：事後也是很緊張，這父親是不是死了？

康來新教授：本地的風俗習慣裏頭，就是發生車禍會去召魂。

王文興教授：但是你那種召魂首先你要肯定他死亡。

康來新教授：她感覺到一個死亡的陰影。

王文興教授：

有這樣的預兆是吧？這裏面有一個他自己做夢時候心裏面有一個預兆，倒不是在「回來了」這三個字，而是在中間那行「他記得父親從離家起迄今快有六年了。」這句話恐怕就是他心裏的擔憂，就是有這個可能性的擔憂，投射在夢裏頭。

黃衛總教授：

我是第一次聽到一位作家向其他同學解釋自己的作品，使我想起這個課的題旨是「《家變》逐頁六講：以評點學與新批評重現《家變》寫作過程」。

康來新教授：老師覺得中國的評點學比西方的新批評還要好，更好。

黃衛總教授：

我的感覺就是說，如果我們來研討西方的文學批評的發展，那新批評主義的一個可能是有意還是無意的主要特點，就是作家怎麼想沒關係，「我」是最有權威來解讀這個作品的，所以這個解釋權是從作家移到批評家。您剛才教我們細讀的方法，完全是新批評主義的方法，我覺得非常有趣的是兩個角色（作家與批評家）重疊在一起了。那如果我們把新批評主義說是一個 modernism in moving 的話，那我們現在進入 post modernism。

另外還有一個就是，您剛才說我當時想不是這樣想，實際上也有兩個王文興老師，當時您寫的時候是一個作家的 writing eyes，您現在想的可能不一定跟以前是完全一樣的，您現在是一個解釋者，詮釋您以前的作品，就是作家和批評家，以前的「您」和現在的「您」結合起來，這我覺得非常有意思。

王文興教授：

這問題非常好，非常好，碰到一個很基本的文學批評上的問題。首先我就要說我今天是嘗試擔任一個雙重性格的角色，我想讓這種雙重性格的角色可以成立，也就是說 critic（評論者）的立場跟這個創作者的立場是可以相同的，那怎麼證明兩個是相同的呢？所以我就用我的 **memory**，我就試試看，我當初為什麼這樣寫。

那我倒要聲明一下，我大概每一句話的解釋都不是事後的解釋，確實是把當時的 **intention**（意圖）講出來。那麼把當時的 intention 講出來的話，我反而覺得自己可能是比較好的批評家，對別人而言，因為你自己知道你當初的目的何在。所以我就這兩個雙重角色讓它這樣的進行，就是把當初的回憶講出來，看看這回憶是不是就等於今天的批評。如果我這個過程，當初的回憶我講出來了，大家讀起來像是今天的批評，而且大家可以肯定這個批評的話，那應該說我會高興一點，就是我當時這麼寫是對的，有一點點這個現象。假如我現在把當時的回憶都講出來，我的目的是這麼寫，可是大家還是覺得這個批評不太合理，那麼我這句話就寫壞了，就證明寫錯了。所以，今天這個嘗試大概就是這樣一個測驗，就是拿出幾頁來給自己一個測驗，看這樣寫到底有沒有效果，有沒有把當初的目的講出來？那麼如果講出來的，許多同學的感覺是相反的話，那就證明我當初的設計是錯誤的。

康來新教授：這就是老師您喜歡問我們，希望我們的答案接近老師當時所想。

王文興教授：也許，也許這個是……

康來新教授：老師如果不講桌子上的東西，我們實在不知道那是家人生病的一個場景的模擬。

（全場笑）

王文興教授：不是剛才有人講了？就是妳講的啊！

康來新教授：

老師說自己是個「橫征暴斂」的作者，希望我們能夠付很多的歲月，花很多的時間來讀老師的作品，因為老師花了很多的代價。其實對喜歡老師的人來講，老師的小說作品真的像絕句、像律詩，願意背下來，逐字逐句的細讀，而不是看故事。老師的文字的魅力和老師的用心，對喜歡老師作品的人來講，不僅僅是講故事的小說，它的最小字句的單位就值得我們這樣子背。這樣子讀小說很像詩選的時候讀詩，讀二十個字、讀二十八個字……，可是很少看到讀一個長篇小說是這樣子。

第一個老師這麼用心，老師現在做一個批評者常常問我們，後來我就知道老師原來是想知道自己寫得是否成功？有的時候，我是覺得老師的想法真是乍看也看不出來的。

黃恕寧教授：

我很想問一個問題，就我們今天閱讀的這幾頁，在第七頁的第三行，也就是他開始要進入夢境的地方，「室內他睡着的黑暗無亮」這一句話，您說在這就是開始他慢慢要入夢的一種寫法，這一句話剛才您也做了一個解釋，可是我覺得我還不滿足。我覺得這一句話不符合我們平常說話的語法規則，我想請問您的是，您為什麼會把這句話寫成了這樣的一個句法？這裏頭有什麼設計的動機？

王文興教授：

是，這個問題呂正惠那天也提到過。他首先說我的語法是不是我家鄉話的語法？我說我沒有考慮過用家鄉話寫中文，他說那你的語法怎麼來？我說學英文的。如果拿這句話「室內他睡着的黑暗無亮」大概就是如此。那麼，他睡著的，是形容室內這個地方，他在這兒睡覺的，所以「他睡着的」等於是一個子句，那麼，拿走這個子句的話無非就是說「室內黑暗無亮」，這個主體無非就是這個「室內黑暗無亮」，插進去這個子句可能是妳剛才覺得比較生疏的地方。

如果這個睡著（˙ㄓㄜ）變成睡著（ㄓㄠˊ）的話那更不可解，所以我要提醒說這一句讀的時候應該是睡著（˙ㄓㄜ）的而不是睡著（ㄓㄠˊ）的，因為室內睡著（ㄓㄠˊ）是不是變得這個房間在睡著，是不是這樣？所以這一句我當初寫的時候是這個理由來寫。

那麼，為什麼不把它變成一句常用的中國式的語法來寫？一來是這一句字數只能限這麼多，如果用正常白話文來寫的話，這一句恐怕要增加好多字。第二，這一句也是文言文的寫法，我想文言文常這樣寫，為什麼要這樣文言文的寫法？也是要把白話文寫少一點，遇到要把字寫少一點的時候，就會出現同樣的句法。

黃恕寧教授：

我覺得如果說要保持這一句的話，而仍然能夠符合我們現在的口語的一種規則的話，我覺得如果加兩個逗點，可能就是說完完全全不需要改變。

王文興教授：

就是「**室內，他睡着的，黑暗無亮**」，那對的，那這樣的話更明顯一點。可是那樣子會多出兩個逗點，問題在這兒。

洪珊慧：

老師，我想接著問就是語言的問題。上個禮拜張誦聖老師來中央大學，她看了二講跟三講的錄影。張老師非常surprise，也是您剛剛提到的回答呂正惠老師您的語法從英文翻譯來的，她的一個判斷就是說，老師之所以會想要這樣用，是因為對白話文在文學創作上面的使用是不滿意的，所以您才尋求要用英文的方式。第二個問題是您的語法的英文，是採用英文的節奏或者是語句句式的結構？還是兩者都有？

王文興教授：

我想兩者都有。關於節奏這個沒辦法舉例，比較難舉例。如果說光語法的話，所有的這些短的單句，句的開頭一定是人稱代名詞，比如每一句的開頭都是他，然後接一個動詞、一個受詞，這樣的句子太多了，我們隨便找，比如說第六頁第三行「他回自己的房間，掩門坐檯燈影側。他確實不懂父親會去那裏，穿那樣隨便一身，這般黑了還沒回家。他靜坐聆聽，走廊上數次響出腳步聲」等等，下一句「他踱出又入父母親那間」，我想沒有任何寫白話文作家在句子用這樣多的人稱代名詞「他」當作第一個字的重複，所以這種寫法只有英文才可能。如果真用白話文寫的話，那麼第二個「他」大概就不會這樣寫了，我們先說「他回自己的房間，掩門坐檯燈影側。」那麼，下一句呢恐怕就不是「他」開始，或者說下一句「他」就改用他的名字「范曄」，就改成「范曄」而不用「他」。那麼，這是解釋說在這個句法上與英文相同的地方。然後，第二個解釋就是剛才討論的那句「室內他睡着的黑暗無亮」，室內，很明顯開始「the room」，然後下面就接他怎麼樣。但是我剛才說這個在文言文裏面很普通，在文言文裏面中間插進去幾個字，然後讓它一句話是一連貫的，在文言文裏是可以的。

林秀玲教授：我覺得這個地方倒是修辭上，因為室內要對室外，所以它把室內往前搬。

王文興教授：是有，是有這個理由。

林秀玲教授：

因為它後面變成一個形容詞子句，「the room for him to sleep.」我自己寫作自己都很清楚，有時候你放在旁邊再看，都是英文的語法，這是難免的。我覺得英文本身，譬如說「很快地，他怎麼樣」，這是副詞擺前面，這其實也是英文語法的影響。整個現代白話文其實很大程度上受到西化，尤其是六〇年代的作家，他們更有意模仿西方，他們講很多的「的」，這是英文形容詞的用法。

洪珊慧：

老師，今天的句子有一個句子有問題，在第七頁第八行，就是范曄跟他父親說：「你睡褲拖鞋跑哪去了，爸？」然後他回答：「在桌燈罩裏。」當初讀這句的時候，我一直以為是范曄問父親說：「你穿的睡褲拖鞋跑哪去了，爸？」然後他回答在桌燈罩裏，有點像《聊齋》那種人跑出來是可以變小變大的。

王文興教授：

所以你說「在桌燈罩裏」可能會讀成是「人在桌燈罩裏」？

康來新教授：

我這次讀的時候也是如此，還很興奮跟一個做志怪《燈草和尚傳》的研究生說，你有一個現代的例子也是人躲在燈裏頭。

洪珊慧：我第一次讀就覺得是這樣，直到老師解釋我才……

林秀玲教授：可是我自己讀的時候我不會以為是人，我會以為它就省略掉「你的……」

王文興教授：

這是一個問題，的確是可以兩種讀法，這種時候恐怕就要選擇一下，就是讀的人需要選擇，選擇一個比較合理的解釋，比較合用的解釋。

洪珊慧：

因為是夢境中，所以會覺得是《聊齋》那種意味，好像也無可厚非。

還有一個句子在第九頁第一行，今天還沒講到的。第九頁第一行「他父親要他代詢一位朋友的近址——張伯伯，數年前離開台北上高雄去的。」那個「上」字，我們不是都說「北上南下」？

王文興教授：但是也有人說你「上」哪去啊？

洪珊慧：有沒有比「上」更好的字？

康來新教授：在台灣的確是說下行到高雄，上行到台北，這觀點好像也是台北觀點。

王文興教授：

這種時候跟當時時代有關係。和時、地有關係。這種時候如果有疑問的話，就會有兩個選擇，這時恐怕就是讀者的工作，他要在兩個選擇裏面選一個合用的。現在，你說，數年前離開台北上高雄去的，兩個選擇的意思就是一個上哪兒去的「上」，一個是北上的「上」，高雄是在南邊，大概就要把這個選擇先放棄，所以你說這個字為什麼要用，為什麼不找一個不會有疑問的字是吧？

洪珊慧：老師其他的用字精確無比，都經過再三的考慮。

王文興教授：恐怕也找不到別的字可以代替「上」。

康來新教授：數年前離開台北「到」高雄去的？

王文興教授：「到」？聲音恐怕還是太重了點。還是不能改。

劉惠華：老師，為什麼父親的「年青」跟母親的「年輕」那個「ㄑㄥ」不一樣呢？

王文興教授：

第七頁第六行，應該是車字旁的「輕」，是吧？應該平常寫都寫車字旁的「輕」，我寫成青年的「青」的時候，是刻意選擇過，覺得只有這個字才有力量，如果這個地方「父親臉色煥悅，且狀極年青。」寫成「且狀極年輕」那個「輕」，意思就很輕了，就幾乎看不見了。當時也考慮到大概還沒有人敢罵我說，你寫了一個別字，以前有很多字是混用的，當時寫的時候這個字是刻意考慮過。對，我覺得那時候「她極為年輕」不必強調說她極為年輕，這個字你可以輕著讀，不必重讀、不必讀重，所以就讓它存在，讓它自然的存在，是這個意思。

林秀玲教授：

我們都說杯盤狼藉（ㄐㄧˊ），第八頁倒數第四行「但見衣服狼藉於各向」，剛剛老師唸了兩次都唸狼藉（ㄐㄧˋ）。

王文興教授：那是我唸錯了。

林秀玲教授：可是字是這樣寫是吧？所以您的聲音的效果是要「ㄐㄧㄝˋ」？

王文興教授：

我是要「ㄐㄧㄝˋ」，我是因錯就錯。有時候實在想抗議，怎麼一個字就是規定那個發音呢？很多時候大家從俗就唸錯，所以英文字典三、四個發音都有，不同地區的人怎麼發音，就給它一個合格的發音。（如果）就是這個字的發音可以用，不能說一個字就那麼獨霸把所有發音都給消滅了。今天我們的發音實在很奇怪，限定於哪一省的也不知道。

康來新教授：教育部最近又公布了心寬體胖（ㄆㄢˊ）不能唸心寬體胖（ㄆㄤˋ）。

王文興教授：

也許像這樣的字多幾個發音也不為過，當年我年輕的時候，就是滑（ㄏㄨㄚˊ）稽跟滑（ㄍㄨˇ）稽搞不完。那有什麼關係呢？我唸滑（ㄏㄨㄚˊ）稽、我同學都唸滑（ㄏㄨㄚˊ）稽、我老師也念滑（ㄏㄨㄚˊ）稽，就該合法嘛。很多時候是這個問題。

洪珊慧：

老師，我一直很想聽您解釋一五六節，范曄在父親六十六歲的生日那天，因為一些理由，不准父親喝湯，不准他把飯吃完，最後叫父親離開餐桌。那是范曄最暴虐的一次……。

王文興教授：這個恐怕很難，講到這裏恐怕要，是第二百二十七次了。

洪珊慧：

我的閱讀經驗中，《家變》這一節帶來的衝擊性非常大，當初讀到一五六節時，腦海像一顆原子彈忽然在腦子裏爆炸。其實我很喜歡這一節，非常想聽老師討論這節。

王文興教授：

這樣子——這一天會實現。現在我們這個討論只是下一個過程，易鵬教授大概會設法出版《家變》的錄音，有沒有可能？

康來新教授：可是沒有解釋？我們比較想聽到解釋。

王文興教授：

解釋那要花很長時間，光是這些（一五六節）恐怕要三次也講不完，所以也許先拿錄音來代替。妳跟易鵬老師聯絡，看看他哪天有空把那一段借給妳聽一下。

康來新教授：所以范曄突然就知道，虐待他爸爸，他一直知道他在虐待爸爸？

王文興教授：他知道。他知道。

林秀玲教授：

老師，我看您在自己的《家變》書上畫了很多東西。現在大家讀的這個版本，您有沒有看到什麼錯誤？排版上的錯誤？就是從您這個手稿上面到這個書印出來的版本，這中間距離有多少？在文學研究裏面常會碰到版本的問題，王老師您可以跟我們分享一下嗎？就是我們現在讀的這個版本跟您的第一個版本、跟您的手稿之間的距離有多少？王老師講究遣詞用字要選哪個字，所以我覺得這個問題也是滿重要的問題，像手稿的第一頁第三段那個「响」是一個「口」加一個「向」的「响」。

王文興教授：今天的手稿第一頁第三段？

林秀玲教授：

今天的手稿，就是那個「响」，可是印刷出來的書是用另一個「響」字，老師在手稿裏面還把這個「响」字圈了一圈，然後手稿裏面有一些是塗掉的。

王文興教授：

好的。那我的意思就是說，恐怕這兩個字還是我手稿的「响」比較好。後來我是想這個口字旁的「响」恐怕出版社有困難，我也不願意讓他們有太多困難，這裏我就讓步了，我說好，差這個字大概沒太大關係，但嚴格來講，它是還有關係，嚴格講我是寧可要手稿的「响」那個字，簡體字。

某來賓：是簡體字和正體字的問題嗎？

王文興教授：

這裏有造型的問題。那這個「响」，這種地方老是麻煩他們也太多了，所以我盡量少麻煩一些，是這樣，所以這個字就把它改成大家通用的「響」。

林秀玲教授：

今天的版本（洪範二〇〇〇年新版）跟上一個版本（洪範一九七八年版本）的差別？

王文興教授：

這我在《家變・新版序》已經講過哪些地方改了，改了多少字也講了（新版修改約一百多字）。

康來新教授：

我們這次找到三個版本，早期是環宇出版社出版的一個版本（一九七三年），洪範也有二個版本（一九七八年舊版及二〇〇〇年新版）。今天時間到了，大家掌聲謝謝王文興老師和林秀玲老師。

《家變》逐頁六講

——以評點學與新批評重現《家變》寫作過程

第六講　偵探雛形的延續

時間：二〇〇七年六月十五日（五）19：00～21：30

地點：中央大學文學院二館C2-212教室

主持人：康來新

特約學者：陳萬益教授（清華大學台文所）

康來新教授：

中央大學的「《家變》逐頁」研讀系列，轉瞬間就到了第六次，今晚是老師這一系列講解的最後壓軸之作，正好碰到端午節的連續假期，聽說交通非常的擁擠。今天非常謝謝與會的討論人，也是當年老師的學生，現任清大台文所長的陳萬益老師做我們的對談人。我們就如常的由老師的聲音檔開始，請勞苦功高的建隆為我們服務。

原文朗讀（王文興教授聲音檔）：

他決定出去尋找父親。他擬先到父親舊日友人們的家看看。惟他不宜教他們知道內情。他想出一個藉口：他父親要他代詢一位朋友的近址——張伯伯，數年前離開台北上高雄去的。父親不在那家，或對方未說父親來過時，他就用這藉口。

他又去搜察一番他父親長褲的口袋（希望能找到甚麼留字的紙條），見其中沒有這類東西，只有一張一塊錢的票子。他想他的父親離走時未攜分文。（父親平日時袋中皆僅有一元）。他向母親探問父親有無帶走其他錢幣，母親答說沒有，皮包裏的藏錢無短少。依此推探，父親似就在房屋四近。但他的襯衫消失了，他顯然前赴了某一地。

但他對父親忽然離辭的原因殊覺費解。昨天在父親離走前他跟父親間並無任何的爭吵。前天，他顧察，也無爭吵。（但他知道日常的冷寒足以驅追得他奔亡）。但導致突然行動的近因呢？是甚麼近因？

他低頭刷牙。父親昨天走之前的一切情形且跟以往的一式一樣，他返顧尋不出絲毫的異跡。他昨天一天都在家中，學校近日正在春假期間。父親昨晨仍照以前在五點鐘時就起來（跟從前一樣在夢中被父親吵醒）。六點鐘時父親亦一如往常的幫母親生火煑粥。早上父親掃了會地，後又曾揩拭了一會桌椅，之後便衣着睡衣睡褲在房內蹀巡。午飯後父親曾照慣常的作他漫長的午睡，遲到近四時才起。其後還曾將晾晒的衣服收入，每一件都予整摺好。而自此以後他人就不曉到那裏去了。他記不出父親有何要出走的跡象，更記不出有何在收完晒衣後陡然出走底理由。父親會不會患罹精神分裂？不會，沒有任何現象，他祇是常常腦筋迷糊混淆而已。

他出門衣着已穿畢，但未出發，蹯坐於紗門處。他不安地等待晨報。一種動物般的機警促命他要檢查一下報上的死傷消息。他面對籬門佇候着。

一聲籬笆外剎車的聲響。正方形的一個物體從外面飛入，跌在地上。他心胸狂跳着，走向地上的那物件，彎身取拾。他忽又直立起身幹，闔瞼默禱了一下。他拾捻起，飛速打開。他的眼睛張瞪着。

一件仇殺案，三輪車伕砍傷主人；一個青年無故自殺；一件車禍，司機二人均亡。

他匆掠讀畢，從頭又再讀一遍。沒有甚麼堪疑的，他吐口氣。

他扶着腳踏車出來。騎過小巷後，他轉右騎上斜坡。一條淺而且寬的灰河蜿蜒伸繞在他的眼界中。但見河軀在朝霧和朝暉相交柔下面閃光緩動。河的緣岸有兩台滿集竹篁的三角半島，水中露着許多狀似魚羣的小島羣。童年流沿起的長河！過去十八年來每次見到牠都會有心神怡曠之感，雖則是今天，他也覺得靈魄一醒。但瞬後他勃生恐懼。歷來各年間均有三幾人自殺於此河流，淹溺在河裏深水之處。父親是否也身在此河道裏？例常體身均要過三天後始上浮。他今天起要嚴緊釘梢這河流。

他騎進大街上。他那麼做的是尋覓拋家逃逋的父親底任務！他不信這災禍會成為真的，酷像有次鄰家着火時他不肯相信下一步燒的就是自己的屋子。他覺得災禍太大，所以很可能不致發生——也許是大得他無法瞭解。他向尋覓的路騎踏。

他尋了八個地方，父親均不在。

他到的最後兩家甚至記不起父親的姓名，斷止往來過久了。

他雖未尋及父親，但他反倒滿心欣奮，他想這時父親可能已回去坐在屋中了。是吖！現在中午十二點，父親在外一夜後今天早上該已回來了，就在他出門尋他的時間裏回來。他迅急馳奔回去。

他的母親悲悽着臉顏迎立起：「找到了嗎？」

王文興教授：

上回我們說五點鐘天亮以後，這母子兩個人做了一些什麼？今天的第一段「他決定出去尋找父親」，這段是交代他今天的計畫，也就是尋找父親的計畫的第一步。這很短的一段是他的這個計畫。第二段，他又在思索到底父親的出走是真，是假，這一個老問題。這第二段，又回到前面講過的是偵探小說的寫法，現在又涉及到證據跟推理上頭。當然這回尋找的證據不會跟以前重複，現在他要進一步找新的證據。

兩段中先看第一段。第一段是很短的一段。但是，我當時的寫法是注意這一段的層次的交代。也就是說，大概能看出來有幾個層次。第一是尋找，他要尋找；第二是哪裏尋找？第三是應該隱藏內情；第四是找藉口；第五什麼藉口？第六什麼時候用藉口？分這幾個層次來寫。而這個層次，它的辦法跟以前的一種辦法一樣，如同以前說的，是向前節節倒推的辦法。剛才這六個層次，是每一個層次往前再推一步，再推一步，再推一步。這是這一段寫他（在）計畫時候（他）的處理方式。

他決定計畫以後，在這一段出門的時間之前他還是不死心，還是要進行他的探討，剛才說的偵探工作。那就是再去挖證據。那這一段再讀一遍——還是請周婕敏同學，你讀第二段。「他又去……」。

周婕敏：

他又去搜察一番他父親長褲的口袋（希望能找到甚麼留字的紙條），見其中沒有這類東西，只有一張一塊錢的票子。他想他的父親離走時未攜分文。（父親平日時袋中皆僅有一元）。他向母親探問父親有無帶走其他錢幣，母親答說沒有，皮包裏的藏錢無短少。依此推探，父親似就在房屋四近。但他的襯衫消失了，他顯然前赴了某一地。

王文興教授：

這一回的證據，主要是找錢。找口袋裏還有沒有剩錢？因為父親的長褲還在——那起初不是為找錢，起初是一個更重要的理由——看看有沒有留下什麼字條——留下最後要講的話，類似如此的。萬一有的話，那就案情明白，其實希望是找到字條，結果一看沒有，發現的是找到別的——口袋裏一塊錢。然後藉由這一塊錢就講到他父親平時口袋裏也只有一塊錢，不比這多。這個一塊錢必須回到當年的一塊錢有多大的問題上，從前大概一張公共汽車票是五毛錢，所以這一塊錢就可以買來回兩張公車票。這很小、（一個）零數。

找到的這張票是一塊錢。他就知道父親沒有帶走任何錢，假如他帶走任何錢，那也只（可能）帶走（這）一塊錢，因為他平日口袋中只有一塊錢。那又再問，有沒有拿走別的其他的錢？就是他母親錢包裏的錢。這個母親是當家的，她有生活費。母親說沒有，所有的錢一毛錢也不少。所以這個證據又等於沒什麼用。這樣看來父親應該就在附近，他什麼都沒帶。但是他的襯衫又不在了，顯然又去了哪裏。反反覆覆推理的結果，其結果還是一個神祕，還是一個mystery。不能解決的，一個（沒）答案的問題，還是一件神祕。這是這一段：他又去尋找證據，而這個證據當然不能是從前的證據，必須是不同的證據。下一段，蕭瑞莆老師請你讀下一段。

蕭瑞莆教授：

但他對父親忽然離辭的原因殊覺費解。昨天在父親離走前他跟父親間並無任何的爭吵。前天，他顧察，也無爭吵。（但他知道日常的冷寒足以驅追得他奔亡）。但導致突然行動的近因呢？是甚麼近因？

王文興教授：

這一段連同下一段合在一起是一個單元、一個單位。剛才是一段的計畫、一段的證據，現在這兩段又回到什麼來了？我們可以找到這兩段的重點是什麼、名稱是什麼？因為，（即：可能）怕跟從前一樣，在它的類別上跟從前是一個重複。

同學：內心。

王文興教授：內心？也可以。還有沒有？內心再加上什麼？內心關於什麼？

同學：反省。

王文興教授：

對。還是前面講的，回顧，還是back story。倒敘的眾事往前推。前面的事情現在是重複。也就是要交代前面的事情。交代發生事故的這一天之前的過去。過去也就是back story。

「但他對父親忽然離辭的原因殊覺費解。」這句話，跟第八頁第五行「他即時了解出父親出外的原因：他父親不堪忍受他的虐待逃走了」有沒有不同？這兩句話有沒有重複、有沒有矛盾？前面已經說他知道，現在又說費解？

李栩鈺教授：如果之前可以忍受那麼久，為什麼這次要突然離開呢？

王文興教授：這也差不多。再看，是？

陳萬益教授：這個突然的行動，父親的忍，直忍耐到這個限度而做出離家的行動……

王文興教授：

他忍耐到什麼限度，重點在這裏，這也有。這兩句話大概最大的不同是，前面一句是解釋整體來講是什麼原因使父親出走；第二句是說忽然離辭，重點在「忽然」上。這個前面「他即時了解出父親出外的原因：他父親不堪忍受他的虐待逃走了」是長久以來的原因。「但他對父親忽然離辭的原因殊覺費解」，這個「忽然」是他為什麼突然選昨天，所以這個「忽然」就點出這兩個原因的不同。

（那麼），這個「忽然」應該還有一個答案？實際的答案——目前immediate（近前的）的原因（所以兩個原因的不同是：前者是長久以來的久因，後者是immediate的近因）。（的確）他固然知道長久以來是什麼原因，但是突然的失蹤不見，那又為什麼？這個他不懂。所以這句話的不同在「忽然」（近因）兩個字上。因為這個「忽然」（近因）他不懂，所以他就先要回顧，就要回頭去檢查。這回頭檢查我們說，是這件事情過去的交代。這個過去的交代也是一步一步的，先是檢查昨天。昨天？在家裏還算好，大家沒有爭吵，昨天沒事啊！那再往前推，前天，前天有沒有？「前天，他顧察，也無爭吵」，他記得也沒有。所以最近的這兩天來講是沒有理由的。但下一句，「但他知道日常的冷寒足以驅追得他奔亡」，眼前的原因（近因），沒有，可是他知道累積的（長久的）也足夠了。他肯定那是累積的。但仍然存在這個問題：「但導致突然行動的近因呢？是甚麼近因？」怎麼會莫名奇妙沒有任何導火線就走了？要問的是（這個近因，）這個導火線。

「他低頸刷牙。父親昨天走之前的一切情形」。「他低頸刷牙」是這天早上出門前的動作，他活動的一個記錄。而這個「他低頸刷牙」跟這一段整個的後文也有一個關聯。「他低頸刷牙」以後整個這一段一直到「他祇是常常腦筋迷糊混淆而已。」最後一句，這一整段，這「他低頸刷牙」和這完整的這一整段之間有什麼關係？

劉逢聲導演：

他每個動作都一樣，都是很規律式的，規律式的才看不出來是什麼，什麼蛛絲馬跡都看不出什麼。後來最後他會想大概是腦筋迷糊了，也許他看起來很正常，可能心理已經不太正常，或是說神智已經不是很清楚了。

王文興教授：

嗯，這是有，這是解釋父親的那一方面。這一段的最後一句話是有這個意思、是這樣的解釋。但是所有這些敘述跟第一句話有沒有關係？

同學：開始的行程到最後的行程，從父親早上起床開始到下午四點午睡後收衣服。

王文興教授：

這個是對的，拿後面一部分來講是如此，就是從第二句開始到最後一句，的確是像剛才這位同學講的，是這個老人的、平日的日程。慣常的、每天的日程、時間表、課程表——這是後面一段的重點。但是還是有問題，這個時間表、課程表，這敘述、記錄跟第一句話有什麼關係？

同學：一面刷牙一面想。

王文興教授：

對！這兩部分的關係是這樣安排！他低頭刷牙的時候，刷牙是不是一下子刷好，不會。刷牙來來回回總要一、兩分鐘。所以下面是在這一、兩分鐘的時間內，他心裏所想的。下面是他邊刷牙邊想的內心意識流，或說內心獨白也可以，應該是意識流。大概把下面一段讀完的時間就等於刷牙時間，大略如此。這是「他低頭刷牙」跟後文的關係。

劉惠華：

那麼低頭刷牙跟前文有沒有關係？

王文興教授： 跟哪一個動作連續？

劉惠華： 跟動作連續。

一開始是收輕腳步移動，然後下一個動作就是搜察父親長褲的口袋，然後再過來就是低頭刷牙，所以就表示清早五點鐘的時候他在家裏就醒來。

王文興教授： 做了幾個步驟？

劉惠華： 每個步驟後面同時都在想事情。

王文興教授：

都在想事情，這是對的，這個已經回答一大半了。再進一步，「他低頭刷牙」跟上一段前文有什麼關係？

同學：他要出門了。

王文興教授：

他要出門所以才低頭刷牙，那是有的。但是，就跟上一段，「他低頸刷牙」的前一段有關係沒有？

李栩鈺教授：口舌之爭。

王文興教授：

口舌之爭？這跟這一段有關係沒有？光是這一句，「他低頸刷牙」這一句，我們曉得跟後文有關係，跟前文、前一段有沒有關係？

同學：日常的冷寒。

王文興教授：

日常的冷寒，那是寫下來的。但是，就是這一段，跟「他低頸刷牙」有關係沒有？

同學：他對父親的離辭殊覺費解。

王文興教授：

離辭費解，那是上一段沒錯。這（上）一段跟「他低頸刷牙」有關係沒有？剛才說跟後面有關係，邊刷邊想，前文呢？

同學：都是動作嗎？

王文興教授：前文跟「他低頭刷牙」有關係沒有？

同學：他顧察。

王文興教授：他顧察……？

陳萬益教授：應該是他決定要出去尋找父親，刷牙這個動作是出門之前應該要完成的。

王文興教授：

應該要完成所以他低頭刷牙，那這樣看來，就是說跟前面每一段都有關係，因為他要出門，然後再 narrow down，（一步一步演變下來，演變到刷牙，）把它縮小範圍。

劉逢聲導演：他懺悔，邊低頭邊懺悔。

王文興教授：

這也有，這一直都有。在他低頭刷牙之前那一段恐怕懺悔的更多。那麼這個答案幾乎就有了。所以他低頭刷牙跟前一段有什麼關係沒有？

同學：因為他後來也想不出來，就想要換一個動作。

王文興教授：換一個動作？差不多，你再講一遍。

同學：也是邊刷邊想，他前面是已經在刷牙的時候就想到，然後，後面才把動作結束。

王文興教授：

差不多。「他低頭刷牙」跟後文的關係是剛才說的邊刷邊想，那麼前文呢？是刷前做的，想的，他可能倒水、拿杯子或是拿牙刷……（即：諸如此類，應是哪一個動作？）

劉惠華：他每一個動作每個步驟都在想。

王文興教授：

對。所以剛才沒有問（這方面的問題），（如今）在前面我們找到這個指標了。在前一段他在做什麼，我們不知道。

劉惠華：只知道他搜口袋。

王文興教授：

只知道他在搜口袋，搜口袋也是邊搜邊想。也走路，對。但是走路的時候，我們絕不說剛剛他低頸刷牙的前一段是走路所想。

同學：走到浴室時。

王文興教授：當然也可以，但是最可能是什麼時候想，以前面的這段長度來看？

劉逢聲導演：

可能是跟老師整個書的風格有很大的關係，就是這樣子的延伸下去，可能會擠牙膏。可能會看看鏡子裏面，看到鏡子裏面自己，然後開始刷，開始往下想。

王文興教授：

好，你這已經解釋出來了，就是擠牙膏。你說是對著鏡子看自己。對著鏡子擠牙膏看自己想出上面的一段來，這樣時間是正確的。如果你要拍這段電影的話，大概就是這樣處理。他在看鏡子擠牙膏的時候，想到上一段所想的。所以他低頭刷牙是一個指標。是一個時間的指標。而這個時間指標的功能是用來承上啟下。承上是上面所想，啟下是下面所想。重要的是下面所想。為什麼下面所想比較重要？就是剛才有人提到，下面所想它非常明白的介紹這個老人平日一天的生活。不光是這個兒子現在在回憶，在尋找有沒有蛛絲馬跡，更重要的是藉這個機會來介紹這個老人的家居生活，日常生活中每天做些什麼事情？這是下一段的重點。李栩鈺老師，你讀下一段。

李栩鈺教授：

他低頸刷牙。父親昨天走之前的一切情形且跟以往的一式一樣，他返顧尋不出絲毫的異跡。他昨天一天都在家中，學校近日正在春假期間。

王文興教授：

「父親昨天走之前的一切情形且跟以往的一式一樣」。他覺得也沒有問題，都很正常。父親走之前的一切情形一式一樣，可見也就是他每天生活都一式一樣，都沒有改變。「他返顧尋不出絲毫的異跡」，現在下面就是他反顧的、尋找異跡的過程。就是希望尋出蛛絲馬跡，可以證明他有什麼理由選擇昨天離開。下面是他尋找不出絲毫異跡的過程。「他昨天一天都在家中，學校近日正在春假期間」。這句話插進去，我們先分別一下這句話的人稱的問題。「他昨天一天都在家中」，這個「他」是誰？

同學：范曄。

王文興教授：

是的，是這個兒子。因為下一句就說，「學校近日正在春假期間」，所以這個兒子才會一整天在家裏。平時也沒有在那個時間是整天都在家裏，是因為「學校近日正在春假期間」。那麼「學校近日正在春假期間」，在時間上我們又可以再回顧，又可以再呼應前面的時間。我們大致已經知道前面的時間是什麼季節？

劉逢聲導演：春天。

王文興教授：春天。前面我們有沒有算出大概是幾月？

劉逢聲導演：四月。

王文興教授：

四月，春假期間大概是禮拜幾？要不就四、五、六或……，大概是禮拜四……。一個禮拜之間放春假是哪幾天？大概是三天，是不是？從前就是三天。從前禮拜六不放假。大概學校都選哪幾天放？

劉逢聲導演：四、五、六。

王文興教授：要不是四、五、六就是什麼？

劉逢聲導演：一、二、三。

王文興教授：

就一、二、三。讓大家多得一天（意謂一、二、三之前為週日，可多一天假。四、五、六亦然）。那當初（我）選禮拜四就是這個原因，因為春假的原因，（我）選某一個禮拜四。所以說「學校近日正在春假期間」，因為春假所以這個兒子就可以整天在家。也因為他整天在家，所以他才有資格講下面一段話。要是不放春假的話，那他沒資格說我昨天看他都很正常。因為一定有些時間他沒看到，但是他昨天都看到了。他昨天一天都在家中。「學校近日正在春假期間」。所以他有絕對資格講下面那一句話。下邊，就是他父親一天的時間——一天的開始。劉惠華同學，請你讀下面。

劉惠華：

父親昨晨仍照以前在五點鐘時就起來（跟從前一樣在夢中被父親吵醒）。六點鐘時父親亦一如往常的幫母親生火煮粥。早上父親掃了會地，後又曾揩拭了一會桌椅，之後便衣着睡衣睡褲在房內蹀巡。午飯後父親曾照慣常的作他漫長的午睡，遲到近四時才起。其後還曾將晾晒的衣服收入，每一件都予整摺好。而自此以後他人就不曉到那裏去了。

王文興教授：

這是昨天親眼從頭到尾所看到他父親一整天作息的經過。而這一天，也是代表這個父親這幾年以來每一天的作息。所以這就是這個父親的生活的描寫。他的老年的生活的描寫。那麼這個作息，從他睜開眼睛就開始算起——平常也不能這樣寫，只有現在這個兒子可以這樣寫。因為（是）他的檢查（即：回顧），所以從一睜眼就開始寫。睜眼幾點呢？喔！這個父親起得很早！每天五點鐘就起來，像所有老人一樣都睡得很少。下一句「（跟從前一樣在夢中被父親吵醒）」，這是他最惱火的事情之一，他（父親）總是起來也不管別人還睡不睡，可能動作也很大、很吵。不只昨天如此，天天如此。這點他記得很清楚——所以，昨天的事，時間還很清楚。五點，是如此。六點，他就開始燒飯，早上煮稀飯。這是他父親的工作，倒也不是他一個人燒，這母親也沒說你一個人去燒，是兩個人一起燒。所以六點是如此——他幫忙生火燒飯。六點以後，就下面如此：然後就掃一會兒地——可能吃過早飯以後——就打整、打掃，掃一會兒地。再抹一會兒桌椅。這樣也就打發一天的很多時間。這是上午的時間安排。

以後整個大白天他就是如此了。該做的功課都做完了。早課都做完了。那剩下來做什麼呢？剩下來，就是走來走去，去找點事情做。如何走來走去，找點事情做？他還是穿了夜晚的睡衣、睡褲，人就如此在屋裏來回。沒事找事做。走來走去。因為不需要出門，睡衣、睡褲就變成他的日常穿著。他就不需要換衣服。然後，等吃午飯，進入下午。一般來講，打發下午這個時間，又很困難，那就先去睡個午覺，用午覺打發。所以「慣常的作他漫長的午睡」。別人的午睡也許半個小時、一小時，而父親的午睡大概四個小時，三到四小時。這一來說是打發時間的辦法；二來也是什麼呢？二來也是早起的關係。

他現在午睡這麼長，往往是晚上的時間睡得少，而一般老人總是晚上睡不好，可是往往白天可以午睡很久。他睡的時間是這樣算的，他在五點起床，所以下面該給他四個小時補足睡眠。所以這一睡，睡到「四時才起」。這樣一天的時間也過得差不多了。到四點太陽也快下山了。四點起來，還有一點時間再做什麼？那正可以出去收衣服。從前也不是洗衣機的時代，洗的衣服就晾在外頭，曬太陽，或吹風。他就出去，把晾曬的衣服收進來。這都是他一天的工作。父親給自己訂的或者他的母親給他訂的工作。現在四點午睡起來，太陽偏西了，就出去收衣服。他的習慣很整潔，收衣服不是堆在那兒，而是一件一件作手工一樣，很細膩的、「每一件都予整摺好」。這固然是他個人的習慣，但也是，有一個原因，使他可能或必然如此。關於他把每件衣服都整摺好的理由如何？

同學：打發時間。

王文興教授：

那也是。收衣服也用不了多少時間，還有時間就慢慢的摺，摺得整齊，這樣就可以摺很久，「每一件都予整摺好」。這樣算來，將近四點起來，收收衣服、摺一摺衣服，大概四點半吧，或者是四點半以前。「而自此以後他人就不曉到那裏去了」，東窗事發就是在這個時間。不曉得人到哪裏去了？還記得他收完衣服，看見他在那兒疊衣服，後面就不曉得他到哪兒去了？

關於時間的計算，前面已經算過，現在是印證前面算的時間。他幾點鐘離開的？前面算是大約四點，這兒就明白的證明了，要有前有後，前面是「虛」的時間，現在用「實」的時間來證明。以虛實的「實」來證明前面的「虛」。這一天的時間表已經回顧完了。下面就是他再繼續的思考，繼續尋找這個神祕的原因。下面黃啟峰，你讀下一段。

黃啟峰：他記不出父親有何要出走的跡象，更記不出有何在收完晒衣後陡然出走底理由。

王文興教授：

先看到這一行，「他記不出父親有何要出走的跡象，更記不出有何在收完晒衣後陡然出走底理由。」，這兩句話嚴格講也沒有重複，前後兩句是各有所指。「他記不出父親有何要出走的跡象」，囊括這一段中這一句以前的全文，就是那個時間表的過程。「他記不出父親有何要出走的跡象」是指早上五點到下午四點收衣服為止，這一段時間裏他記不出有任何要出走的跡象。下面「更記不出有何在收完晒衣後陡然出走底理由」，這是關於收完衣服以後，又有什麼理由要走。他更記不出收完衣服以後有什麼陡然出走的理由。難道那時出了什麼大事情，受了什麼刺激，就在那幾分鐘之間？沒有啊！他也察不出來。所以就想了下面「父親會不會患罹精神分裂？」稍微聽過一點現代醫學的人，動不動就說人家有這個毛病，這個原因很可能就什麼都按上去——那怎麼這麼無緣無故的，他是不是有精神分裂？其實我們也不大知道這叫不叫精神分裂，也許那種現象是精神裏面某一個現象，這裏頭複雜得很——問醫生的話（也許）都叫精神分裂——既然無可解釋，會不會是因為精神有問題？「不會，沒有任何現象」這個理由又推翻了。但是這個理由推翻也算不穩，下面一個又把它推翻。「他祇是常常腦筋迷糊混淆而已」。你說沒有明白的精神分裂，但平時也有他糊塗、思路凌亂的時候，那也是有可能的答案。是臨時頭腦混淆，說不定有一個什麼念頭叫他出去。但總而言之，還是不知道到底為什麼——還是一個 mystery。

到「他祇是常常腦筋迷糊混淆而已」的時候，這是他低頭刷牙到這兒為止（的時候），他把牙刷收起來了。好的，我們看下面。

同學：

他出門衣着已穿畢，但未出發，躊坐於紗門處。他不安地等待晨報。一種動物般的機警促命他要檢查一下報上的死傷消息。他面對籬門佇候著。

一聲籬笆外剎車的聲響。正方形的一個物體從外面飛入，跌在地上。他心胸狂跳着，走向地上的那物件，彎身取拾。他忽又直立起身幹，闔瞼默禱了一下。他拾捻起，飛速打開。他的眼睛張瞪着。

王文興教授：

好，看到這兒。上面這好幾行，也是另外一個單位。簡單講，在出門以前，刷牙以後，下面他做了一件什麼事？

同學：換衣服。

王文興教授：好，換衣服寫了沒有？

陳萬益教授：穿鞋。

王文興教授：

第十頁第一行到剛才唸完的部分，或者再往下一點，這是一個單位，這裏講的是什麼事？比如上一個單位講的是刷牙，那這一個是什麼？

劉惠華：讀報。

王文興教授：

對，就是讀報。讀報這件事情騰出來寫，「他出門衣着已穿畢」，他衣服都穿好了，很自然的下一步應該就踏出門外了，但是不然，這裏面有一個曲折，「他出門衣着已穿畢，但未出發」。他偏偏不出門，那必然要有個理由。不但不出門，而且姿態完全相反，他坐下來了。他本來是站著的，現在這樣奇特地坐下來了。不但坐下來了，而且坐在地上。「但未出發，躇坐於紗門處」。這就是說，他坐在紗門的地方。有沒有椅子？照這樣看來，他「躇坐於紗門處」？

劉逢聲導演：沒有座椅。

王文興教授：

沒有座椅。所以他是坐在地上。坐在紗門口的地上。對他整個身體來講，這個姿態好坐嗎？

同學：不舒服。

王文興教授：不舒服。他為什麼會自然地選這個姿態來坐？

同學：坐這樣可以看到報紙。

王文興教授：

坐這樣可以看到報紙，這是最重要的。對，這是等報紙的最佳的角度。最近的距離。但是，再考慮一下，他的姿態舒服不舒服？自然不自然？坐在地上。

從開始起，我們對他的姿態都交代過，就跟演員一樣，他坐跟站都是演技的一部分。任何演員「起」、「臥」、「站」或者「坐」，或者「轉向」，都是表情的一部分。都屬於

acting、都屬於表演、演出。前面他的站、坐、姿態等等，都考慮過理由。而他的站、坐的變化不大，前面要嘛就是站，要嘛就是坐，每次都該有理由。前面他站著的多半是什麼時候？

同學：講話。

王文興教授：

講話或者吵架，一吵架就站，這是站的理由。前面坐著大概是什麼時候？是什麼理由？

同學：在燈旁坐下。

王文興教授：

對，屢次在燈旁坐下，可以說是回去看書，坐下來。看書就坐下來。但更進一步說，他也沒看書，他根本看不下，所以他坐下來表面是看書，實際坐下來是什麼理由？

同學：擔心。

王文興教授：

擔心，每次坐下來都是他內心活動的開始。這回「但未出發，躇坐於紗門處」。這一句顯然他又坐下來了。我們先看這一次坐下來是不是跟前面一樣是內心活動的開始？以這一小段來講，有沒有內心活動的開始？其實比較少，這一段來講，並沒有內心活動的交代。也沒什麼內容。只是一個目的而已。他坐下來等報紙，就是這個目的而已。沒有複雜、詳細、豐富的內心活動。所以這回坐下來，他坐的姿態不一樣，他的內心世界也不一樣。這是關於他坐的理由。那又回到剛才的問題，既然坐下來，（又說）他這個姿態坐得不舒服，為什麼不舒服？

劉逢聲導演：因為他要去拿報紙。

王文興教授：

我們現在只看他姿態好了，不講他心理活動如何。這樣一個姿態，坐在門口紗門處等報紙，要等滿久的，這個姿態舒不舒服？

同學：不舒服。

王文興教授：不舒服，為什麼不舒服？

同學：坐在很硬的地板上。

王文興教授：

坐在很硬的地板上，不是坐在椅子上，所以不舒服。還有什麼理由或者有沒有相反的意見？先說為什麼我們會認為坐在椅子上比較舒服？

同學：有靠背。

王文興教授：有靠背，還有呢？

同學：有高度。

王文興教授：

有高度的意思是，就是腳可以垂下來放，是不是？那坐地板上呢？腳不能下垂，這影響循環。腳不能下垂，你的腳得平放，這樣就嫌這個腳太長，平放不能放很久。這是因為腳，所以坐地上的姿態不舒服的原因。所以大家說的，他坐這樣，並不舒服。而且還坐滿久的。不舒服的理由是兩條腿位置的問題。還有沒有別的看法？

或者他根本顧不到自己的身體了。他有太多心理上的憂慮。也可以說他因為心理上的憂慮所以忘了身體上有多不舒服。這可以替他說明他也不覺得身體上難過。關於他坐在這個位置舒不舒服，還有沒有別的可能？

同學：他不準備久坐。

王文興教授：他不準備久坐，那萬一送報的來晚了那怎麼辦？

同學：他隨時準備要起來。

王文興教授：

還是他隨時準備起來，所以也不覺得難過，這也可以。關於他坐這裏到底舒不舒服，還是要再想一想。

他已經換好衣服，正式的、出門的衣服。那穿好衣服，會坐得舒服一點嗎？還是反而不舒服，如果他穿便服坐的話，會舒服一點，穿好衣服反而拘謹得很，所以這還是又加一條不舒服的理由。

劉逢聲導演：他怕被鄰居發現。

王文興教授：這樣子坐可能被鄰居發現。

劉逢聲導演：他不是要上班、要上學了，為什麼還不出去？一定是發生事情啦！

王文興教授：這個也可以，但是有個籬笆圍著。

劉惠華：放春假啊！

王文興教授：

放春假啊！是啊，人家問他可以這麼講。再看看他這樣坐到底舒不舒服？還是回到舒不舒服的問題。

同學：他是坐在台階上嗎？

王文興教授：那你覺得舒不舒服？

同學：如果是台階應該就還算舒服。

王文興教授：

對！其實他很舒服！他坐的位置兩條腿並非像我們平時坐在地板上那樣，平平的，跟人成一個九十度角，那樣的坐法。他現在坐的方式，腿是可以自然下垂的，兩腳可以自然下垂，有沒有理由？

劉逢聲導演：日本式的房子有階梯，腿剛好放下來，剛好靠在牆壁紗門邊上，所以很舒服。

王文興教授：我們光說還要找證明，前面證明在哪裏？這樣坐很舒服的？第幾頁？

同學：

新版的第一頁第二段第四行，從第三行下面開始「房屋的正中間一扇活門前伸出極仄的三級台階」。

王文興教授：

對！就是！他坐的地方就是這三級台階的頂上，他坐在第四級台階上，他坐在地板上，門開的地方。腿擱在哪裏呢？

劉逢聲導演：擱在地上。

王文興教授：擱在地上還台階上？

同學：台階上。

王文興教授：對，台階上。第幾個台階？

劉逢聲導演：倒數第二個。

王文興教授：

第三個台階又不太舒服了，如果是第二，或者第一個台階的話，大概還可以。看他身高，也要看台階有多高，有的台階比較高。

劉惠華：台階分成三個是不是有點短？

王文興教授：

台階分成三個的話，重點是不寬。所以，他這樣坐，大致來說是舒服的。不會坐得很難過。他的腿擱下來，擱在台階上。第幾個台階？第一個或者第二個。這是現在他坐的姿態。

但他未出發，坐在這兒等。第二句，「他不安地等待晨報」，為什麼？因為「一種動物般的機警促命他要檢查一下報上的死傷消息。他面對籬門佇候着」。他很緊張的在這兒等。那麼這一段就是講，他在等報紙。為什麼他在等報紙這件簡單的事情，是分段、分成幾句來寫，分成幾個階段來寫？這幾個階段，又可以跟前面今天講的第一個地方合起來看。今天講的第一個地方，我們說的是敘述上的層次，是說他的計畫，他今天計畫要去找父親的朋友。那我們說過前面有六個層次，一、先尋找；二、哪裏尋；三、隱藏內情；四、找藉口。什麼藉口，何時用藉口，所以應該有六個階段。目前也是如此，這句話，也是用相同的方法，分層次而寫，也是向上回推的層次。先說他等待；然後說等什麼？等報紙；然後問，為什麼等報紙？因為他要看一下死傷消息。這三個步驟也是用向上回推的辦法，倒推回去把它安排起來，不是按自然的順序，而是倒推的順序。先從後面寫起。先從第三步寫起。「三、二、一」這樣寫上去。這是說他在等報紙。下面是另外一段。

謝曉筑：

一聲籬笆外剎車的聲響。正方形的一個物體從外面飛入，跌在地上。他心胸狂跳着，走向地上的那物件，彎身取拾。他忽又直立起身幹，闔瞼默禱了一下。他拾撿起，飛速打開。他的眼睛張瞪着。

王文興教授：

這一整段我沒有把這個正方形的物體是什麼寫出來。這個物體的 indentity（身分）被隱藏起來。但是，當我們讀完以後，應該就知道這兒寫的是什麼物體。現在不寫物體，而是寫什麼呢？現在是只寫人而不寫物體，只寫人所見，人的反應，只寫人的反應而不寫物體。第一句，「一聲籬笆外剎車的聲響」，先是聲音，這聲音到底是在講什麼？「一聲籬笆外剎車的聲響」？

劉惠華：送報童。

王文興教授：更精確一點，是送報童的什麼？

劉惠華：腳踏車。

王文興教授：

對，腳踏車。這是送報童騎車剎車的聲音。這個剎車的聲音跟我們現在的不一樣，各位的腳踏車大概剎車都沒有聲音，有嗎？

劉逢聲導演：有，但聲響不一樣。

王文興教授：有滅聲的功能嗎？

劉逢聲導演：不是，是方式不一樣，一個是鼓式的，現在是夾住的，所以不一樣。

王文興教授：

的確是時代不同。從前這個剎車做得好的時候，那剎車聲像是尖聲怪叫，是怪叫的聲音，老鼠叫、狗叫的聲音。吱吱地響。所以首先是「一聲籬笆外剎車的聲響」——聽到這一聲聲響。這聲聲響再過幾年看來，人家就以為是汽車剎車。那就看不懂了。怎麼汽車剎車有這麼響的聲音，還以為從前的汽車不太好。這要有個人的經驗，多少要，你有聽過這種腳踏車的聲音的經驗。現在的小朋友他真的不曉得腳踏車剎車，會有這種聲音。這一句恐怕就要註解了。怎麼會有這樣一個奇怪的聲音。這個聲音一點都不小，剛才說就像是狗哀叫的聲音。所以第一，最主要是送報童來了，聲音先到了。這一聲聲響是誰聽到的？當然是范曄。剛才坐在台階上的人聽到的。坐在台階上的人聽到，為什麼不寫他看見送報童來了？他等他嘛，「哦！來了！」或者是「看見他來了」。現在不是如此，現在是寫「聽」見他來了。固然這是一種寫法，不過有沒有什麼理由？現在重點是寫聽覺而不是寫視覺。聽覺先發生，視覺才來，是吧？還是聽覺、視覺同時發生也可以？現在是聽覺先來的寫法，那為什麼選擇聽覺？

劉逢聲導演：因為被籬笆擋住。

王文興教授：

Ya，就在籬笆上。不管怎麼樣，有一個籬笆擋著。當然，看是看得見，不過比較模糊吧。所以目前聽見是絕對可靠的，那個聲音是再遠一倍都聽得見。所以第一寫聽覺，籬笆外腳踏車剎車的聲音。第二點，「正方形的一個物體從外面飛入，跌在地上。」這個起先也沒說是什麼物體。也可能是一隻鳥飛進來了。「正方形」，就奇怪了，如果有正方形的鳥，我倒是想看看。這正方形的，怎麼說都應該是報紙，是吧？

劉惠華：我們現在的報紙是長方形的。

王文興教授：

長方形的話，它容易在天上飄，再折小一點，再重一點，丟進來丟得比較準。因為折得愈小愈重，你算算有多少距離，就丟得越準，它不會飄。我不知道現在送報是不是如此，還是如此嗎？

劉逢聲導演：跟房子有關係。

王文興教授：

對。公寓當然就不會。公寓你丟十樓不容易，所以平地的房子還可能，是吧？還有一種，平房有信箱也不可能！

同學：有小庭院還是這樣……。

王文興教授：

有小庭院。現在還這樣，是吧？那這一句還可以看懂。你剛才說可能是長方形。為什麼（不同）？（因為）現在報紙頁數比以前多，以前大概只有兩三頁，或者多到四頁。多到四頁，要是只一折的話，那只能飄到眼前。所以，就把它折小一點，折了好幾折，折成一個四方形，體積小一點。比較不會飄。所以，「正方形的一個物體從外面飛入」。好像是那物體自己飛進來，跌在地上。

這時「他心胸狂跳着，走向地上的那物件，彎身去拾」。（我們）怎麼知道他拾的是什麼？丟在地上的是什麼？我們沒講出來，（就）不知道彎身去拾的是什麼。要猜想。（好——）他又這麼緊張的跑去拾、去撿。撿的時候再給他一個曲折：「他忽又直立起身幹」。已經彎下腰去了，又不趕快撿起來，很迷信的「闔瞼默禱了一下」。這一撿，非同小可，所以默禱一下，希望沒事。所以他撿之前有這一個曲折：已經彎下腰了，又打直起來，眼睛閉上，默禱一下，然後，他才撿。這一撿，又跟剛才的曲折不一樣了，剛才是slow down，要放慢一點，現在，這一撿，又飛快地要打開。這次又急了。這一撿不是慢慢的打開，再禱告一次，再默默的閉上眼睛，再禱告一次，再慢慢打開。不然，這一回他恢復他的著急，所以他剛才慢一點，現在又快很多。「他拾捻起，飛速打開」。飛速打開後如何？我們也很急，想知道他看到什麼——再慢一點，再多一個suspense（懸疑），「他的眼睛張瞪着」。先不講他看到什麼，先說他眼睛睜得大大的——那就是他開始讀報了。所以，又多了（一個懸疑，）一個曲折，「他的眼睛張瞪着」。下面才是他所看到的。他眼睛張瞪著看到什麼了？看到下一段。下一段是他眼睛張瞪著的對象、目標、目的。下一行。

鄧仔婷：

一件仇殺案，三輪車伕砍傷主人；一個青年無故自殺；一件車禍，司機二人均亡。

王文興教授：

這是當年少少的兩頁報紙，全部的社會新聞。或者關於死亡的、關於受傷的，大概就這幾樣。首先是一件仇殺案。這一定登得最大，用大標題。什麼仇殺案呢？三輪車伕砍傷了主人。這個三輪車伕——你們很多人大概都沒見過三輪車，計程車以前是三輪車。這又要解釋一下，以前三輪車伕有兩種，一種是在街上兜生意的，就跟今天的計程車一樣。他領有執照，每天得跟客人議價、賺錢。另一種三輪車伕就是僱用的私家三輪車。例如，單位主管、公司行號老闆，他們有辦法，就像今天的私家司機一樣，當時按月僱用三輪車伕替他接送、踩車。

第一件仇殺案，「三輪車伕砍傷主人」。這種社會新聞在當年也很普通。經常有三輪車伕砍傷主人這樣的糾紛。原因大概是什麼呢？大概都是這些車伕平常態度不好，或者有別的問題，主人就說：「你下個月就不要來了，我也不坐這個車了」。那他第二天就一刀把主人砍了。為什麼呢？這是社會問題。主人說這個車以後我也不用了，這簡單。但車伕他不這麼認為，因為他的生活靠的是這個，這等於就是斷了他的活路。如果其間再有一點爭吵什麼的話，一刀砍上來是常見的事情。這是一件當年常有的社會新聞。當年的兇殺案，多半是這一類的。這是報紙上第一個死亡的新聞。

第二，「一個青年無故自殺」。這「無故」兩個字是新聞記者寫的，焉能無故？反正警察也說找不出原因，就列入「無故自殺」。這也是另外一個社會問題的現象。在當年年輕人為情自殺的真是不多，無故自殺的比較多。為什麼無故？貧病（其實）就是故。可能就是失業，或者因為貧而病，當年沒有公保、勞保或是健保，有病也沒錢醫。那是一個年輕人——要是老年自殺的話，新聞記者也不理會，也沒這個消息——年輕人自殺的話，就上報了。一時都說無故，找不出原因，所謂找不出原因，就是他沒有留遺書，沒有證明，所以不曉得什麼原因。「一個青年無故自殺」，這是第二個例子，第二個社會問題。

再來，這件事情在三件裏頭是比較和氣的，沒什麼血腥味，雖然死了兩個人。「一件車禍，司機二人均亡」，這個車禍兩個司機都死了。那是為什麼呢？兩個都是超速，速度都是高速。而且什麼車呢？當年滿街（都是）什麼車呢？我們現在最多是計程車、小汽車、私家車，當年奔馳在街上是什麼車居多？

劉惠華：裕隆嗎？

王文興教授：裕隆還沒成立。哪一類型的車？

劉逢聲導演：吉普車。

王文興教授：

吉普車要是相撞，大概司機二人均傷，死不了。當年車的確很少，吉普車以外那只有另外一種，那是什麼車？

同學：金龜車。

王文興教授：金龜車啊！那時候還沒有聽見過，金龜車滿考究的。

同學：摩托車

王文興教授：

沒有摩托車。憲兵有，警察沒有。當年能夠上街的，就是貨運卡車。一來是軍方的卡車很多，二來是民間的運貨卡車。那麼這種車，要高速的話，你真要在台北高速，兩部對撞也不太容易。多半在什麼地方？

劉逢聲導演：彎路。

王文興教授：

彎路的話，撞起來也不這麼厲害。這個報紙是全國性的，它也不完全講台北。這種情形，大概在那兒？如果是兩部卡車高速對撞的話？這個消息，在當時也相當典型。在什麼地方？我們剛剛講台北大概不太可能，撞是可能撞，什麼地方都可以撞，至於傷得這麼厲害的話是在那兒？

陳萬益教授：縱貫線上

王文興教授：

縱貫線上！當時還沒有高速公路，但是縱貫線也可以開得滿快的，或是規定不能快，但他還是開很快。尤其晚上開得很快。半夜沒有人，大家都用最高速。這個時候兩部車都最高速。今天的高速公路兩邊來去不會對撞，只會追撞。當年一條公路是對開的，沒有分隔島，那就會對撞。所以這個「一件車禍，司機二人均亡」的新聞，今天或許有點特別，怎麼兩個都死了，但在當年是可以的。也稀鬆平常。兩部卡車高速開在縱貫線上，左右又不分，誰都可以開一邊，那麼就對撞了。兩個對撞了就同歸於盡。

「他匆掠讀畢，從頭又再讀一遍。」再讀一遍，看來還是這幾個字，「沒有甚麼堪疑的，他吐口氣。」他事情做完了。我們今天就講到這裏。

陳萬益教授：

今天再度聽王老師上課，先講一下我這個四十年前的老學生，在這個時候再聽課的感覺。第一個感覺，今天我們同學的反應好像比我們那個時代的比較好一點，有很不同的閱讀的感覺和想法說出來。第二個，我自己聽下來，一直回到那時候上老師的課，海明威的《殺人者》（*The Killers*）。我其實已經忘記小說的情節，但是今天所讀的這一段，那個感覺、那個氣氛，好像跟四十年前那個氣氛有一點吻合。具體的情節不曉得，也許王老師等一下可以再談談看。

我聽說之前呂正惠教授在這裏向老師問到小說語言的問題，說是不是跟老師原來的福建的鄉音有關。可是今天我聽老師在講的時候，特別感覺到老師的語言其實不是口頭語言，而是相當接近文言，這是一個很奇妙的事情。第一，這個語言很接近海明威的、非常白話的語言，可是老師讀起來，以及有一些詞語，絕對不是口頭的語言，完全是一個文言的語詞，包括詞語的字的順序，刻意把它倒過來，不是我們日常用字的順序。這樣子所呈現出來的，其實可能更適合閱讀。文字上與視覺上，一看就可以懂，我們講幾個例子，譬如說第九頁中間「但他對父親忽然離辭的原因」的「離辭」，口頭的語言大概不會說「離辭」，但是閱讀的時候，馬上就懂得這「離辭」是什麼意思。下面的「日常的冷寒」，我們口頭的語言是講「寒冷」，這裏如果用「寒冷」，那是不對的，但是用「冷寒」，視覺上馬上就懂這意思。譬如說

「足以驅追得他奔亡」的「驅追」，這絕對不是口頭的語言，它完全是個別的字合起來的，一個接近於傳統的文言詞語表達的方式。再往下看，譬如說最後一行「會不會患罹精神分裂」中的「患罹」，口頭語言絕對不會講「患罹」，一定講「罹患」。像這樣子，字的詞語的順序倒過來，我們在閱讀的時候，其實一看就懂，但是，不是口頭語言，所以這裏又產生另外一個很奇怪的感覺。一開始老師在「讀」小說的時候，我們是看著小說在「聽」，那樣的一個感受當然會幫助你對小說有進一步理解，這個沒有問題。我在想，如果我們不看著小說，只聽老師朗讀的聲音，我們是不是也可以很快就掌握了老師的「聲音的文本」，也許可以試一下。

講到這裏我又想到，上一次老師在台灣文學館「週末文學對談」，跟柯慶明教授對談的時候，最後有一段老師朗誦《背海的人》，《背海的人》那一段基本上是一個人的獨白，是「爺」講話的句子。那時候老師讀出來的是一個人的獨白，今天所讀的這一段基本上是心裏的聲音，跟《背海的人》講出來的口頭的聲音，是完全不一樣的感覺。上次《背海的人》那個感覺，我就覺得不得了。所以老師下來之後，我就說，老師如果能夠這樣子，把小說用朗讀的方式把它讀出來，一定非常精彩。老師那時候告訴我說，易教授已經在做這個計畫了。所以在這裏是不是又會有一些差異性，老師在朗讀不同文本的時候，會不會有不同的朗讀的策略或者聲音的表現？我們聽眾或者讀者，在面對不同的文本的時候，是不是也會產生差異？那這裏頭又涉及到，從《家變》到《背海的人》，可能語言上又是一個新的階段，因為小說的人物、小說的敘述。剛剛我們大部分提到的是敘述性的文字，但上次朗讀的《背海的人》，它是一個口頭的語言，跟敘述的語言可能不太一樣。這些是我剛剛從老師的朗讀，然後解讀的情況所想到的幾個問題，請老師看看有什麼想法。

王文興教授：

我想剛才的問題非常好，六回以來好幾位參與對談的老師也提過類似的問題，比如張靄珠老師提出的問題和你提的幾乎一模一樣。她也說：「這種是文言嗎？」然後又說：「這是海明威嗎？」我當時回答說，海明威我也只好承認了，我先不敢承認是因為不敢攀龍附鳳，人人都說要學海明威。所以你的看法和張靄珠老師是一模一樣的。文言的確是也有，剛才你很明白的找出來了。

那麼，為什麼是文言的形式、句法跟辭彙呢？最簡單的看法，也大概是我的想法，不是把白話文改成文言文，而是把白話文詩意化，這是我的一個目標。一旦走上詩意化的話，就會變成文言。因為中國的文言文根本就是詩意的句子；中國的文言文那樣的濃縮、那樣的精簡，就是詩的語言。剛才你前面講的，文言跟海明威的影響，我都得承認，的確都存在。

你的第二個問題，我可以肯定《家變》的朗讀，如果不同時對照文字的話，必然完全聽不懂。就因為剛才說，它嘗試用詩的語言。任何人要是聽詩的詩句，不看文字的話，也是一片空白。再好的五言、七言，我們如果沒讀過，你光聽，絕不容易聽懂。白話詩也是，光聽不容易聽懂。我還做過試驗，任何人在台上長篇大論講話，我都聽不懂。這是很不幸的。因為我常坐在教堂裏面聽，怎麼都聽不懂，原因是什麼？因為他講話稍微理念化一點，我就聽不懂。我們只能聽懂平日互相之間的對話。我在計程車上，常常聽司機放收音機新聞，我就聽不懂。特別是很多新聞的前因後果我不知道。所以，很奇怪，人的耳朵理解力很低，只能夠了解對方講話，他跟你講話你就懂，但是對方如果講起觀念化的話，那完了，聽著又睡著了，又聽不懂了。不能只講理念。所以聽不懂是很普通的問題。

至於《背海的人》，基本上它是口語。也許講起來容易懂一點。但是我上回舉例所讀的，是選特別容易懂的來讀。《背海的人》大概百分之九十九是聽不懂，一樣也是聽不懂。

所以，有些外國的作家，寫完小說以後先把朋友找來，讀一遍給大家聽。我一直不相信這個辦法行得通。聽英文也一樣，聽到觀念化的字絕對是茫然一片。劇本容易一點，如果你讀劇本給別人聽，因為基本上劇本是模仿日常對話，也許聽得懂。但我也不敢保證。萬一稍微理念化一些的話，劇本的對話也是聽不懂。

陳萬益教授：

印象中當時老師讀《背海的人》的時候，聽的感受是音樂性比較強。它是口語沒有錯，可是你在讀的時候，因為有時候裏面有很多個人性的語言、罵人的話或者是特殊的聲音，有那個聲音而沒有那個意思的話，但是老師一讀起來，感覺就對了，那個聲音、那個音樂在感受上就特別強。而老師讀起《家變》的時候，所呈現出來的是畫面，所以它的差異是在這裏。

剛剛老師提到，《家變》的語言應該是一個詩意化的白話，我覺得這是對的。剛才老師朗讀的時候，想到老師曾說理想的閱讀應該在每小時一千字上下，道理就在這裏。因為它是一格一格的畫面，你必須去感覺它，它不是說讓你只是知道那個故事的情節發展而已，是要讓你停留在那個畫面。

《背海的人》老師那時候朗讀的時候，音樂性聽起來在讀者來講，就覺得好像有另外一種滿足。所以這裏可能進一步的，剛剛也跟易教授提這個問題，文字的文本，文字的《家變》，這是一種文本；那麼，老師朗讀的聲音的，這是另一種文本。再來，還有沒有另外一種文本？我問易教授接下來的計畫是什麼，譬如我們這一次的六講，由作家本人對於自己的小說逐字逐句的朗讀跟詮釋，如果將來這些都整理出來的話，加上這個聲音、加上文字，好像又可以成為另外一種文本。那讀者或者聽眾，跟著這個文字、文本一起來聽、來讀的時候，會不會又是有不一樣的一個文本的誕生？

王文興教授：易鵬，你看有沒有第三種可能，解釋這個文本？

易鵬教授：

如果說老師可以把所有的作品，譬如說《家變》，重新再詮釋一遍，最後的結果究竟是同一個作品還是不同的文本？

王文興教授：

所以你的意思就是說，解釋到後來也還是閱讀的那一個文本。如果這樣的話，那，還是只要閱讀就可以，是不是？眼睛閱讀就可以。

我記得第一次研讀班，馬大安提過同樣的問題。她說你講這個，其實我讀的時候都有感受到。她的意思是說，如果你讀得詳細、仔細的話，就不需要這些註解。馬大安顯然是這個意思。那天她來，（我）讀的是《家變》的第一頁。

也許剛才易鵬的意思是說，最可靠的文本還是閱讀的那個本子，聲音或者解釋都是幫助。這一點我想我同意，我同意這個看法。

陳萬益教授：

我的版本是最早的環宇出版社的版本，我一直都留著。當時《家變》出版的時候，其實反應是受肯定的，像顏元叔就說，《家變》要苦讀細品，肯定這部小說是近代小說少數的傑作之一[13]。但是那時候，老師也在中文系講授現代文學的課，中文系有另一極的看法，「您

13　顏元叔，〈苦讀細品談《家變》〉，《中外文學》第一卷第十一期，一九七三年四月，頁六十～八十五。

連中文都寫不通，怎麼會在中文系教書？」這就是相當兩極的看法，這是在語言上，這是一個例子。

還有，另外一個例子，譬如羅門認為，《家變》是「採取近乎電影的寫實鏡頭靈活精微而真摯，有時更美得迷人。」[14]老師似乎不認為您是用電影的這個技法寫作？剛才從老師講的，這個語言是把它詩意化，基本上是文字的一個表現，是一個文字的演出，不應該是一個鏡頭的語言，這個請老師等一下再解釋。

今天特別帶來老師的《星雨樓隨想》，基本上是一個札記的文本。老師幾十年來一直有相當大量的札記。拿這個札記來跟《家變》裏面的一些段落、一些片段、一些句子比較，其實有很近似的地方。這裏呈現出來，老師在生活裏面隨時觀察，然後內省，然後再將之文字化，在文字化的時候，其實也就是剛才所講的詩意化。在某一方面來講，剛剛提到《家變》是一個比較詩意化的語言，它不像《背海的人》是口頭的語言，這不太一樣。比較上來講，我覺得《家變》跟老師長期寫作的札記的方式，也就是呈現出來對於外在事物的觀察，然後掌握，然後用簡潔的、精煉的字句表達出來的這種札記方式，有很親密的關係。

我記得王老師有一個札記，到現在還都忘不了。那個札記大概只有一行，「上公車」然後是「請往前走」、「脫苦海」，「脫苦海」是當時的一個藥名，在公車上面的那個廣告。你一上車門，就寫了一個「請往前走」，然後前面有一個「脫苦海」的廣告，所以老師就寫下，「請從前門下車脫苦海」[15]，非常妙的一個札記。

王文興教授：

今天來講的話，也許報童丟報紙那一段，可以看成電影攝影的一小段。只是剛才我沒有詳細把這一段的電影化解釋一下。就是第十頁第三行第二段，這一段是電影化。剛才第二個問題，再請你提醒一下。

陳萬益教授：

如果《家變》要拍成電影的話，一定是失敗。我這樣說是因為導演可能拍不到老師的小說中所要達到的那樣的一個境界或者感覺，是嗎？

王文興教授：假如他每一句都拍也拍不成。（即：辦不到。）

陳萬益教授：

如果拍的話，譬如剛才提到的詩意的畫面，他可以拍得出來。但是像我們今天讀的這一段，范曄的心靈世界，沒有辦法拍出來。我另外一個問題是講札記跟《家變》之間的關係。

---

14 〈《家變》座談會〉紀錄，《中外文學》第二卷第一期，一九七三年六月，頁一七一。

15 「請從前門下車脫苦海」，原句見《星雨樓隨想》（台北：洪範，二〇〇三年七月），頁十六。「脫苦海」是日本的一種止痛藥。

王文興教授：

這關係一定是有。但是《家變》沒有用過手記裏的任何一句話。所以剛才你說的也只是一種轉化或者一種類似。沒有用過，不是刻意不用，我面對那麼多手記，我也力不從心，沒有辦法從裏面去篩選。有人可以？那不得了，他就是能夠準確的用他的手記，不厭其詳地去閱讀然後利用。他的用功，是沒有人能夠跟他比的。所以我的手記全部浪費了，就讓它自己是手記，沒有用上。但是方法可能一樣，就是說觀察事件的方式或者是來自於手記的這種訓練，會移到小說裏來。

劉逢聲導演：

老師寫這個手稿的時候，手寫是橫著寫，是不是因為台灣印刷版本必須從右邊往左邊印，現在中國大陸的印刷是從左邊，跟老師的方法一模一樣。以前我看有些古蹟，它的中文字如果是橫向的話，應該是從右邊到左邊的。老師寫這個手稿的時候，應該是在二、三十年前了，是不是因為老師英文書寫的習慣，所以才採用這種方式？

王文興教授：

我當時沒有辦法用直行的上下書寫，怎麼樣都不行，今天也不行。今天我的手記也是從左到右，不完全是西方的訓練。最要緊的是，我一到從上到下的時候，我的句子就會亂成一團，沒有辦法斷句。

我可以說「從上寫到下」就很流利，那樣的話，一個小時大概可以寫兩千字，然後不會滿意的。那樣寫我覺得，第一個感覺是油滑，那樣的流利我的感覺是油滑，我不會接受。我上下的寫沒辦法斷句，沒辦法讓每個句子有它自己的節奏，這是我個人的一個特殊的習慣，所以到今天我還沒有辦法上下寫。有時候給人回信都是寫過上下，後來想這樣的信人家讀了一定很難受，所以後來連寫信、寫便條都是橫的。這倒不是在提倡西化，而是說這樣的話我的思考的方式就比較符合我要的方式。換句話說，如果我橫寫的話，我的文句就比較合邏輯，一到直寫就不合邏輯了，就亂成一團。橫寫我很容易合乎自己的邏輯，這是一個值得討論的問題。我覺得，橫寫有比較合邏輯的好處，不會流入剛才說的油滑，不會流入太流利的問題。

我對流利是非常恐懼的，我認為寫文章最大的敵人就是流利。假如能夠不流利，我願意嘗試橫寫——從右寫到左。如果哪天我發現這樣橫寫——目前我的橫寫——還嫌有流利的缺點的話，我願意嘗試從右寫到左。所以我剛才也講得很明白，我始終認為流利是最大的敵人。為什麼杜少陵的詩那麼好看，就是因為它不流利。它的節奏很好，但是它不流利。有那麼多的抑揚頓挫，那麼多的上下起伏，絕不是像溜冰一樣，從第一句讀過去，像溜冰一樣就溜到最後一句。那不是杜少陵的詩。所以剛才你提的書寫是一個可以討論的問題。

同學：可不可以談談這次的手稿。

王文興教授：

這個過程是這樣，手稿（樣本參見頁三二九）上第三格橫格是最初寫下來的。最後寫成的這句話是「背著陽光的深淺棕櫚翼与亮淺綠頁」，這一句話怎麼寫出來的？其中的經過有同學希望我給他看，例如說線條、打點到底怎麼回事。

這兒有很多線條，這裏就有了，打點了，還有一個大黑點。這個黑點原先沒有要這麼大，只是用力過猛，我的鋼筆漏水了。這個大黑點事實上是一個小點，太用力了。所以寫出來的最後的一句話是剛才唸的「背著陽光的深淺棕櫚翼与亮淺綠頁」。那麼這一句話是要寫什麼呢？又是剛才好像很多人提到的，就是視覺的印象。看到的一個印象。這個視覺的印象，大概像莫內畫的植物園一樣。假如莫內要畫植物園的話，他如果畫的那個一個角落的植物，假如光線是從植物背後照來的話，是什麼樣的光影？或許這一句要寫的是這種的光影的印象。

那寫這個印象的時候，我拿起筆來，（起初）就只能寫半句。那是剛才說的橫的第三格。我先拿著筆快速寫下來的是「背著陽光的深淺棕櫚」。你們先看看前面找不找的到這幾個字？第三行「背著陽光的棕櫚」，我只寫到這裏就停了。這幾個字因為寫得很快，所以我沒有一個個字都寫下來，只寫了前面兩個字「背著」，「陽光」的「陽」來不及寫了，先就跳到「光」，「的」寫了，「棕櫚」呢？「棕」字寫了一半，寫得很潦草。「櫚」字沒寫。「櫚」

字是後來下面補進去的。那「背著陽光」的「陽」，也是後來補在下面的。所以前面大致就是寫了「背著陽光的棕櫚」，我就停了。我寫不下去了。我的觀念有，但是我的字沒有。為什麼沒有呢？我是要寫那個棕櫚樹彎彎的那個棕櫚絲。當時寫的時候，我是想，可以寫成「背著陽光的棕櫚絲」。這是我第一個考慮。但是這個「絲」字不敢寫下來，我覺得聲音不好。這個聲音呢，太細。我得到的畫如果是莫內的畫，這個棕櫚的枝葉，假如我用「絲」字的話，這個綠色的「絲」太細。細得像柳絲一樣。我不要那麼細的絲。所以「絲」字不敢寫。「絲」字停了。那寫「棕櫚」又不行，棕櫚只是樹，後面還要一個字。要把棕櫚彎彎的枝葉要寫出來。這個字到底在哪裏，我就始終找不到。後來我就找了一個字，但那個字是英文，沒辦法寫上去。那個字是什麼呢？是 frond。只有英文有這個字。把那個棕櫚彎彎的枝葉叫做 frond，palm frond。這個字到中文就沒有辦法了，恐怕查遍唐詩宋詞也沒有跟 frond 相等的字。到這個時候，沒有辦法，只好拿一個字代替。我試試用「椰」字，檳榔的「榔」字。不管別人懂不懂，也許有人想一想會懂。所以我就寫成「背著陽光的棕櫚『榔』」。進去，這個字。所以，隔了一格空白以後，我放了一個「榔」下去。好，這個字暫時讓它存在。假如有人讀到「背著陽光的棕櫚榔」，他知道是指的我所說的 frond 的話，那麼這個字就可以用。所以我暫時把「榔」寫下去。但是「榔」當然也有很多的不方便。中文裏面只有「檳榔」。有的時候「榔」就是高的意思，高木的「榔」，所以不是我要的 frond。我只是暫時放「榔」下去。或者借用，看看讀的人是不是也可以同意。

把「榔」放下去以後，然後還有，因為這個圖畫還沒有完。「榔」，下面還有什麼？因為我要畫的，不但是棕櫚樹的背光，還加上很濃密的一大堆的樹葉子。這個棕櫚樹的葉子、葉枝以外，還搭配亂七八糟別的樹的大張的綠樹葉。那些大張的綠樹葉，也是綠色的，可是跟棕櫚樹的綠色深淺又不同。而且背光的關係，有的更顯得這張圖畫裏邊的這麼多的樹葉，非但形狀不同，顏色深淺更不同。有的是很淺，到了黃的地步，因為透光的關係，到了金黃的地步。所以就暫時是「背著陽光的棕櫚榔和亮淺」。你可以在這一行最後看到「亮淺」這兩個字。我本來寫的是「亮淺諸葉」。「諸」就是「諸位」的「諸」，「葉」就是「樹葉」的「葉」。所以開始的時候，我就讓它如此。但是後來又改了一個字，因為「和」字，跟「亮淺」在聲音上不能密切配合。我要一口氣下來，所以我就用「ㄣ」字比較能夠一貫。所以這句話的第一次的手稿的寫成應該是沒有劃掉之前的那幾個字，請看最後一行，那就是「背著陽光的深淺棕櫚榔和亮淺諸葉」，這是第一稿。

在這第一稿的時候，因為有幾個字要想，所以在這張紙上就有剛才說的一些線條的手稿。每想到一個字，沒有時間把它完整寫下來，其中好幾個選擇，大概都是用線條代替。在沒有選定之前，都是打著線條啦，或是打點、打勾這樣。那第一遍是如此。到這後來第二遍的時候，我就想，這個「榔」字，恐怕很多人不能同意，也不懂你在講什麼，你大概知道

frond的話，也許會想到是借用，如果不知道frond這個字的話，那這個「椰」字擺在這裏，恐怕沒有效果。那麼這個時候只好再回頭來。

再回頭來的時候，我沒有辦法就拿這個「椰」字去想，我必須一遍一遍的寫「背著陽光的深淺棕櫚」，寫到想出下一個字為止。所以有很多一行一行，都是前面這幾個字不斷的重複的寫。寫到後來，我試著五、六遍都不能要，「絲」不能要，「葉」不能要，「枝」不能要，都換掉了。後來，也用過「彎」，「棕櫚『彎』」，比較接近了，也沒用。最後是想到，那樣彎彎的，那一段像是翅膀，像是鳳鳥的翅膀。那麼就是「背著陽光的深淺棕櫚『翅』」，意思有了，但聲音不好，後來把這個字換了，換成「棕櫚『翼』」。就像是大鳥的翅膀一樣。

「棕櫚翼『和』」，「和」字也不能要，「翼」配「和」不很理想，要把「和」字改了。「棕櫚翼『与』」，這樣比較流順。比較是可以一氣呵成下來。「与亮淺諸葉」，本來是如此。但是，一旦是「棕櫚翼与亮淺」以後，那個「諸葉」兩個字的聲調有問題。而且我也嫌這「諸葉」是說各種的葉子，這個印象不是很明白。我要的是背後雜配了很濃密的其他大張柔軟的綠葉子。好。「亮淺」是有，這個「亮淺」意思就是說，跟前面的深淺不一樣，「深淺」是棕櫚翼的深淺，這個「亮淺」，是比前面的綠還要亮，還要淺的綠。所以不是屬於棕櫚的樹葉，是屬於別的其他樹、大張的軟葉。

大張軟葉剛才說是在「諸葉」上，但我還是覺得「諸葉」不夠好。「翼」字更動了以後，「ㄣ」字更動以後，「諸葉」這個聲音要更動。要換字。所以，「亮淺」到後來是落到「綠頁」。起先的「葉」還是樹葉的「葉」，但是這個樹葉的「葉」沒有力氣，樹葉的「葉」很容易讓人想到是小張的樹葉，像榕樹葉一樣小張。那不是我要的意思。我要的是彎彎的棕櫚，夾雜在大張的軟葉子裏頭。這個時候，我的綠葉就變成page，書頁的「頁」。這個「頁」，在古字勉強可以用，至少古書的「頁」數可以用樹葉的「葉」，今天我們則是用像貝字一樣的「頁」。所以我就用這個「頁」，代替了樹葉的「葉」，因為這個「頁」出來以後，在視覺上你會知道它是大張的、柔軟的樹葉。所以是這幾個考慮，大概這簡單的一句話，它的過程是如此。這個過程所要的時間呢？當時寫這一頁的時間，大概二十分。已經很快了。

某來賓：

我感受到王老師跟陳老師還有之前各位老師以及各位的參與與投入，也許可以請王老師講一講經過這一系列研讀班的細讀方式之後，王老師覺得同學可以自立自強了嗎？接下來我們要怎麼樣做，才是未來的方向？

王文興教授：

我簡單的講一下。因為這樣的六講是比較實驗性的，嚴格的講，這是一門寫作班的課。一般在寫作班裏面，如果是駐校作家的話，他可以這樣上課。但是這只上了一半，因為是駐校作家的話，還有一半就是要看大家的作業。當初我跟康老師談的時候，後面一半我實在時間上不夠，所以我只上一半的課，就是照駐校作家的方式上課。至於作業，以後再說，或者請別的駐校作家來專門看作業，那也不錯。當時這個課程的設計是如此的。

那麼，駐校作家這樣的講課，就是兼有兩種的特點。一個是創作本身的重建，第二個特點就跟普通學校裏的講書沒有分別。這跟我以前上「小說選讀」的課也沒有分別。所以這六講的課兼有這兩個特點。

我想最感興趣的，還是請各位同學想發言的人發言好了，講一個整體的批評，就是說你覺得這樣的方式還有待改進的，或是你覺得整體的印象是什麼。這個也許對我個人、對大家也有用處。無論是從那個角度來看這個課，任何人講一句話做一個總評，請大家提出。

陳萬益教授：

我先說一下我這個老學生今天的感覺。王老師上小說課程，不管是講他自己的《家變》，或者我那時候上老師的海明威或是喬伊斯，基本上老師就是跟今天的講授方式是一樣的。現在我們當老師，發現找不到這樣子的老師跟講文學的一個方式，而且我相信如果我們這樣子講課的話，會被我們學生轟走，一點理論都沒有，一點術語都沒有，你怎麼在這個大學裏面生存下去？但在我的感覺來說，現在看到這麼多的論文，尤其現、當代文學的論文裏面，拋來拋去、漫天飛舞的就是那些術語跟理論，可是當他在解析這些文本的時候，不知所云，這是一個時代變遷以後很大的變革。

但是今天重新做老師的學生，聽老師講課，還是覺得是一種享受，是一種進入文學美好世界的感覺。老師一路堅持下來，幾十年來外面風風雨雨及變革有沒有讓您面對一些挑戰？以及您對現在的教學或者閱讀的方式有些什麼看法？

王文興教授：

幾十年下來，我也不是沒碰過壓力，有的。只不過因為別人看見我教書的時間久了，也不能當面跟我提出。我也有以前班上很好的一個學生游文嘉，到嘉義民雄中正大學教戲劇，完全用這個辦法，但遇到了困難。他一個學期了第一幕還沒講完，學生（就不滿意）。游文嘉是一個很好的學生，我相信他能把那一幕教得很好，他自己覺得有信心，他是負責任的，結果聽說出了這樣的問題。

我從退休到現在，回顧起來，不是因為我個人自私的理由，平心而論，文學只有這個辦法。要怎麼教？只有這樣教。我當初抬出了中國老祖先的評點學背書，我說這又不是我講的，又不是只有我這樣教，那個老祖先不是這樣子講文學。今天這個辦法，在大學教書格格不入的話，我們沒有辦法，是和非只有一個，你只能選，現在可能是（必須）面臨這個問題。假如我們選評點學的教法，不但台灣，全中國，全世界可能都得改變，整個大學課程要重新設計，教法也要重新設計。

有一次，一個法國很好的小說家，法國文化協會要我跟他對談，我就說好，我說我就談你的小說。我讀了他的中文譯本。我就用這個方法跟他對談。現場所有的法國人都說，這是他們第一次聽到這樣的讀法。意思就是說，他們在法國巴黎大學，也沒有這樣上課，因為完全被西方的方法控制了。他們也不能接受那樣，他們說我們上了一輩子課都白上了。當初是這樣子講的。

所以就是說，這就是普遍性的問題。這是一個很大的難題，以後大學教育、文學教育怎麼走？到底怎麼教？如果每一個人都這麼教學，全國要開會，外文系、中文系合起來，教學課程要改寫，你不能大部頭一個人一個學期教三百頁、五百頁，沒那回事。你要學生讀一回事，但是，你要示範，恐怕就得跟游文嘉一樣，大概十頁不到吧，第一幕都沒講完。

康來新教授：游文嘉後來離校了嗎？

王文興教授：

沒有，沒有，他後來大概是讓步了，因為學生也有意見，說這樣子我還要上課嗎？我自己看的都比上課教的多。台大也一樣有這個問題，沈曉茵（台大外文系教授）也試過，她說沒有辦法，一來大概學生也不耐煩，說你怎麼老停在這裏。我每年的評鑑也會有一兩句這種話，我收到的評鑑上也會說「怎麼只教幾頁？」好在幾十個聲音裏面只有一個聲音，所以我就不去理他了。但是我可以想見，陳萬益教授今天提出來的這個問題，沈曉茵教授也講過，所以我想這不是我個人的問題，恐怕是整個文學的教法的問題，這個問題很大。

陳萬益教授：

以前屈萬里先生教我們《尚書》，《尚書》的第一句「曰若稽古帝堯」六個字，有人寫考證文章，就耗了三萬字。我的碩士論文是寫〈金聖嘆的文學批評考述〉，當時就是從外文系那邊偷了一點 close reading 的這種方式去做分析。剛才老師所講的評點學在中國有幾千年的傳統，不過在中文系，我想康老師也知道，在我們那個時代，中文系的老師在講文學的時候，大部分恐怕還是以考證為主，分析文學的時候就會跟你說：「好！這一句真好！」學生問他：「為什麼好？」老師說：「多讀幾遍啊！」

大學那個階段我們上王老師的課的時候，就會感覺到老師是告訴我們說為什麼好，這個是我們向外文系學習來的地方。我們那個世代，康老師上的課是《紅樓夢》和沙特的劇本《無路可逃》。老師那時候上我們課，還有一個我到現在還保留起來，非常喜歡聽的一個很小的文本《小毛驢與我》（*Platero and I*）。

康來新教授：

那個《小毛驢與我》的課，我也聽過，那本小書我也保留了，那是我旁聽的課。老師有幾則短篇講得真是好。其中一篇是裴鬼女孩子被雷霹的故事[16]，印象特別深。後來我也曾惡作劇扮過鬼！大三想正式選老師的課，但老師出國了，所以到大四才真正修到老師的學分，上學期沙特的劇本，下學期《紅樓夢》。大一、大二時我們班會去旁聽，所以您講的小文本我們知道。我跟陳萬益老師差了兩屆，您也是上葉嘉瑩老師的詩選嗎？葉老師也是一個非常文本細讀的人，她第一堂課就講「行行重行行」五個字，講了一小時。那時我們就想，原來課要這樣子上，詩要這樣子讀。

我覺得我對文本細讀不陌生的原因，是因為從小上主日學要背經句，到了查經班的時候，讀經的方式也是一種文本細讀的方式，所以對我來講，文本細讀並不陌生。只是我也不太敢用這樣的方式來上課，雖然同學說康老師上小說都是文本細讀，可是跟老師相比，真是很粗讀，不敢逐字逐句推敲。

王文興教授：

剛剛說上課時的問題這麼大，因為學校的壓力，還有同學的反應等等。也許可以嘗試講詩詞，一堂課講兩三首，別人也不會嫌少。但是這樣的話，戲劇跟小說就完全開天窗。沒有人能夠上。是這個問題。

康來新教授：

我聽說俞平伯先生上課，開學是「似曾相識燕歸來」，學期末還在講「似曾相識燕歸

16《小毛驢與我》(*Platero and I*) 為一九五六年諾貝爾文學獎西班牙籍Juan Ramon Jimenez（1881-1958）的散文詩集英譯本，此處指“Ghost”這一篇。

來」，這是實有其人實有其事的細讀例子。

陳萬益教授：

在六〇年代，我們的學生年代，是向外文系學習，尤其幾個喜歡文學的同學上王老師現代文學的課，跟在中文系上的課是非常不一樣，非常新鮮的一門課。譬如在中文系，我們那個時代沒有上《紅樓夢》，可是王老師跟學生上《紅樓夢》，他們的報告後來在《幼獅月刊》出了一個專輯，對台灣的紅學來講，開啟了一個新的視野。因為在傳統中文系裏面講的紅學，就是考證之學，可是老師上康來新教授他們這一班的時候，對《紅樓夢》的講課，就是一個文本解讀，是一個小說的研讀。所以那個《幼獅月刊》的專輯，其實在中文學界來講，是一個嶄新、不同的《紅樓夢》的講解。後來我們在大學裏面講小說，講《紅樓夢》，基本上還是這個路數。

康來新教授：

今天講義第一頁左下方有個「溫馨謝師會」消息，六月二十日週三中午在文學院二館二樓中庭，文學院熊秉真院長邀請所有聽過課的同學參加，大家可以趁這個機會跟老師用另外一種方式相聚。我們是不是用熱烈的掌聲謝謝王老師、陳老師，在端午節的前夕，願意週末來跟我們一起細讀《家變》的文本？熱烈的掌聲謝謝老師。

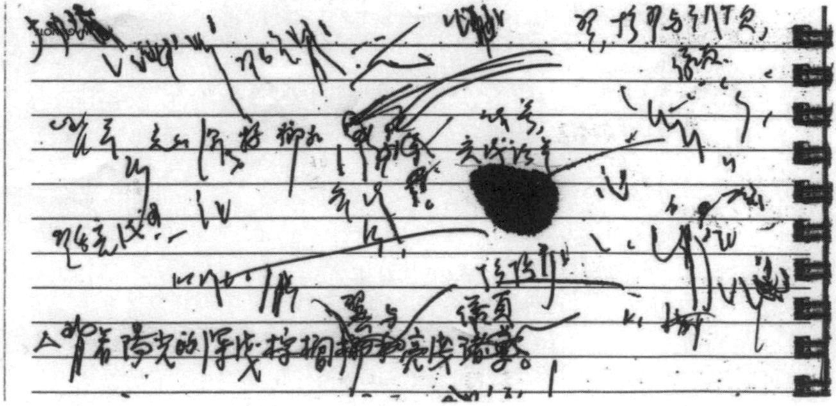

王文興教授手稿

國家圖書館出版品預行編目資料

家變六講：寫作過程回顧/王文興著. -- 初版. -- 臺北市：麥田出版：家庭傳媒城邦分公司發行, 2009.11
面； 公分. -- (麥田文學 ; 227)

ISBN 978-986-173-570-2(平裝)

857.7　　98018115

麥田文學 227

家變六講：寫作過程回顧

作　　者　王文興
講座策劃　中央大學人文中心、康來新、易鵬
講座對談　呂正惠、林秀玲、柯慶明、張誦聖、張靄珠、梅家玲、陳萬益（依姓氏筆劃）
參與發言　尹子玉、王力堅、王士銓、吳佩玹、李栩鈺、阮秀莉、周婕敏、易　鵬、洪珊慧、徐淑賢、徐翠真、翁千惠、馬大安、康來新、張素貞、許絹宜、陳其暄、陳建隆、黃恕寧、黃啟峰、黃衛總、葉永烜、劉逢聲、劉惠華、鄧伃婷、蕭瑞莆、謝曉筑、羅玉亞、羅莞翎（依姓氏筆劃）
文字整理　余佩芳、吳佩玹、周婕敏、洪珊慧、莊文松、楊雅儒（依姓氏筆劃）
系列規畫　林國卿
責任編輯　林秀梅、林品亘、莊文松

副總編輯　林秀梅
總 經 理　陳蕙慧
發 行 人　涂玉雲
出　　版　麥田出版
100台北市中正區信義路二段213號11樓
電話：（886）2-2356-0933 傳真：（886）2-2351-6320、2-2351-9179
發　　行　英屬蓋曼群島商家庭傳媒股份有限公司城邦分公司
104台北市中山區民生東路二段141號2樓
客服服務專線：(886)2-2500-7718；2500-7719
24小時傳真專線：(886)2-2500-1990；2500-1991
服務時間：週一至週五09:30~12:00；下午13:30~17:00
劃撥帳號：19863813；戶名：書虫股份有限公司
讀者服務信箱：service@readingclub.com.tw
歡迎光臨城邦讀書花園 網址：www.cite.com.tw
香港發行所　城邦（香港）出版集團有限公司
香港灣仔駱克道193號東超商業中心1樓
電話：(852)25086231 傳真：(852)25789337
E-mail：HYPERLINK "mailto：hkcite@biznetvigator.com

馬新發行所　城邦（馬新）出版集團【Cite (M) Sdn. Bhd. (458372U)】
11, Jalan 30D / 146, Desa Tasik, Sungai Besi,
57000 Kuala Lumpur, Malaysia.
電話：(60)3-9056-3833 傳真：(60)3-9056-2833

封面設計　蔡南昇
印　　刷　前進彩藝有限公司

2009年11月1日初版一刷　　Printed in Taiwan.
定價／360元

ISBN：978-986-173-570-2
*感謝中央大學提供錄音講稿。
*本書參與發言，有些人名因尚難確認，因此版權頁無法標註出人名。